草把龙

陶永喜 · 著

团结出版社

图书在版编目（CIP）数据

草把龙 / 陶永喜著. -- 北京 : 团结出版社,
2017.9（2024.1重印）

ISBN 978-7-5126-5582-9

Ⅰ. ①草… Ⅱ. ①陶… Ⅲ. ①中篇小说－小说集－中
国－当代②短篇小说－小说集－中国－当代 Ⅳ.
①I247.7

中国版本图书馆CIP数据核字(2017)第225379号

出　　版	团结出版社
	（北京市东城区东皇城根南街84号　邮编：100006）
电　　话	（010）65228880　65244790
网　　址	http://www.tjpress.com
E－mail	65244790@163.com
经　　销	全国新华书店
印　　刷	三河市京兰印务有限公司
装帧设计	成都天恒仁文化传播有限责任公司
开　　本	160mm×230mm　1/16
印　　张	15
字　　数	190千字
版　　次	2017年9月第1版
印　　次	2024年1月第3次印刷
书　　号	ISBN 978-7-5126-5582-9
定　　价	52.80元

岁月了无痕（代序）

陶阳谷

我时常想象这么一个画面：那是父亲尚且年轻时的一个冬天，披着遮耳的长发，与村里的汉子们带着狗在银装素裹的深山老林中奔跑，追赶那被大雪围困了的野羊，如同追赶他的青春一般。他钻山风一样跑在最前，一把扯住了野羊的后腿，将其摁倒在地。

我的记忆仿佛就是从那个挂着一大条野羊腿的墙壁上开始的。

他有过许多不同类型的职业：当过乡村中学的代课老师、农民、排木客，干过小贩，做过编辑、记者……

父亲是个性格直爽的人，并不嗜酒，但每每喝起酒来也是无所顾虑。在我的印象中，父亲只有在喝得七八分醉时才显得与我有些亲热，才会少有的夸夸我，甚至跟我开个玩笑。

印象最深的一次是他赶了好几场酒宴之后，却也是岁月不饶人，酒量已是大不如前了，被人送回来时已是醉如烂泥。但第二天他又被人送回来了，脸上有伤痕，掉了一串钥匙和一只鞋。原来那晚在半醉半醒之间，他却执意要到爷爷的坟前去看看。爷爷的坟是要翻过一座山头的。偏那天下过大雨，晚上也是见不到一点星光的，上山路更是不好走，迷迷糊糊跌了一跤，从山坡上滚了下来。所幸他还能找到熟人家。

没有人不为他捏一把汗。当晚家人纷纷指责他，奶奶更是默默地掉下了眼泪。那次他出乎意料地当着大家的面认了错，并且保证不再像这样喝酒。大家即便是不相信他的保证，但难得他认了一次错，也只得作罢。不然，又能拿他——这个奶奶最小的儿子——怎么办呢？

　　在父亲这次认错之前，我在酒桌上无所顾忌地喝酒，只是为了表现自己的男人气概。

　　"你还在读书，非要把脑子喝坏了去啊？！"父亲指责道。

　　"我自有分寸。"带着不以为然的口吻，我回答。

　　"你还敢顶嘴！"他的脸色变得很难看。

　　家人都放下了手中的杯筷，他们对父亲的脾气再清楚不过了。我必须妥协。在大家的劝说下，我不得不放下了手中的酒杯。

　　我本来就不是什么乖小子，只是我善于在做坏事的同时将自己隐藏得很好。我喜欢与那些看似叛经离道、行为不羁的人交朋友。可这一切都逃脱不了他那苍鹰般敏锐的眼睛，家庭暴力对我来说也似乎是习以为常。用他的话来说，我是集合了父母所有的缺点，优点却一点也没有继承的一个人。

　　我是和爷爷奶奶住在一起长大的，因为父亲工作的缘故。

　　小时候怕他，长大了虽说不再害怕，这沉默的毛病却落下了。我和他在家可以一整日坐在同一条沙发上却一语不发。

　　大家应该都有过这样的体会：每次从外地放假回家，前一段时间和父母的关系就像是恋爱时的"甜蜜期"，父母对你是关怀备至，无所不包容；可过了一段时间后，父母便会挑三拣四了，说你这也不是那也不是，直到最终让你感到自己一无是处。可我几乎是从来没有体会过"甜蜜期"的。去年暑假第一个月我没回家。寒假的时候和他闹翻了。他一气之下说和我断绝父子关系，我只是沉默。二十年来我们都是在冷战，而我自己是绝不会在冷战中低头的！

　　然而还是他忍不住给我打了电话。虽然每次都还是那么沉闷，最终都是我那句"那就这样吧，我先挂了"而结束。

暑假回家时，家里在装修。于是我每天都待在家里，也算是有个照应。临近返校的前几天，父亲说要不你再多待一天吧，不然装修好后那些家具我一个人也搬不动。我说那行。于是直到家中一切妥当之后我才返校。

母亲在最近给我的电话里说，父亲在某个早上醒来之后第一句话是"不知道毛罗（我的小名）在学校里都做些什么？"长时间的分离，他似乎想念自己的儿子了。这让我想起了他每天梳来理去的那可怜巴巴的头发，几乎都已经遮不住他的高前额了，还有偶尔笑起来那显眼的眼角纹。

或许在他心中，儿子永远是个长不大的孩子。

然而今天，他在给自己的儿子的短信中说道"像个男人"。

我不知道他是想要我像个真正男人一样去生活，还是说我已经像个真正的男人。简单地说，我不知道这到底是对我的期待还是对我的表扬。

但我可不敢保证下次兴冲冲地跑回家，他就不会依然板着那张铁青的脸。

2012 年

目录
CONTENTS

火　麻

　　阴历五月里的一天，太阳刚出来，烟雾迷迷。夜里极浓的雾气，被温暖的阳光一照，就分散、收缩，变得一堆一簇，藏在低洼的山谷、田垄和稀疏的树林子里。等一会儿，太阳就把它们晒得无影无踪。

　　过了五月八，进山打野麻。青叶河一带的女人都有打野麻的习惯。野麻又叫火麻、大麻，自家种的叫做园麻。火麻搓出的绳柔韧、有弹性，纳的鞋底也经磨、耐穿。磨槽的桂桂从山里背了一捆火麻回来，放在禾场上，刮麻。

　　麻很肥壮，手指粗，比人头高。桂桂手里的麻刀过去，唑唑作响，从手指间溅出许多青色汁液，于是便有了黄白色柔软的麻片儿被利索地摆弄出来，晾在竹竿上，悠悠飘。

　　女儿睡在旁边的摇篮里。一滴青色麻水溅到她的额角上。桂桂忙擦过手，将女儿的额角拭净，然后继续干起活来。

　　桂桂家住坡下。坡下一条懒蛇路，曲曲折折，连接着幽暗的谷底。

　　桂桂听见响动，扭脸望下面。麻石子路上游动着一个人影。

　　桂桂心里存下疑问，抓过一根火麻。

　　刮了一会，桂桂停住麻刀，再望下去，人影清晰些了。桂桂陡地火燎一下，丢下麻刀，捞起女儿，旋地跑进屋，"砰！"关紧门。

　　女儿被这突然的事故惊醒，"哇——"哭了。桂桂忙将奶头塞住哭声。

人影变成了一个武高武大的汉子，出现在桂桂家禾场上，站在桂桂刮麻的地方，喘气。

汉子打量着四周，捡起麻刀看看，开始叫喊：桂桂，桂桂，桂桂——

喊过几声，汉子朝屋边走来。屋里没有动静。他"笃笃笃"地敲木门。屋里仍旧没有动静。

汉子变了脸色。坐在门槛边。抽烟，一连两支。抽过烟，他干脆取下肩上的一个旅行包。又开始说话：桂桂，你不认识我？才五年哩。我从山那边翻过来，走了两天……你就不想见见我……

雾气快散尽，太阳露出脸。这地方见到太阳时，已是正午。鸟雀在苦楝树上噪叫，扑腾得嫩叶飞飞扬扬。

门开。桂桂已经换了一件蓝色的上衣。她低着头，扶着门叶。雪冬。她喊了一句。

桂桂。桂桂。呆坐在那说着瞎话的雪冬打了一个寒战站立起来。

桂桂一下背过脸去。沉默一阵，桂桂觉得怠慢了雪冬，忙从屋里搬出了一把绑了葛藤的椅子让他坐，又忙去筛茶。

别忙，别忙。雪冬喝过茶，坐下了。

桂桂淡淡地笑了，也坐下。

雪冬抽了一支烟。又抽了一支烟。后来，他就问桂桂：你——男人哩？

桂桂抿住很漂亮的嘴角，抬眼望望对面怪石林立的荒坡：种包谷去啦！荒坡在太阳下泛着金光。

雪冬感到心里满满的话跑得精光，无话可说。扭脸四下望望，黯然神伤，不自在地说：这路真难走。

桂桂转了话题：你怎么找来了。我五年前就不等你了，你就不记恨我？

雪冬将烟蒂一摔：桂桂你还是那么漂亮，只是瘦了。青叶河水水涨水退，才流了五个来回，你知道吗？桂桂！

桂桂轻轻地叹了口气，理理耳边的头发。

雪冬发现了她耳边的两根白发。你怎么不等我了？雪冬倏地站起来，盯住桂桂。

明摆着——你拿不出两千块钱，救不了我爹。桂桂平静地说。

雪冬怔了一时后，无可奈何地仍旧坐下。

桂桂进了低矮的小木屋。抱出女儿，喂她的包谷粥。又是一阵沉默，只有小女孩嗞嗞的喝粥声音。很快，小女孩将大半碗稀粥喝完了，却张着口，伸出手，还要。桂桂便轻轻地拍着女儿说：乖乖，听话，爹去种包谷了嘞，等秋收了，乖宝就吃个饱。

雪冬皱皱眉头，腮帮一阵痉挛。从他旅行包里拿出一袋酥糖递给小女孩。

桂桂对怀里的女儿说：快叫舅。

小女孩迟疑了一会，轻轻地叫了一声——舅。接过糖。

雪冬酸着牙齿应了小女孩，又对桂桂说：你五年没回家过。

桂桂搂紧女儿：我是磨槽人，除了磨槽，哪有我的家。顿顿，又说：我们的女儿都快两岁了……

太阳升起很高很高。那捆没刮完的火麻散发着青涩的麻味。破出的麻皮，叫太阳一晒，卷成一堆，挺杂乱。

桂桂怀里的女儿又睡了，桂桂将她抱回里屋。然后，回到禾场上，操起麻刀，刮麻。

你就不想竹山寨，不想你爹妈？

不想，不想。我是卖了的。两千块钱，卖牛马一样。我命中是磨槽人。

你还记得我？

只记得世上有个雪冬，别的都忘了。

雪冬捏上根青色的火麻，一拗，将食指一刮，白色的麻秆一溜脱体，射出去好远。他心里咏咏叹叹，很久不能平静。

桂桂，你可记得，那回在枫木湾你看见蛇直朝我怀里钻……那回在麻柳溪，我的棉衣也濡湿了……

桂桂一个劲地刮麻，却不搭理雪冬。待雪冬说完了，摇摇头，苦笑了一下。

不记得了。是不记得了。她出神地望住抽烟的雪冬。

雪冬不断抽烟，不断来回踱步。

对面远远近近一浪一浪的山峰，抹着太阳的光彩，金碧辉煌，煞是耐看。隐隐约约还能听到长长短短、哀哀叹叹的歌子，是些苦中能寻找乐趣的人。

这地方苦呃。磨槽。磨——槽。你可磨了五年啦！

不。不只是五年，还会有四十年、五十年。苦么？我们的日子一年比一年好起来。帐也退清了，也不用借包谷度饥荒了，安逸自在。这地方可也养着百十口人。

你不用骗我了，桂桂。岩缝里刨食，杉皮木屋，包谷粥，也安逸自在，满足了？雪冬咆哮起来。

总会慢慢好起来的。

还有呢，你那比你大二十岁的独手男人呢？雪冬紧紧追问。

岩保，其实他是个好人。也不简单。他的手就是开荒让岩石给砸废的，好勤劳。我才来那两年，光管吃喝，他也供着我，疼着我……

你当我会信，他将你关在屋里，绹在柱子上，打个半死，对不对？

反正我依了。我认定是岩保的人。

坡那边人家的公鸡十分嘹亮地在叫。桂桂便跟雪冬说，岩保能吃苦。这年头谁都想到外边去做生意，捞活路钱。岩保一没本钱，二没门路，只得从岩缝里发财。他们打算着要修一幢新屋。她说她的男人真不容易。前年，她生女儿难产，要去乡医院，四十里山路，她男人硬是将她放在竹架子上背过去的。她们母女平安无事，可岩保却累病了。

桂桂的声音很柔。

这时，打坡下不远处一条小路上叽叽嚷嚷走出一伙女人，满身汗污，才从山里出来，都背着一捆火麻。其中一个老远就叫嚷起来：桂嫂子，在家陪相好，麻也不打哩！

桂桂脸红了红，不气短，笑骂道：蛮妹子，别乱喷，你当心点，我会告你的密。哎，不歇歇么？

那伙女人，嬉嬉闹闹走远了。只留下悠绵的山歌：

腊月哪想哥哥泪成冰，

好端端个妹妹苦单身……

雪冬憋了一肚子气，觉得浑身燥热。他脱下了长衣，露出一副结实的身板子，又脱了鞋，坐在椅子上，抽烟。

桂桂停了手里的活儿，捡上雪冬脱下的鞋，抓根麻秆，剔鞋帮上的黄泥。

雪冬顿时觉得心里融暖了许多。待桂桂放回他的鞋子时，他一把揽住了她，直往怀里拖，张嘴就亲。

桂桂挣扎一阵，逃开去，她整整头发，平静地说：别这样，我是岩保的人。

不。桂桂，我来赎你，你还是我的。

雪冬很快地打开了旅行包，露出几扎厚实的票子来：桂桂，你跟我回去，他要多少，给他多少，我赎你回去。

雪冬说他那年跑出去在一个火车站扛大包。拼命地干，干了半年，攒了千来块钱，回到家才知道她早不等他了。后来，他办了一个竹木加工厂，开始三四年，连年亏损，欠了一屁股债。直到去年，情况才开始好转，产品销路畅通了，他便赚了钱，大大地赚了钱。如今，他发了，竹山寨的人就数他有能耐，他什么都有了，就是缺少一个女人。

桂桂不去看包里的钱，很认真地听雪冬讲完了，她就埋怨地说，何苦误了自己的青春，早应该找婆娘了，为她这样苦熬，不值得。

禾场边苦楝树上的鸟雀聒噪了一阵后，飞走了。落下一树绿艳艳、白晃晃的太阳光。

我说了，你行的，雪冬哥。桂桂眼眶忽然红了半圈说。

桂桂，你跟我回去。雪冬又请求。

桂桂望望对面荒坡。荒坡白花花一片。

天空一丝云也没有，显得空旷高远。

磨槽这地方，寻个女人好难。桂桂说。

雪冬一听这话几乎要流眼泪啦。

桂桂进屋，做饭。

坡上开始有些燥热，隐隐透着干焦的土腥味。雪冬独自坐了一会，乏味，便开始在禾场上来回走。

小木屋右侧有一个水凼，那里有不到膝盖深的很浑浊的水。水凼里边山坎上，亮亮地有条细得看不见的线线，那就是水源。水源水凼周围很茂盛地滋长着许多杂草，给人以沁凉的感觉。一尾小鱼正张着嘴叽吧叽吧地游在流下活水的地方，好不逍遥。雪冬将手在水凼里搅搅，小鱼不见了。

咿咿——呀呀呀哟——

禾场旁侧的一个花岗岩后拱出一个小老头来，边走边哼山歌。短发，脸上爬满包谷须一样的皱纹。空着一管衣袖。见了雪冬这个生人在他的领地，警惕起来，鼻孔露出两撮浓密的鼻毛。

岩保，是娘家舅哩！桂桂从里屋出来，笑着对男人说。

岩保立刻变了脸色，露出了一朵快活的微笑：嗬，是贵客，贵客！

他忙从衣袋抓起烟锅装上，毕恭毕敬递给雪冬：抽烟——您！

雪冬斜眼鄙夷他一眼，不接，将根带嘴的烟叼上。

岩保嘿嘿干笑几声。见雪冬不搭理他，便在口里喊着：女哩，我们的满女哩。进了屋。很快抱出刚睡醒的女儿来，"叭叭"地在女儿脸上、身上左亲右亲，乐颠颠。

桂桂端了盘水出来，走近岩保。在他头上拣走几片草叶：癫哩！快洗洗脸。

雪冬几乎控制不住自己了，嫉妒得要死，鼻子吹得嘟噜噜响。

岩保那只独手粗大而嶙峋，动作起来却很灵活，一会儿将女儿抱在怀里，一会儿放到肩上，一会儿又扔到背上，嘻嘻哈哈，快乐极了。

娘打了麻，满女有新鞋子穿，爹也有新鞋子穿，我们都有新鞋子穿。

岩保笑着黑皱皱的脸。女儿也哇哇笑着，骑在他脖子上。

噢——下雨啰——女儿在他脖子上撒了尿，尿流得他满身都是，他笑得更开心。

不一会，桂桂准备好了饭。岩保提出一壶包谷酒，乐呵呵的，说，娘舅您是贵客，今日要喝个足，醉了也不要紧，就歇一夜。

雪冬心里糟透了。喝，喝个足，喝个痛快！娘的！

天上有走马云，谷底有鸟雀啼鸣。两个男人开始喝酒，原先是一口一口地啜，后来便是大碗大碗地灌，一直喝到太阳落山，喝得壶底朝天，喝得眼神迷离。

夕阳很红，群山同样很红。

喝过酒，岩保喷着包谷酒味，咧着嘴说，下午喝酒耽误了工，夜里要去补上，多种一粒，多收十粒。娘舅您是贵客，就歇一夜。

雪冬的眼圈被夕阳照得发红。要不要我去帮忙，帮帮忙。他说。

岩保不安起来，这怎么要得，您是贵客。不好意思地拒绝了雪冬的好意。

我也回走啦。雪冬做出要走的样子。

桂桂问：一夜也不歇？

雪冬点点头，眼光一下苍老了。

岩保说：一家人不说两家话，莫生分，歇一夜，明日再回也不迟。您醉了——

我清醒着。雪冬说。

谷底开始幽暗，群山罩上一层薄薄的暮色。只剩下最高的山峰脊背还映着阳光了。

很快，天地间开始冥合起来。

时间啊，磨损着万物，也滋长着万物。

雪冬哥，真的要走？桂桂温柔地说。

要走。雪冬说。

他上山了，又要干个通宵的。我们种包谷那些畲好多是他夜里刨出来的。桂桂抓住雪冬的一只手（雪冬感觉到她的手还是五年前一样热乎乎的），轻轻地说：雪冬哥，您就歇一夜……噢……

桂桂的眼睛在暮霭里闪着诱人的光。

雪冬全身电了一遍，揉揉她的手，又放下了。

我得回去。少时，雪冬慢慢地说。

就一夜……

一阵沉默。雾气愈聚愈浓……

桂桂见雪冬执意要走，便去扎了两把干麻秆。雪冬说不用了，我有电筒，今夜歇美女镇。桂桂说，明火避邪，走山路要明火。

雪冬举着麻火把，头也不回，下了阶基。

不再燥热，起了山风，很大，很凉。

不一会儿，黄色的麻火把游弋到了谷底，渐渐远去，消失在夜色里。

当晚，坡上禾场里有个女人抽抽泣泣，哭了很久，很久。

那是桂桂。

1990年于邓家冲

山　魂

浊重的三声火铳响过之后，碗口粗的香火燃剩半截。

消失了几十年的"逢春筵"在雪峰山腹地朱砂洞的一个坪地里举行。

春天的雪峰山，天空是那样的清丽，日光是那样的明媚。在这生命圣地里，生命已在萌动。

山民们像开了闸的潮水汹涌而来，把整个坪地灌得满满，享受大自然赐予的短暂欢乐。解放前，按本地风俗，每年开春，得举行一个盛典，叫"逢春筵"。祈求风调雨顺、国泰民安。这样的盛典，以前是由"排岸"上举办的。今年的"逢春筵"却由远近闻名的万元大户朱老鹰出资举办。

太阳像个灯笼辣，挂在山巅那秃顶枯萎的老松上。四处流溢着开春时水津津的土腥味夹着的生生草香。青叶河里，麻卵石上青苔衍成长辫，随了山泉悠悠飘。菖蒲草也变得极为柔嫩了。

几条毛皮光亮的猎狗在场子中央叽里咕噜地啃着野味骨头；那条牛崽子粗壮的秃尾巴狗却是在一边怒目圆瞪，盯着正台子上的那两柱香烛。

台中的朱老鹰将手中的老酒向后面苍苍青山洒去，闭目静神一忽，尔后，向着苍天大喊一声："山神庇佑！"

浑厚的嗓音一下子把整个气氛浓缩起来。

台子正梁上吊着一盏黑釉桐油灯，火苗幻变成七彩颜色。老道将师刀在空中一转，手里的雄鸡头"唰"地腾出两丈远，没等它啼叫一声，突突直冒的血已将瓷盆里的老米酒染得乌红。

······

东方有座普陀山；

西方有座龙首山；

······

青衣老道倒提了那只无头鸡，晃头晃脑在纸钱的蓝烟里跳荡。

唢呐吹起来了；锣鼓响了；密集的火铳声震荡开了。

唢呐吹起三长一短，锣鼓更密集、更紧人心。

"闪——开！"一头打扮得奇形怪状的黄牯牛进了场子当中。

秃尾巴狗一见这一怪物进了它们的领地，"嗷——嗷！"极简单但很敏感地狂吠两声。啃着骨头的猎狗都机警地埋起头。

"呜！"秃尾巴又低鸣一声。猎狗们迅捷地分散开，把黄牯牛团团围在当中。

那黄牯牛想不到突然受到围困，五灵神暴地将双角摇晃着，蹄子踢得地上直冒白烟。

六十多岁的朱老鹰是近几年全乡闻名的暴发户。他是专靠贩卖皮毛起的家。他现在不仅娶了个水嫩嫩的年轻婆娘，修了小洋楼，还请了黑五他们几个帮工，长年替他到山里去收购毛皮。他自己坐庄子。在家里把那些收得的毛货用祖传绝技硝皮加工，再要黑五他们带到山外店子里去。自己俨如当年的大老板，带了人人眼馋的水嫩婆娘山雀子逍遥悠哉跟在背后只管去结账。

朱老鹰有了钱，心里却也不很实落。山里人就是这样，你发家有了钱，自然就有人从很多方面来侵蚀你的德性。人家都说朱老鹰是牛舌子生倒钩，是捞了本地人身上的油水，剥削了人。也总觉得他是个不实在的人了。最气人的是挂青扫坟，那天族上的首事老爷连喊都不喊他，好像是他们朱姓出了朱老鹰这个逆子贰臣。他问首事老爷，首事老爷却是青着脸说，如今你朱老鹰门面大，是老板，我们怕搭不上你。朱老鹰听后，差点气断肠，我不就比你们多了几个钱，给祖宗挂青扫坟就没我的份了？我难道不配朱家子孙了？朱老鹰也并不是那种背亲离友的角色。他也想在青叶河站立起来，要人知道他是个为乡邻谋福谋利的汉子，他也要光宗耀祖。他便想了个主意来举办消失了近四十年的"逢春筵"。"逢春筵"在山民心里具有祖宗神灵的地位。虽然这几十年没有了"排岸"，建立了乡政府，没人串头，不举办了，但人们还是把它高高地竖在心目中，它比挂青扫坟更令人兴奋。他相信他的名声会在乡邻们火热的欢呼声中，在那充满力量和勇气的"逢春筵"上重新开天辟地。

举办一个"逢春筵"要花费三四千块钱。钱他是有的，也并不心痛，心痛的是他有了钱，失去了亲朋好友。他一合计，就是少一个"台柱子"，一个能在"逢春筵"上显身手的年轻汉子！

朱老鹰找到黑五时，他正同山雀子在河边洗衣服。山雀子一见朱老鹰来了，脸突然红了一忽，然后起身走开了。朱老鹰口里有点苦。

他把他的想法同黑五说了。黑五听后，不肯答应。

"钱的问题，好说。只是你要替我捧一个闹热。"朱老鹰的鹰眼闪着寒亮亮的光。

"我不是说钱。那是提着脑袋耍把戏的闹热！"黑五捏干着手里的衣服，眼睛望着山雀子的背影。

"哼！"朱老鹰轻轻吹了一下鼻筒，表示了极大的轻蔑。

黑五的父亲山神爷曾是青叶河一带附近闻名猎手，也是"逢春筵"上的"黑岩鹰"、"台柱子"。那年，他父亲顺了山路去短命谷的一个山头打老虫，一去没有再回来。第二年才有人在短命谷的一个山崖下发现了两堆白骨。那堆虎骨中有一柄寒光闪闪的短刀，那是他父亲的随身宝；另一堆人骨里遗落着三颗失去光泽的剑齿。那异常悲壮的场面让人惨不忍睹。

黑五身上流着父亲那野性的血液。他听到朱老鹰的轻蔑鼻音，全身的血液汹涌起来，轰隆隆发出让他目眩的回声。

"只要你答应，你同山雀子……" 朱老鹰看着黑五憋红了脸，狡黠地一笑。

"我答应了。" 黑五吼了一声。

朱砂洞这一带绝崖兀立，怪柏参天；杂草横生的淤地上深陷着一行行一片片禽兽践踏的足迹。证明这里虽无人烟却充满勃勃生机。青叶河的祖宗们就选择了这个地方举行"逢春筵"。山民们虔诚地从每个角落里顺了纤纤小道怀着对祖宗的信仰、对未来和希望的祈祷来了。

朱老鹰看着有这么多人来凑热闹，心里尤其欢喜。

好一场搏斗！

一条猎狗的腿巴上被牛角撕开一个血口。

那条黄毛狗的嘴撞在坚硬的牛蹄上，吠吠直唤。

装饰在黄牯牛身上的花纹布给犬齿扯成破条，黄牯牛肚皮上流着黑色的血浆。它被激怒了，黄澄澄里夹着血丝的眼珠里露出腾腾杀气。锉子般的铁蹄抠进了苍黑色的浮土。

搏斗在相持着。

凝重的云层在块块滚动。三月的风脱去了处女的矜持，在山里山外游荡。

猎狗已列成扇队，都蹬直前腿，缩着后脚，把脑袋贴巴着地皮，脊背像拉满的弹弓。秃尾巴立在后面观望着黄牯牛的举动。

这时，只见黄牯牛朝地上打了个响鼻，长哞一声，将粗短钢韧的犄角一挑，直扑狗群。

秃尾巴一声哨响。黄牯牛未反应过来，只觉心里一凉。闪电似的，秃尾巴已腾到它的屁股后，将它垂着的卵泡子一口夺上。黄牯牛四蹄一扑、一腾，秃尾巴被高高地提起来，重重地摔在地上。

黄毛狗也瞅准了机会，一个饿虎扑食，咬住了黄牯牛的屁股。

黄牯牛被拖得团团乱转，它挺着角，狂暴地甩着后身。

"好哟！"

"好哟！"

围观的山民发着呼喊声。

朱老鹰将一杯老酒一饮而尽，一挥手，撼心的锣鼓声停息下来。他从一个后生手中抓过一把火铳。

忽地，隆起像山一样的黄牯牛脊背一拉，它四蹄又悬在灰雾蒙蒙的空中。

"好哟！"山民们一阵雷响。

没等人们看仔细，另一条花毛狗已从黄牯牛肚皮下一忽而过。黄牯牛笨重的躯体给摔在地上了。

山民们只觉得脚下在抖动。

"砰——"一线火光过去，黄牯牛脑心开了一朵血花。

"好哟！"

"好哟！""好哟！"

这是一个前所未有的热闹场面。黧黑的山峦欢腾起来了。唢呐响了。锣鼓响了。火铳又开花了。

接下是"飞叉"，这就是看"逢春筵"首事老爷的热闹的时候了。山民们看闹热往往是把闹热归功于举办人的。"逢春筵"上"飞叉"飞不飞得精彩，也就是首事老爷有没有脸面。这把戏荒了几十年了，哪个上场去当枪叉喉口的"台柱子"呢？人们在心里猜疑着朱老鹰呢有多大能耐。

黑夜把大山的脊梁压弯了。

山雀子穿了件白底碎花衣，两个饱满的奶子热热地堵在黑五的胸口。

山雀子眼里涨满春情桃花潮，她芬芳四溢的肉香，销着黑五的魂魄。

黑五死劲地搂着她。他的手也变柔了，手触及到了那细嫩的肌肤，温软如棉。他头昏昏的、乱糟糟的。

"那老不死的，他是一只假公鸡……"

山雀子说着，眼里流露出不满足的渴望。她用嘴唇烫住黑五的脸、耳朵。她像一池温水，缓缓地淹没他、淹没他。

"你好甜。"黑五说。

"黑五哥，你喜欢我吗？"山雀子用热烈的、深情的眼睛盯着他。

"喜欢。"黑五脑袋轰地一阵雷鸣，骤然把山雀子又紧紧拥进了怀里，带着贪婪的甜蜜悉悉地咬着她的嘴唇。

"那你带我走吧！你讨我做婆娘好么？"山雀子嘤嘤地说。

"这，他对我有情有义，这是缺德事，我……我不——"黑五语塞了，舌头打不过弯来。

"你——你……可他是个没有用的东西……"山雀子哭了，泪珠子顺着发白的脸颊滚了下来。

黑五当然明白，山雀子是一头发情的母牛哪，可朱老鹰是什么，是只干蛤蟆！

正当众人心旌生疑云时，一阵山风夹了一个黑影翻进场中。

是黑五。朱老鹰从月亮地请来的帮工。

只见黑五在猎狗群中立定后，一腿朝秃尾巴蹬去。这一脚劲力猛，脚未到，风先至，先声慑人。

黄毛狗见受到攻击，一跃而起，直扑黑五胸口。黑五就势一滚，趁势将腰上的罗汉手巾抽下来，绕身一甩。

"好哇！"山民们洪水排壑般赞叹。喊声如同雷吼滚动在山岭。

祖宗留给后辈的遗产，有的是雕花烟枪，有的是金银田庄。黑五的祖宗留给他的是这条汗渍晃眼的罗汉手巾，上面有祖宗们的血，也有祖宗们的汗，更有焖熏人鼻的荒蛮气。

这一招下来，黑五身上冒出汗来。猎狗见受到如此攻击，倒也是镇静了。摆好"山猫阵"，左右夹峙，瞅准机会。

黑五溜了一眼人圈中，奇怪，他竟然没发现山雀子。

不好。就在这时，有人惊呼。

原来，秃尾巴不知什么时候摸到了黑五身后，向他偷袭。黑五正待反击，背心给啃了一块巴掌大的皮来。

秃尾巴赚了便宜，黄毛狗想上去扑咬一口。谁知，黑五"金钩挂月"抢先一步，一招"有遮拦"将黄毛狗的前腿"咔嚓"一声打断。

"哦呜——"黄毛狗疼的一声低鸣。众猎狗退下阵去。

全场弥漫着一股血腥气。仇恨存在于无限之中。

九条狗和黑五对峙着。九条畜生和一个人对峙着。谁都不敢贸然出击。

空气凝固了。一只山鸟仓皇飞过草坪，惊恐地抛下几声凄惨的啁啾，躲进了老林子。

黑五把衣衫甩下了，背心里淌着鲜红的血液，横肉直突的身躯在三月的风光里闪着人的灵光。他在手心里吐了口唾沫，双拳格格捏响，一步一步逼近狗群。

"嗷——"秃尾巴啸叫一声。它是一条野狼同母猎狗的后代。既有野狼的强悍，也有猎狗的机警。只要有冤家与它为敌，它总要战胜对手。"沉住气。"母亲是这样教的。"人是最毒最阴险的。"它从跟随主人不下百次的大猎中意识到了这点。

黑五脚下一滑，倒了。猎狗扑了过去……

"嘣——"黑五沉沉地摔在地上的响声，抖动着地皮，惊动着朱老鹰的心。

他轻轻在心里叫声不好。手握紧了那根火铳。脸上却也表现出前所未有的沉着。

朱老鹰这时的心绪像一团乱麻，矛盾极了。连空气的味道也变了。他害怕黑五就这样被那群猎狗咬死，他也希望黑五就这样死去，免得再夺他口里的食……

他的手开始痉挛，他的皱皮脸也抽搐起来，如同他搂着山雀子一样，他不知所措，没有一丝冲动，仿佛心死了，血液已经凝固……

山雀子是朱老鹰花了五千块钱从高沙地方买回来的。山雀子家里就只姐弟俩，她把那五千块钱留给了弟弟上大学。人们都说朱老鹰是老来交好运，山雀子是个"雕匠雕不起，画匠画不起"的美人。

朱老鹰发现自从他的皮毛店招了黑五这个帮工进来后，山雀子尽管在他身上死捏死扯作乐，他也想尽法子让山雀子满足。但比起黑五那牯牛一般壮实的身架，在山雀子眼里他当然失色了。有时候有些东西钱是买不来的啊！朱老鹰深有感慨。

他发现山雀子同黑五的眉来眼去，暗来暗往，背着他做些手脚。但他不敢恼火，他只怕总有一天山雀子这头发了情的母牛哞叫一声甩蹄离开了他。他清楚不中用的男人在女人心中的位置。对于山雀子同黑五的事，他一直保持沉默。他也曾想辞退黑五，无奈雇请的几个人中又数黑五收购毛货最能干、识货最里手。他更怕辞退了黑五，山雀子也会跟黑五跑了。

老来思子。朱老鹰在银行捧到那张大存折时突然想到他需要一个女人，但这个时候，他更需要一个崽仔！毕竟人还是人哪！但每当他气喘吁吁从山雀子肚皮上下来时，他就觉得羞愧，觉得不配做一个汉子。

那天傍晚吃过晚饭，小洋楼里就只剩下朱老鹰、山雀子和黑五。朱老鹰看到了山雀子按捺不住的情绪。黑五也在那里坐立不安，朱老鹰感到他是个多余的人。

"啪——"地一声，朱老鹰猛地抽出一沓钱甩在桌子上，他感觉到那是他娶上山雀子后最有男子汉气概的一次。

"你们给我生一个崽！黑五，我数你的种钱！"朱老鹰大声说道。说完就想走开。

朱老鹰还没动脚，只听得背后响起了炸雷。

"砰！……"黑五一捶捶在桌子上，突然间变成了一头怒狮。他对转过身来的惊愕的朱老鹰嚎道："去你娘的狗屁！我不是牛马畜生，我是人！"

朱老鹰一时竟被黑五嚎蒸了。他觉得脚颤的厉害。

黑五火气冲冲走了。朱老鹰呆痴地望着他的洋楼外，外面暮色下的烟缕散入空中，仿佛漫长的岁月飘过来，让人心绪摇曳……

黑五被压在地上，他觉得一阵目眩。

躯体内的血在突突地涌动。那条秃尾巴逼得那么近，以至能听到它心脏的搏跳。

有几只狗在扯他的脚了。那黄毛狗也赶了上来，咬住他的一只手。

秃尾巴向他排开了白生生的露着寒气的牙齿，只要他一动弹，随时准备撕裂他的膛口。

围观的山民都屏住了气，不忍心把这悲剧看下去，人群中骚动起来。

"嗵嗵——嗵！嗵嗵！"野牛皮蒙的大鼓发出沉闷的响声。鼓槌是野牛的腿骨。

锣鼓敲得好不揪心。黑五躺在那里，背心里流出的血浆，淤在地上，那热气又渗进肉体里去了，撞击着他的心叶。

娘×的，怪就怪地上长出的这油光光的嫩草，让脚板滑了。这回该让人看笑话了。

腰上祖传的罗汉手巾腻腻的，透出凉气来，钻进了脊背，扩散到全身的血液里去了。

黑五觉得喉咙里有一种暖暖的细流。那就像熔化的铁一般，他使劲一吞，硬灌到肚子里去，连同他的意志。他清楚他今天在"逢春筵"上的价值不仅是他应得的朱老鹰那沓沉手的票子，也是他一个男子汉力量的显示，证明他不愧为一个真正猎手的后代，也更是他获得山雀子的途径，他需要用力量、智慧、勇气同猎狗抗衡，也同老板朱老鹰抗衡。

周围的大山也朝黑五挤压过来。猛地，他扭动一下脖子，一股力量从脚底提到心尖，蹦出牙缝——

"嗬喂——"

这是猎手们求助山神庇佑时极其庄重的祈祷。

"嗬——喂！"

"嗬——喂！"

秃尾巴刚想把锋利的牙齿扎进他的心脏去，没露面容的山神用湿漉漉的嘴吻住了黑五的鼻子。

"嗬——喂喂喂……"

"嗬——喂喂喂……"

好个黑五，只见他收气丹田，牙一咬，火光电石般将秃尾巴一手捞过抛出去。

刹那间，畜生口里蹦出一个猩红的火球。

"砰！"紧接着，那边响起尖厉的火铳声。

黑五一凛，一股热气擦着耳根冲过。一根虎叉带着寒心的哨响直指脑门。黑五顺势又将黄毛狗一举，身子一蹲，虎叉贴着头发扎进了黄毛狗的脑袋。

"好哟！"

"嗬喂……"

山民们把手里的东西一齐朝黑五扔了过来。

风调雨顺。

国泰民安。

雪峰山的血性赐了山民生命的火花。

山民们欢呼雀跃。

黑五收了虎叉。

不知咋的，天色陡地暗下来。一阵怪叫震耳欲聋。

原来是一群浑身黑森森的岩鹰，盘旋在苍天，惨然叫声划破了神圣的氛围。

砉地一声巨响，像有人在天幕中猛抽一鞭，一只领头鹰猛然箭下，从那头死牯牛肚皮上撕走了一块生肉。

"哇、哇、哇、呱——"群鹰一阵狂叫。

突然，"忽"地一道闪电过去，领头鹰带了虎叉沉沉地摔在草坪里了。

"嗬——哟！"

在心理上得到一种极大满足的山民把黑五夹在当中，疯狂地舞荡。他们多少年来没有这么痛快淋漓地欢欣过了。

他们疯狂，他们欢呼，他们热血沸腾……他们也仿佛得到了超脱。

三头刨得雪白油光的肥猪抬了上来。

成担成担的米酒、包谷酒担了上来。

不知谁把朱老鹰的那台组合音响打开，粗犷的乐曲在群山幽谷里回荡……

剩下的那几条猎狗一个劲地将那头黄牯牛撕扯得黑血淋淋。

谁也没有注意到朱老鹰眼角黄浊的泪珠……

傍晚。青叶河。小洋楼。

朱老鹰绝对没有想到消失几十年的"逢春筵"会让他举办得这么圆满、这么体面，这么让乡邻们感到一种满足，对他刮目相待。黑五替他凑了一个大闹热，使"逢春筵"大放光彩。朱老鹰也添了许多荣耀。

血红的太阳挂在西山坳上。

朱老鹰特地为黑五摆了酒席。他吃了个稀烂醉。眼睛让酒精烧得净是红铁丝红网络。

黑五从来没有看到朱老鹰喝过这么多酒。酒席间，黑五提醒他不要喝得过量了，他总是摇头摆手，"我高兴，我从来没有这么高兴过。你不知道，我有了钱，心里不实落，乡邻们总用冷眼睛看我。我就不自在。你看，他们在'逢春筵'上多么快活地笑呀、喊呀，在我面前，这几年我还没有看到他们这么笑过，我是用钱买他们的笑脸。他们高兴了，我心里也就实落多了。我的皮毛店也就能办下去。你们不知道，我也难做人哪，比你在'逢春筵'上当台柱子还难……"

朱老鹰说着，一把将山雀子揽在怀里，用喷着酒味的嘴在她脸上咂了一口，拱了一阵。然后把手伸进她白皙的乳房间胡乱扫了一通，又重重地在乳尖上捏了一把，山雀子痛得直挣扎。"你就陪陪我。我今天高兴，高兴……"朱老鹰又嘬起嘴巴去舔她的脸。

黑五在一旁看着，心里很不是滋味，山雀子身上散发出的女人

草把龙
CAO BA LONG

019

味也着实骚乱他的心。他喝了酒，身上有些毛毛热。他一直不明白，山雀子今天为什么没有去看"逢春筵"。

山雀子在朱老鹰怀里挣扎了一阵逃脱了。朱老鹰却已变得酒醉醺醺，口里胡乱语道："我晓得，你，你是嫌我没精力。你是一头发春的雌牛，我是一只干蛤蟆不放一个屁，配不上你。可我年轻时也是不差的哪，哪个女人不恋我。人么，就是怕老，你给我走，我不要你，你走！"

说过后，朱老鹰用红眼睛盯了黑五一眼："她看上了你，你带她回去。我不是你的敌手，本来今天背后那铳，我想把你打死，你命大，躲了。我把山雀子让给你。你配。你给我帮了忙，我记你的恩。"

这时，山雀子也站到了黑五身边扶着了他坚实宽厚的肩膀，用温热的胸脯在他背上摩挲着。黑五看了她一眼，又看了朱老鹰一眼。

"不。这样的缺德事我黑五干不出来。我是个汉子。"他眼里露出鄙夷之色。

山雀子抚摸着黑五的肩膀，柔柔地说："黑五哥，我们离了，我跟你。"

"什么？"黑五惊讶地瞪着朱老鹰。

朱老鹰半醉半醒地坐在那里，脏物喷了一地。他艰难地说道："是的，我们办好了离婚手续。我不能误了她的青春。"他蓦地觉得自己的声音出奇高昂响亮。"你说你是个汉子，我也还是个人哪！"

噢！黑五情不自禁地一把将山雀子紧紧搂在怀里。他感到一阵力的冲动。

西山坳上的太阳抖了一下，迸散出无数血红碎片。

1988年于邓家冲

空　地

一

一个小小的山湾里，青叶河像一条鱼在这里一甩尾巴，把河道拓宽了，留下一个泡沫侵蚀的山湾子。上游来的排客，常靠岸打店。

点缀在大山老林中的竹山寨，就像河边的礁石，经受着尘世沧桑，风风雨雨。

竹山寨的天空，总像浑了的蛋清，古朴、凝重。

每逢春潮桃花水涨时，上游的排客纷至沓来。这些人久经风霜，饱受离群的寂寞，渴望接触人群，行为举止不免粗野。这里本来寂寞的黑夜于是变得醉醺醺，晃晃悠悠，没一刻安静。木排上，树木丛，便传来了女人们的尖嘶急叫。木排上、树木丛，整个山寨都在欢唱、游乐。古来如此了。排客们从上游下来，要经过六六三十六个饿喉弯，三七二十一个鲤鱼喘息急水滩，老虫涧、死人潭……风雨历程半个月，九死一生。

竹山寨的男人们、女人们认为，他们赚点便宜，应该。

做归做，总不能显眼惹目。山根的老婆苦花可也出格，她敢在众人面前，往相好的排客水上漂脸上"叭"地一个响吻，叫人直打喷喷。前些年，大集体，她当妇女主任，常到山那边去开会，参观学习，也曾见过大世面。她对山那边的一些新奇的东西着了魔，每次回来总要沉默纳闷几天。她说，竹山寨是一个窄口酸菜坛子。山根呢，也开只眼，闭只眼，反正是那么回事，女人嘛，名正言顺，还是我山根的。

一个晚上，山根外出了。月上树梢时，苦花焐好灶火，解衣上了床。冷不防，一个声音、身子都打战的汉子把她紧紧搂抱起来。

"我……我想你想得苦！"那汉子是从床底下爬出来的。

她听出了声音。"啪"地给了他的秃头一巴掌。

"我当你是个男子汉！鸡狗不如。我错认了你。有胆量，点着篙把火明明当当来。我本来该是你的。何必偷偷摸摸，黑灯瞎火！"

苦花用力一挣，一把推了他出去。摸着被弄得毛毛热的奶子望着窗外半轮春月，涌起了无限的凄凉。她不知道自己为什么要捆人家一巴掌。这男人哪，倒也有几分情义的，竹山寨这么多女子，他就只来陪自己。山根在家时，他蹲在蛤蟆洞；山根一外出，他就来相陪。只是不该从床下爬出来。这样的胆小鬼，干不成事体的。给他一点颜色看，也许会壮起他的胆子。

二

青叶河水落了。暑热从山岭上吹到了竹山寨。风把满山的青草味吹散到空中。

山根吃过早饭，想去茶叶坳打牌。

苦花随即跟了出来。"去兽医站拿点药啰！那些鸡得了白痢，你就不着急来！"

山根没应，脸上刮得出三分霜。在老婆面前，现在绝对不能百话百听。特别是苦花，她常说是他救了她，她才肯嫁他的。她当过妇女主任，还常和排客们偷情。现在我山根有了钱，难道我山根还不如秃牛？他想来怄气。

他停了一会，抬腿去了草棚镇。日上头顶时，山根挑了十来只鸡回来。

"给你！想吃鸡肉，有钱到场上买去，何必自己找苦吃！"山根财大气粗，眼睛吊在额头上。

这时，正巧桂珍放学回家。

"爹，买字典了吗？"

山根拍了拍桂珍的头："毛毛，你也不屑读书了，反正读了大学，也当不上万元户，今后你就跟爹一样干，不愁吃穿。到时，要跟哪个算木材帐，我们就去请一个会计师，省得你小小年纪就为读书吃亏。"

桂珍见爹没给他买字典，委屈地自找其乐去了。

苦花无奈地摇摇头。

第二天早上，苦花那些良种鸡死了不少。

山根全不在乎把那些良种鸡扔进了河里。那死鸡在雾蒙蒙的河面上一漂一浮，像落水汤圆。他是有意让大家瞧瞧他山根的气魄。

苦花望着那雾茫茫的河面，难免一阵心酸起来。

她在排客水上漂的提示下，对山根提出，不能总是靠山吃山，要搞点其他加工、养殖方面的副业。山根回答说，如今不搞集体了，你还要串头充什么能，只要山上有木材，就有钱花。何必自找麻烦。村长也反对，说："靠山吃山，这是古话，天经地义。你是想变花样儿，拆两个文明模范村的台。"男子屙尿飚过墙，女人屙尿射不过篱笆。在这古老的山村，她能怎样？

山根悠然地点上一根烟。

苦花望着那缓缓升起的淡青色的烟圈。烟圈如同铁圈锁住了她的喉头。男人、男人，这就是和自己相处了十几年的男人？烟圈一圈比一圈浓，她的心一圈比一圈酸。

昨晚，山根发觉苦花对他淡漠了往日的春情桃花意，很不是滋味。把她抱茅草一样一股脑儿抱在怀里，喷着酒烟味，狠狠地发泄着情欲。"老子不是穷得卖屁股的山根了，是双万元户！你也不是做粗重活的苦花，是我焐被窝的老婆！娘×的，老子有了钱，也晓得享乐！

到哪一天，老子去请一个长工，买一个小婆娘。"

山根野蛮地在苦花周身狂吻。收录机的旋律在疯狂地舞荡。苦花任他摆弄。

外面，那只刚发春的小母狗在异性的粗野追逐下发出痛苦的呻吟。

窗外的星子一闪一闪。后来，山日突出了云层，滴淌着处女血。

三

青叶河的夜雾从河面袅袅升起，以自身的温柔、静谧化解着外界的狂荡。周围狼牙交错的巨峰硕峦，驯服地枕在她的臂弯里。

夜幕里传来一阵悄言细语。

"把桂珍送到你们月亮地去。"女的说。

"他们只一个劲地享受祖宗们的遗产，怪不怪，前些天，有人把学校的屋柱树也卖了。"

"乞丐成为帝王后，他会变得疯狂的。竹山寨是个聚宝盆，竹山寨的人是不懂事的败家子！"

"桂珍不该是败家子！"女人长叹一声。

面对着苦花那双眼睛，水上漂缄默了。

这双眼睛，是他当年狩猎时，那条既温顺又狂躁的母犬的眼睛。那时，母犬是他生存的唯一希望。在那远离人群，瘴雾蒙蒙的森林里，那母犬也曾引起他男子汉兽性的情感，他痉挛地捧起它那湿润、腥味，喷着生灵之气的嘴，骤发着原始的性爱。也就是那回，他重逢了给丈夫寻药夜宿山林的老相好苦花。

半个月的水上生活，水上漂浑身瘙痒，特别是四处山花盛开，春鸟啾鸣，春潮桃花水更是涌满全身。他知道，他不仅是沉溺在苦花乳房夹缝间，流淌着的那条小溪。

"你也跟我走！"水上漂捏紧了苦花的脖颈，"要不，我抛你到河里喂水猴子。"

苦花隐隐觉得，刚插杨柳光棍一条的水上漂是一座铁打的靠山。

河边那丛水杨柳枝叶向上束成一把，在黑夜中有如黑炭的颜色。对面蛤蟆洞里闪过一阵磷光。那里，曾消失了多少动情的山歌。从前，不少女人同排客偷情，难舍难分时，又迫于无赖，往往在那里殉身。

在寨子东隅竹山边，有一座青苔满缀的庙宇，四娘庙。它是竹山寨人的骄傲，后人的典范。

相传很久以前，竹山寨的四娘貌美贤惠，早年丧夫，守着一个八十的婆婆。一天，她到河边洗衣，被乌龟精撞见。乌龟精借一阵浊水把四娘掠入水中，恰巧被排客三麻子遇到，三麻子膂力过人，人都说他是水中阎王，他搭救了四娘。四娘感恩不尽，然而三麻子是个情欲强悍的武夫，四娘对他尽了一个女人所能尽的一切。三麻子不满足，要带四娘走。四娘想到婆婆，放心不下，自己又是有过丈夫的，尽管这个丈夫已经死了。在三麻子的逼迫下，她把三麻子送给他的碎银子留给婆婆，举身入了蛤蟆洞下的深潭——那里葬送了她的丈夫。后人为纪念重情重义的四娘，便捐款修了"四娘庙"。

这时，只见苦花捆了水上漂一巴掌："死鬼，我不死，跟你走。"

苦花本是按了头，尾巴翻的角色。三五下收捡了东西，揣把钱，拖过水上漂，头一扬，带了儿子桂珍趁月色走了。

天上那弯眉月，已升到峰顶，朦胧的夜色里，显得很美。

竹山寨的天空像搅浑了的蛋清，仍旧古朴、凝重。偶尔传来收录机嘶哑的声响。然而，竹山寨显得那么静，那么静。单调的夜色里，不知谁唱了一句："老婆子吆，老公吧，咱们两个学毛选啰！"

四

蛤蟆洞石壁上，有一块古时遗留下的壁画，隐约可见男人、女人的裸像。这里高抱地势，凌空绝壁，除几只来寻死的岩羊倒毙洞内，少有人来往。

秃牛自从挨了苦花那一巴掌后，情闲意懒，把收录机搬到洞里，整天的放。不知道他从哪里弄来几瓶红、黄、黑油漆，把那几个女人裸像涂上颜料。

秃牛酗酒后常编胡乱不经偷野婆娘的艳事。有人怀疑他的秃头给女人摸过。竹山寨的人都说他被蛤蟆洞的女人迷了眼。他却说，除了那么几个人外，竹山寨的人没眼睛。

秃牛是个并不出色的猎手。先天不足，落下一个癞毛头，没哪个姑娘看上眼。年轻时爬吊眼寡妇的窗户给打下尿坑，恰巧漂亮汉子山根遇到，羞得无地自容。

二十八岁那年，秃牛去老山狩猎，碰到一头受伤的野猪。他猛扑上去，却被野猪一嘴划破了下身。从此，遗下男人的病。目睹那场搏斗的山根事后说，他是有意那么做的，那东西没地方发泄，不如没有，让畜生划掉。他自己却说，也不清楚当时怎么想。

四周弥漫着一种强烈的阴郁憋人的气息。听得一阵寒心的唢呐响声，秃牛浑身燥热。他冲到洞口，狂暴地把全身衣服撕扯下来甩进了青叶河，袒露出全身犍牛样的肌肉，歇斯底里地握紧双拳，举过头顶，面对苍天——

"呵——呵——哈……"

疯魔、豪狂的笑声随着他的手舞足蹈，回响在竹山寨。只有狂妄的胜利者才会笑得那么得意。

就在苦花跟水上漂出走的前天夜里，苦花找到了秃牛房子里。

苦花眼里淌着销魂的亮光，赤裸着身子，喃喃地对秃牛呼唤着："我对不住你，我就要跟水上漂走了。你再亲亲我。"

秃牛坐在门口，一言不吭。月亮将他变形的影子剪辑在地板上。

"来，秃牛，你就忍心这样吗？"苦花呜咽地吞着泪。

秃牛站起身子，踱到床前。苦花的温手勾上了他。

"秃牛，我让水上漂替你生个孩子！"苦花吻着他的脸颊。

"不。我是人！狗婆子，你给我走！"秃牛一声大吼，将苦花打在床上……

铅灰色的云、天，浑了的蛋清样的四周，是那么清寂。

秃牛折转过身，赤身裸体，在洞里嚎叫。他感到无端的头晕目眩。一阵迷惘，一种深远、肃穆、神秘古奥的千年清寂从四面八方的石壁向他袭来。石壁上的裸女仿佛从凡俗的躯壳蜕脱，升腾起来，悠悠飘晃，在洞里漫游。四娘披头散发，扑上了他，捏着他的喉咙！

——憋死人了！他抡起一个大锤，在石壁上横砸。

……

太阳出来照白崖

妹给阿哥绣花鞋……

那夜，月亮好圆！苦花坐在楼台上煮了红枣鸡蛋等他打猎回来。她的口，有时甜呢，歌也唱得好。他把那天仅有的一只野鸡送给她。她依着他，甜甜地笑……

荒洞里，他把一沓钞票点燃，四娘的幻影在火光中消失。

五

"秃牛哥，我的苦花让人勾走了！"山根找到了蛤蟆洞。

秃牛依然故我，正在虔诚地望着石壁上的裸女图。

他抓起油笔，涂了起来，双眉紧锁，嘴唇微合，全身的肌肉在颤动。力气全运到拿笔的手上。

"啪！"笔断了。

"这不是人咬狗的事。"

"可要带走人，天理不容。"在山根的心目中，世界分为两面，一面清清楚楚——那就是他的山林、妻儿、钱财以及他的热被窝；另外一面模糊不清——那就是外面的世界，不同于竹山寨的世界，他思想之外的世界。

"有了初一，十五合理。"自己把苦花让给了山根，又同她混上了，是自己赚了山根的便宜，还是山根赚了他的便宜？他不得其解。

苦花带儿子出走，自然给山民们无休止的谈资。颇有权威的人士这样说：我们竹山寨的人古来讲情义，女人与排客们好归好，可总不能同人私奔，你也是有男人的人哪。你走了，蛤蟆精会收你的尸。

山根也说："苦花，你走，你走，我会来十个百个的。我有的是钱！"口头这样说，心里也痛楚。

竹山寨的日子就是竹山寨的日子。

一声春雷，排客们的号子又在竹山寨河边响起了。

六

就在苦花外逃后的一年，一溜竹排载来了苦花——她为了救水上漂让排压死了。

苦花刚到月亮地，倒也同水上漂恩恩爱爱，不久，两人间的矛盾也尖锐起来。

"我干脆同山根办了离婚！把户口弄过来！"苦花说道，"我也要名誉。"

"那不行。"水上漂得意地笑道，"人家羡慕我的是借别人的老婆养崽子，你们离了婚，还算我什么本事。"

"这样，会使山根痛苦的。"

"我不管，我要的是一个我的百分之百的儿子！"水上漂用手压着苦花的小腹。他让苦花把到月亮地后怀的第一胎打掉了。

苦花死时，水上漂既不流泪，也不悲怆，放下尸体说走就走了。

"她还惦记着两个汉子！"这是水上漂讲的唯一一句话。

秃牛把她的裸像画在蛤蟆洞显目的地方，棱角分明，筋骨毕露，特别是她乳峰下那点肉痣，栩栩如生。

秃牛坐在洞边的一块岩石上，他神经的战栗变成一种寒热病似的战栗，他觉得发抖；天气虽然很热，他却觉得冷。由于某种内心的渴望，他极力要找什么来分散注意力；但总无法成功，于是又时时陷入沉思中。

那是一个秋雨霏霏的下午。秃牛、山根去观音岩取树套，在河边发现了一个投水自杀的姑娘。"去！"山根一把推了秃牛下河。

姑娘被救上了岸。秃牛也冷得半死。那姑娘就是苦花。秃牛背她回竹山寨，后来却成了山根的老婆。

苦花问过秃牛：为什么要把我让跟山根呢？

是啊，为什么要把她让给山根？山根不是用每年的三百斤口粮养活了两个口，挺过了那年月吗？自己既不能给他肉体上的满足，也无能给她一个男人的温情。

"秃牛，你来！"这分明是苦花那甜甜、又有几分辣味的叫声。这只是思念中的了。

"苦花，你这婊子，本不该去的。"他这样想。自己也弄不清指跟水上漂去，还是白白死去。

"你跟着我多好。"一阵热风过去，他异常孤独。

"到底，苦花，我不怨你，你还是记着我的情啊！"

他蜷缩在岩石上。在苍穹下，他显得那么渺小。

竹山寨的天空，还是像搅浑的蛋清，古朴、凝重。人们过着的仍是向来就那么样的生活。只是每家在端午节时，门口上都挂了一串切成圈的菖蒲，据说，它能压邪。

七

又是一季春潮桃花水。排客们得到某种满足后走了。但毕竟，排客们所带着的新生活气息像青叶河里的波浪骚动着青叶河两岸，骚动着青叶河畔的竹山寨。

苦花坟地上爬满了野草，终于在一个雨蒙蒙的黄昏，一株半星莲从泡松的坟地上吐出了猩红的花蕾。

秃牛也郁郁而死。葬在苦花坟边。坟的后面是一片空地。

那只小母狗也在坟地边的草丛里，呻吟着、挣扎着生下了一个满带腥味的肉团。

那条公狗在一旁兴奋得直打滚……

1987年于邓家冲

火 砖

坯厂上。骄阳呆呆。

旺生赤裸着背脊，瘦削的脊背上黑黢黢的，闪着汗的油光。他拖着沉沉的大脚板，大脚板像鸭蹼一样张开，坯泥在他的大脚板下不时向后翻动。

旺生在和砖泥。渐渐地，旺生宽绰的裤衩上，汗碱浸出了一块块的白斑。

不远处是一个土坎，土坎下是一块草坪，通着远处深紫的大山。草坪里淤着一塘死水，倒映着辽阔的天空和骄阳。塘坝下一个很大的土坑，砖坯都用那里黄澄澄的胶泥。旺生搅和一阵，取来砖模子，抓起一把把坯泥，重重地摔进模子里，然后细细地抹平模子里的泥。很快，在他身后就延伸出像模像样的砖坯来。

做完了坯泥，他又去塘坝下运些胶泥来，挑来水，继续搅和。泥很胶，锄头插进去拽不动。左摇右晃半天，咕哧咕哧响。

"格格格——"

一阵笑。嫂子站在坯棚里，嫂子的脸微微泛红。嫂子的衬衣也被汗水浸透，贴在胸脯上，能清清楚楚地瞅见嫂子那黑色的奶头。

旺生扬起暴皮的脸。背上的汗珠子呼啦而下，流得气势磅礴，鼻子上挂一滴汗，悄悄地颤了几下，悠地落在了皲裂的唇上，慢慢洇开。

"嘿嘿！"

旺生也笑，黢黑的脸，像一团揉皱的锡纸。旺生的目光从嫂子两肩滑到脚下，然后又移上去停在嫂子那张山茶花般艳丽的脸上。

"歇一阵吧。旺生！"嫂子和善地招呼道。

坯棚里阴凉。旺生放下手里的活计，走进坯棚。嫂子给他绞了条湿粗布巾。旺生接过来放在略显稚气的脸上、只剩几根肋骨的瘦胸脯上抹着，顿时觉得惬意。

"旺生，你才从学堂里出来，嫩皮细肉的，这泥瓦匠活够你受的……"嫂子在一旁怜爱地瞅着旺生被太阳晒变形的体肤，眼里露出几分无奈。

"……"

旺生心头一热，赶紧用粗布蒙住脸。

"大学生！"嫂子像往常一样称呼旺生，从身边的水桶里舀出一勺水递给他。"你喝水！"

旺生接过勺，仰头咕噜一口气喝干，然后一脸的愧色，又挺认真地对嫂子说："嫂子，你以后不要这么叫了，丑人哩！"

嫂子体恤地说："不就差一分吗？再复读一年，准能考上大学哩。月亮地的岩崽复读了七年才考上的，你的成绩向来好。你是应届生，当然考不赢复读生。"

"我不想复读了。"旺生咬了咬牙帮子说。

旺生阿爸早逝，阿妈改嫁下堂，由阿哥财生拖带他长大。阿哥节衣缩食送他上学。旺生学习成绩冒尖。阿哥和嫂子眼巴巴指望家里能出一个大学生。今年高考，旺生却以一分之差落榜。半个多月前，旺生从学校里将这个不亚于噩耗的消息带回来。"哥，嫂，我没考上，差一分。"旺生声音迟缓，语气散乱。

盛夏天气，太阳特别毒，到处是一片闷人的蝉声，叫得人心恍惚。阿哥财生和嫂子两双眼睛死死盯着远天，木然着，仿佛什么也没听见。旺生看到他们的神情，一股呛喉的热气涌到喉管，他想吐出来，却没法吐出来。

坏场上，凝固着一片灿烂的金黄。废窑下凹着平坦如砥的一片，闪着细沙的金光。

老半天，财生嘴里才蹦出火球般的两个字："一分！"

旺生不再说什么，丢下愕愕怔怔的财生和嫂子，去摞砖坯。旺生那并不厚实的，正在发育的细长臂膀在烈日下闪着光。

吃晚饭时，财生喝了半坛子包谷酒，然后去了坏场上。

旺生尾随财生到了坏场上。近处有虫鸣声。远处有狗吠声。青草味刺鼻。财生在月光地里搅和坏泥。他身后堆起了一座小山包一样的砖泥。财生不知疲倦，挥动着荷叶锄，将胶泥搅得呱呱直叫唤……

"哥——"旺生叫了一句。

财生弯成弓一样的腰慢慢拉直了。财生放下锄头，坐在地上。旺生拢去，手里的芭蕉扇朝阿哥背上摇晃起来。

"一分。"财生又嘀咕了一句，将脸转向旺生，"听你的同学讲，你考试前，脑壳昏痛，怎么就不带个信回来？咳！怪我！你知道家里钱米紧张，省吃俭用。营养供应不上，脑壳就昏。当时我要能抽空去看看你，给你买些营养品，就不会差这一分。"财生最后说："你这一分是我差的……"

旺生知道阿哥财生那时候学习成绩也挺冒尖，就因为过早地挑起家庭重担，中辍学业。财生为了负担旺生昂贵的学费，让旺生圆他的大学梦，一直拖到三十出头才成婚。

旺生听着财生的话语，喉头哽咽："哥……"使劲摇动着的芭蕉扇呜呜作响，像在诉说着重重心事。旺生望了望朗朗夜空，接着说："哥，我辜负了你们的希望……"

财生一听，"啪"地夺过旺生手里的扇子，恶恶地一句："读书人文绉绉的屁话！"

"看你，吓着旺生。"嫂子也来到了坏场上，月色将她的身影拖得长长的。嫂子接过了财生手里的芭蕉扇，风摇得又均匀又凉爽。

旺生捡了一根木棍，蘸着月光埋头挑泥。

停了一会，财生问："旺生，你怎么打算！"

旺生抬起头来，望望财生，又望望嫂子，说："我回来做个帮手，可以减轻家里的负担。"

月光下的财生剜了旺生一眼："屁话，世上的人都靠做砖讨吃过日子？你的才气不能埋没在泥巴里。做工的人日晒雨泡。你看看你那双手，做得工吗？"

旺生不禁将纤细的手指往身边缩了缩。他又说："哥，嫂，我真的不想读书了。"

嫂在一旁说："旺生，你要复读哩！农村人读书拼出去不容易。"

旺生眼眶里撒了辣椒粉。他没见过哥嫂置过一件像样的衣服，小侄女要到读书年龄了还整日光着屁股。哥嫂为了供他读书，因为出不起罚款一直没敢生育第二胎，没能生一个儿子，为他家传后接香火。善良的哥嫂视他上学读书比生儿子这头等大事还要重要。他说他自己这么大了不能再给哥嫂增加负担。

之后，旺生又摆出来充足的理由："上面有文件，不允许办复读班了。"

财生听了直摇头："书呆子。做砖一样，模板是死的，人是活的。"

夜把凉爽的山风带来。天空像一汪宁静的河水。月亮悬在头顶，星星暗淡而遥远。月光落在坯场上，沙沙有声。旺生将手心朝上，试探了一下，想抓一把月光，落得满手风凉。暑热在夜色里远遁。

第二天，财生一大早青着脸搭车去了县城。第三天，财生仍旧青着脸回来了。一到家，财生清理出旺生那箱课本，将旺生叫到眼前："你什么都不要去做，在家温书，我再给你想办法。"

旺生犟着说："哥，我真的不想读书了。"

财生两颗牛卵子似的眼珠子死死盯着旺生："你……"

旺生不理财生，扛了荷叶锄朝坯场上走。

"啪！"旺生脸上骤然响起清脆的巴掌声。财生嚎道："我让你犟！"猝不及防的财生捂着脸，怔怔地望着怒狮般的财生。

……

草把龙
CAO BA LONG

"你哥那巴掌打得好狠！"记不清嫂子是第几次向旺生说这句话了。

旺生憨厚地笑笑，没说什么。

"你哥是真心想让你读书读出身呢，他说讨米也要送你读书。"嫂子说。

旺生说："你们的心意，我懂。"

嫂子说："你该去温书了，要不，你哥回来又会不高兴的。"

一只油蛉怕晒，也跳进了坯棚，"唑唑——零零——"叫得剔亮。

"我没那份心思……"旺生说。

"这就是你的不对了。"嫂子温和地说。

旺生抬眼望望棚外。骄阳晒得四周无比寂静。坯棚上苫的茅草干得发白。摞出孔来的砖坯没有一丝风儿穿过。废窑上丛生的蒿草，叶子蔫缩，却仍葳蕤。旺生边温书边帮财生夯砖。干了半个多月，基本上熟悉了搅泥、夯砖的程序。他们已经烧出了一窑火砖。火砖齐斩斩码在坯场当头，只等买主。

就在旺生同嫂子说话的当儿，财生和一个秃头出现在码火砖的场地上。财生见到旺生在坯场上做的一溜砖坯，脸色青了："又没温书？"

那秃头在火砖边探头探脑。光秃的头顶直冒油汗。秃头是个砖贩子。财生说："今年到处搞开发，到处搞建设修房子，砖价好哩！"秃头从火砖垒成的墙里不时抽出一块砖来用钢尺量一量，又敲一敲，不置可否地"嗯嗯啊啊"。

财生说："天气热，去坯棚里说。"秃头眨着黑少白多的眼睛说："当货面议。"财生说："我做的砖远近还没坏过招牌、损过面子，一分货一分价。"秃头说："雀雀寨的麻佬做的砖也好，去年他想等个好价，等来等去，总不愿出手，一场大雪，基建停工，结果跌价了，亏了血本。砖是死宝，钱才是活宝。"

秃头一番话说得财生心里七上八下。财生问秃头："您老开那个价再加一点，行不行？"

秃头用手扫扫秃顶，眼里闪着狡黠的光："你是要现钱，比不得赊销。你要不同意，我们买卖不成仁义在。我就去雀雀寨了。"

财生赶紧拦住秃头，说："我等钱急用。"财生拿起一块火砖来，"柴火烧的，上了柴油，牢实呢。您老看到货就该放心了。"

秃头绕着火砖转了一圈，停住，说："每块加两厘。"

财生知道砖该何时出手，但也只好表示同意。秃头说七天后来拖砖，一手交钱一手交货。

秃头走后，嫂子问秃头出的价。财生说："每块一角二分五。"

旺生说："都是一角三分，秃头是吃人不吐骨头。"

嫂子也说："这些火砖是一把汗一把血夯成的，价卖得贱，心痛。"

财生低沉着说道："卖就卖了，少啰唆！"

旺生拿了课本去背阴地方温习。天气依旧炎热，太阳灼人，像是要将地皮晒裂开来。附近的苦梨树上巴掌片子你拍我打，地面的热风打着旋旋，扑腾起满地灰尘。旺生心里乱糟糟一团，课本上的黑字变成了一群嗡嗡鸣叫的蚊子，在他身前身后盘飞。旺生还没翻两页，就丢下了课本。他原想今年有把握考上，谁知只差一分落榜了，这愧对对他寄托厚望的哥嫂。如今他这副懒散模样，哥嫂见了会更痛心。那一次，阿哥来学校看他，同时给他送伙食费。他问阿哥是不是吃了中饭。阿哥说去车站买了票再去馆子里吃。他见阿哥脸色蜡黄，阿哥走后，他请了假，想去送阿哥上车。到了车站，他竟看到挺要脸面的阿哥躲在一个自来水龙头边嚼着冰凉邦硬的包谷粑。他怕阿哥不好意思，没惊扰他，就离开了车站。"在学校里不能太省俭，要不，同学瞧不起。"阿哥给他钱的时候，一再叮嘱他。从车站到学校的路上，他就定了主意，如果今年没考上大学，他不准备复读。想想自己也是十八岁的人了，总不能靠人供养着。哥嫂为了自己读书，付出的代价太沉重了。他知道刚刚解决温饱问题的偏僻农村里除养家糊口外，还要送人上学读书的分量。这些天，他玩命地在坯场上夯砖，夜里倒在床上就睡，少了许多忧虑。

旺生没心思看书了。他想认真恳求哥嫂，再亮心里话，他拖着疲惫的步子往回走。

阿哥同阿嫂正在坯棚里小声争吵。旺生还从没见他们吵过嘴。他不由得躲在砖坯墙后偷听。嫂子说："人家答应了我去取环，我们生一个吧，说不准会给你生个儿子。"阿哥低唔一声："嗯。"嫂子不高兴了，揉揉阿哥，"我在同你商量呢，你不痛不痒的，说话呀你。你想儿子都想得快癫了。"阿哥瓮声瓮气地说："我可没钱出超生罚款！"嫂子说："卖了这窑火砖就凑得起1500块钱。"阿哥说："我这钱是替旺生复读准备的。"嫂子不说话了，低头，肩膀抖着，眼泪扑簌，手指在掌心里抠着。阿哥抽烟，顿时一股浓烈的烟雾充满了低矮的坯棚。顿了一会，嫂子又说："人家没钱出罚款，去外面躲着生，我们也跑到外面去生。"阿哥说："你也希望旺生读书读出身，我们跑了，家里没了依靠，旺生复读能安心？"嫂子开始低声呜咽、一股热风撩起嫂子前额的柔发。

听到这里，旺生耳朵里"嗡"的一声，他觉得浑身冰凉，像发了痧症。他跑出了坯场，在田野里狂奔起来，几条野狗被他疯狂的举动吓得吠吠远逃。旺生跑过了田垄，跑过了荒山坡。旺生开始声嘶力竭地吆喝，吼叫："噢——嗬！""噢——嗬嗬嗬嗬！"远山回应，嗡嗡有声。最后，他趴在滚烫的土地上，泪水奔泻而下……

财生开始变得烦躁不安，整天不是夯砖，就是灌酒。

嫂子仍旧那么和善，忧郁的眼睛分明压抑着重重心事。

太阳笔直地烙在人的脊背上，生痛。财生在坯场上发狠地夯砖。嫂子在旁边做下手。

旺生抓过荷叶锄去搅坯泥。泥胶，脚底一滑，一屁股跌在地上。财生默默地看他一眼，过来给他做个示范。旺生接过锄头继续工作。嫂子说："旺生，你去歇歇，该温书了。"财生长长地"唉"口气。旺生知道，这坯场在默默地接受着他这个新工人。坯场上好静，太阳花花耀眼。搅泥的声音，夯砖的声音，显得无可奈何的倦怠、懒散。

装好窑，点燃窑火，财生吩咐旺生给窑里添柴，随后阴沉着脸灌酒去了。

窑火毕毕剥剥地燃着。旺生不时往窑眼里添柴，不时用火叉往窑眼里捅一阵。窑后的三个气孔翻腾出团团烟雾，笔直地升上半天，尔后在空中化作色彩斑斓的云朵，飘浮在山谷里。

窑眼里卷出的热气烫得脸面燥痛。旺生在继续往窑里添柴。火墙开始发红。旺生闻到皮肤的焦臭味。

"旺生，歇歇吧！"嫂子在三十丈外的坯棚里叫他。旺生回到坯棚里，嫂子替他绞了湿粗布巾，问他："火墙红了吗？"他说："红了。"

嫂子问："好不好看？"他说："挺好看的，你去看看吧。"嫂子说："你哥不要我拢窑边。匠人有匠人的规矩。女人秽，女人拢不得火窑。女人拢了火窑，砖不是不转青，就是裂坼，卖不到好价。"旺生就鼓嫂子的勇气："你去看看吧，窑眼里火鼠打圈，红彤彤的，好壮观，我哥又不在，没事。"嫂子说："我就在远边瞅瞅。"

嫂子跟在旺生后往火窑边走。走到火窑不远处时，嫂子突然"哎哟"尖叫一声。旺生以为嫂子被石头硌了脚。回过头，见是哥哥财生手里的一根栗木柴抽在嫂子腿上，嫂子痛得跪在地上，双手捂着腿，脸色苍白。

财生气势汹汹："我让你看！让你看！"财生像一尊恶神。

旺生见这情景，操起火叉，护在嫂子身边，嗷嗷直叫："你——"

财生牛卵子样的眼睛露出杀气腾腾的威严，他破口吼道："你们坏了我的大事！我剥你们的皮！"

又黑又瘦的旺生像一节黑木桩子。他跳蹿起来："你再敢打人，我同你拼命！"说着，手里的火叉直朝旺生捅。

嫂子忍痛站起，扭住旺生的手："旺生，你别乱来……"

阿哥对嫂子向来和气体贴，从没戳过嫂子半个指头。今天阿哥却对嫂子如此大打出手，嫂子也忍受，还护着他。旺生想不通。后来，旺生愤愤不平地同嫂子说起阿哥打她的事，又骂阿哥是死封建脑壳。嫂子说："你哥到一中求情，交两千块钱，去插应届班复读。这两窑火砖是唯一的盼头。你哥不是死脑筋，他是怕这窑砖万一有个闪失，卖不到好价钱，凑不足钱，你就真的复读不成了。你哥疼着我哩，他其实也是下不了手打我的……"

第二天，财生一脸的严肃，抓了只大红鸡公，撕破了鸡冠，口中念念有词，将鲜红的鸡血绕着火窑滴了一圈，又用鸡血画了道符幡，贴在窑门上避秽。

夕阳暗下去，夜色愈来愈浓重。天空是灰蓝色的、像燃红后又冷却了的铁。

就在封窑的头天晚上，一场暴雨来临了。

旺生烧了一天窑火，浑身骨头散了架，倒在坯棚里，睡得昏昏沉沉。半夜时分，听到财生和嫂子在坯场上疾声叫喊："旺生！旺生！快起来，落雨啦……"

旺生跌跌撞撞跑到坯场上。只见暴雨倾盆而下，狂风大作。

财生和嫂子正在风雨之中往那一垛一垛的砖坯上盖稻草，遮油纸。风大雨急，盖不稳，稻草、油纸被风雨打得嗦嗦作响。

旺生一时摸不着头脑，浑身让雨灌了个透。他呆呆怔怔地站在那里。

财生和嫂子拉了张油纸，遮在砖坯上，一放手，呼地一阵风雨，油纸在半空打了个漂漂，不见了。

辨着蓝色闪电，旺生看到天空中抽打着的是一根根粗硬的雨鞭。旺生几乎窒息。

"死人！站着干吗！快来帮忙！"财生火爆爆骂一句。

砖坯盖不好，让水一泡会变成泥。

旺生踢着坯场上的泥水跑过去。在稻草、油纸上压木块、石头。黑压压的天，急骤的暴雨。旺生无端感到了恐惧，他浑身起了鸡皮疙瘩，胳膊变得生硬。

"快！快！"财生在吼叫，嫂子被大雨淋得披头散发，衣服紧紧地裹着，她也让风雨灌得喘着短气。

"轰隆——啪啦啦！"一道闪电夹着一个炸雷，撼得地动山摇。

低矮的坯棚在风雨中形同一片树叶瑟瑟抖动。

雷雨中，那边的火窑顶部在风雨中射出一道暗红的火光。

"火窑通顶了！"财生嘶叫一声，疯狂地朝火窑奔去。

没封窑的火窑被雨穿了一个拳头大的眼，雨水通过那个眼，一个劲地朝通红的火窑里灌注。火窑里发出火砖断裂的巨响。那眼孔在不断地扩大，一阵阵热浪和刺鼻的硫黄味从眼孔中鼓涌出来。热气和雨水绞和在一起，形成一片瘆人的烟雾。

"扛门板！扛门板！"财生大声疾呼。

旺生扛来了门板。门板盖上去，火窑发出的灼热将门板烤得焦臭。财生、嫂子、旺生使劲朝门板和窑顶盖湿泥。

风雨急骤，雷声隆隆。

旺生突然感到脚底颤动了一下。

"塌窑了！"财生一手抓着嫂子，一手拉着旺生，一个筋斗从窑顶上滚下。

"轰！"火窑顶部塌了！倾盆大雨一个劲朝地上泼洒。热冷掺和，破顶的火窑散发出一阵阵灼人的热浪后，一窑火砖顿时化为乌有。

"砖，我的砖——"

财生满是泥浆的手撕扯着头发，面目变得阴森狰狞，嘶哑的声音如同狼嗥。

第二天清晨。雨停了，太阳没有露脸。空气中少了暑热，多了凉爽。

坯场上一片狼藉。坑坑洼洼到处流着红色的胶泥水。

嫂子拧着头发上的积水，在收拾坯场。

财生蹲在塌顶的窑上，一根接一根地抽烟，他被烟雾裹着，远远望去，他就像一棵冒着青烟的树兜。他浑身泥巴水浆，脸上的泥水干了，渍印蜿蜒，如同一条条蚯蚓爬伏。肩膀上划破了一道血口，血已凝固，变成厚厚的血痂。一夜间，财生腮帮上、嘴唇上的胡子疯长耸立起来。

"回去换了衣服吧。啊？"嫂子温柔地说。

财生木然，仍旧抽烟。

"回去吧。"嫂子眼睛里闪着晶莹的亮色。

财生抽烟，没回答。

旺生坐在坯棚里，低着头，用柴棍挑泥。坯棚外的道路上流水汤汤。

盛夏的骤雨过后，一切变得清新，生机盎然。不远处的山坡上竟开放了一些花朵。五光十色的粉蝶和嗡嗡叫的蜜蜂，围着花枝飞舞，一些小鸟隐没在树丛里叫得怪好听的。多美的大自然，多美的家乡。旺生却无心欣赏。

旺生左手掌上有一串水泡，是昨夜让火窑里的热浪烫的，现在隐隐作痛。

扑嗒扑嗒。路上传来一阵悦耳的脚步声。

旺生抬起头来，那是乡邮员老邓。老邓是一个十分谦和常给乡亲传送好消息的人。

"昨夜下雨了。"老邓和旺生打招呼。

老邓挎着一个醒目的绿色邮袋，绿色里透着春天的气息。老邓走近了。"旺生，怎么病快快的？"

"嗯。"

老邓在旺生身边停住，弯腰从绿色邮袋里抽出一封挂号信。

"考上大学了。旺生。"老邓拍拍旺生的黑瘦肩膀。

旺生身边响了个炸弹！他心里咚咚一阵狂跳。这意外来得太突然。

旺生接过录取通知，痴痴地望着老邓渐渐远去。

旺生按捺不住内心的激动。踢着坯场上的积水，把录取通知书给财生看。

财生蹲在窑上。看了录取通知，愕愕的说："旺生，你考上大学了？"

嫂子听到消息，也踢着水花跑拢来。问："旺生，不是说差一分吗？"

"定向招生。"旺生平静而又兴奋地说。

嫂子夺过录取通知，捧在胸前，眼眶一热，喉头一缩，竟呜呜地哭了。

财生跳下塌顶窑，捞起一把胶泥，"噗"地夯在砖模里，利索地一刮，一块四角端正的砖坯就出来了。"哈哈！"财生笑了，那模样像哭。

随后，他就招呼嫂子快运泥夯砖，好替旺生准备上大学的开销。

东方山后的天上，几片厚云的薄如轻绡的边际，衬上了浅红的霞彩。过了一阵，山峰映红了。又停了一会，火样的圆轮从苍翠的峰峦后涌出了半边，慢慢地完全暴露了它庞大的全身。朝阳映红了坯场，映红了辛勤劳作的哥嫂的半边脸。

眼前的那一幅图景使旺生有一种从未有过的亢奋和惊讶。

1992年于邓家冲

踩　生

　　有一年打雷，一团火球绕着石碓屋转了三圈，接着一声巨响，把风雨剥蚀的石碓屋劈得惊天动地。乡亲们都以为岩洛被雷公爷收了，就去给他捡尸。进了石碓屋，却见岩洛在床上安稳地酣睡。一条土钵粗的乌艄公被打死在石碓边。孽畜身上有一行谁也认不得的天文。蛇死的地方离岩洛睡觉的地方仅一臂之遥。乡亲们推醒了岩洛。岩洛埋怨惊了他的好梦。梦中他追着一朵飘行水面的莲花。拢近了莲花的时候，他被人推搡，落在水里了。岩洛痴痴地说。脸上开一朵笑，笑的样子很模糊，如浮在水上的油迹。就有人调笑，岩洛一定是梦交美人了。乡亲们劝岩洛另选住处。岩洛望着被劈开一条坼的石碓屋脊，笑笑，摇摇头。

　　用鸡毛蘸了茶油在石碓轴上仔细抹过一遍。岩洛放下碓撑、拿了拔棍，侧侧地伏在"门"形扶手上，将碓嘴高高地驮起来。碓嘴被岁月磨蚀，只留下短短一截。岩洛驮一下，碓嘴就如老母鸡那么伸一下喙子。"吱——扭！"碓轴的声音。"嗵！"碓嘴落在碓臼里的响声。碓臼里是劈成指头大小一块的滑叶木片。滑叶木片让太阳曝晒过，很脆。不一会，那些滑叶木片就被碓嘴磨嚼成碎渣。距石碓一尺来远的地方，挡着篾席，篾席上又贴了块青麻布。碓臼里的滑叶木变成碎渣，变成粉末纷纷扬扬直扑青麻布。青麻布上渐渐就沾满了薄薄的一层滑叶木粉。岩洛停住碓，找来用得光溜发红的簸箕，用独臂左手轻轻地刮青麻布上的粉末。滑叶木粉是蘸线香用的。岩洛蘸的线香远近有名，敬神招魂特灵验。这不仅是因为他用的是石碓踏的滑叶木粉，还因为他蘸线香时不沾女人身。

岩洛在石碓屋四周种上藤菜。屋脊上就爬满了藤菜蔓。腐朽的杉木皮已让厚厚的周而复始的青枝绿叶遮掩，早看不出原貌。岩洛常对路人说，你们看看，这青绿绿的藤菜，多像女人的头发。

岩洛先在清水里洗净了手。然后坐在藤菜边，蘸线香。木屑、滑叶木粉、苦艾叶粉等原料配好了，放在一个木盆里，细竹片也劈好了的。

一声喃喃的啁啾，岩洛嗅到了风中掺杂的油菜花的清香。他抬头，停息在树枝上的一只紫燕已经飞走。他在石碓屋的檐下找到它。它栖息在那个窠里。它穿过漫长的冬季来到这里，将会在这檐下一直待到秋末。每年都有一只鲜灵活蹦的燕子来这里，岩洛不知是不是同一只。总之，石碓屋里屋外存在勃勃生命，就会给他带来一种无法说清的兴奋。

也常有一些女人来同岩洛嬉闹。岩洛打野气的山歌逗她们："妹妹身上一个窠，住了泥鳅和田螺。"女人乐了，上去摁倒岩洛，搔他的腋窝，扒他的裤子，还笑骂："看你是青龙还是三卵子，年轻时害得那多黄花女围着你转。"岩洛任她们动手动脚，口里赚尽便宜："想看明白，你们一个一个轮流来，青龙降你们的白虎精。"女人骂："豺狗吃剩的东西，有股狐臊气，哪个要。"女人们将岩洛的裤脱得适可而止。岩洛头上的热气散发出一股很强烈很活泼的生命味儿。

岩洛睡觉时要在床头点一盏油灯。灯芯发出半个鸡蛋大的亮光。岩洛静静地瞅着油灯，侧躺在床头，恍恍惚惚睡去。他一向睡得安稳踏实。一天半夜，岩洛突然背心沁凉，眉毛打战。他被一阵奇怪的声音惊醒。他一个激灵翻起身，就听到垒放线香的地方窸窸窣窣响，还伴着模糊不清的争吵声。他惊叫一声："谁！"争吵声戛然而止。油灯"噗"地熄了。一阵阴风从石碓边呼啸过去。石碓"嗵"地钝响一声。阴风扑出石碓屋外。藤菜上的叶子惊恐地像要离开藤蔓逃逸。岩洛抓起火铳追到屋外。沉沉夜空，静得让人喘不出气。

天一扯白，就来了人敲门买线香。半夜里，月亮寨有人上吊自缢。

这地方雨水多。到春夏时节，淫雨如帘，天地交合，寨里淫浸于男欢女爱之中。于是就生发出许多稀奇古怪的事：寨里一个蛮力冲得翻雌牛的后生半夜死在婆娘身上，死了腿间那东西还硬挺着，吓得婆娘一丝不挂夺门而出。寨里有经验的人知道是怎么回事。就将婆娘捉回来，让后生依旧爬在婆娘身上，以气养气。后生又活转过来。一对私通的男女在草棚里野合，竟然连成一体分不开，足足三天三夜。他们苦苦向老天求饶，雨雾浓罩的老天响了一声闷雷，紧接着，一柄长长的蓝刀在两人身体中间划过，骚男野女才得以分身。不远处岩窝里两条线绳般纠缠在一起的菜花蛇做了替罪羊，双双被劈破了身子。一只叫春的雌猫，神不守舍地跳窜于寨里寨外，梁上梁下，先是声长声短地叫，后来就开始抓搔自己的身子，嚎得声如铜钟，把沉落在水塘里的雄猫尸体震得浮起来。雌猫的叫声犹同钝了的锯口切木的声音。最后，雌猫撕破了胸口，挠出了一颗血淋淋的心。

淫雨天，岩洛的线香发潮。他把线香用竹篮装好，篮下烧些木炭熏烤。岩洛守在旁边，他感到身上的燥热。屋外青石板路汪了水，无数水泡明灭。一顶棕斗笠从雨雾里拓现出来，进了石碓屋。来人买好线香，转身时忘了取放落的棕斗笠。岩洛拿了棕斗笠送到门口。他看到了一张熟悉的面孔。黑色眼珠由于映出细雨的色彩而显得很蓝很蓝，蓝色里闪动着一朵小小的睡莲，娇艳无比。岩洛轻轻地唤了一声。吉娜。吉娜停在那里，岩洛将棕斗笠戴在吉娜头上。棕斗笠沾了雨水变得异样沉重。吉娜打了个趔趄。吉娜倒下时，岩洛扶住了她。吉娜口鼻香气幽散，一团暖热喷在岩洛脸上。岩洛一时全身都鼓足了劲，感觉一切都膨胀了。岩洛楼着吉娜说："吉娜，吉娜，这么些年来你到哪里去了，你让我亲亲，让我看看你的莲花。"吉娜在他怀里揉搓着，越挣扎越紧。岩洛一下噙住了吉娜的嘴，噗噗唧唧地狠劲吮吸。吉娜捡起棕斗笠往脸上一遮，岩洛搂了个空。岩洛手里攥着一片露水圆溜的桐叶。

屋外雨还在下个不歇。岩洛这才猛然醒悟，相好吉娜去世好些年了。岩洛点了三炷线香，插在神龛上，默默祷告。

久雨初停，满天满地水淋淋鲜嫩嫩。岩洛走出屋外，斜阳下，四下里竟是如此旷达，委蛇曲折的青叶河宛若从天而降，突然出现，让人毫无准备。岩洛看到了河边草滩外卧着一汪血晕。他惊讶地叫一声。这血晕让他记起了许多年前他同吉娜在草窠里第一次交欢时落下的颜色。

这的确是一个宁静的傍晚。天上没有缓缓流动的云朵，草尖上没有细声细语的山风，空气湿润而柔和。岩洛在回家的路上遇到一个丧魂失魄的陌生人。陌生人脸色灰扑扑的，嘴唇青着，目光散着，打不起精神。他显然没有注意到岩洛。他将手里的一段绳索往歪脖子苦楝树上系。绳索吊下一个晃晃悠悠的黑圈。岩洛并不惊奇，他静静地站在一旁。陌生人叹息一声，然后就将黑圈往自己脖子上套。岩洛轻轻地在腿上拍拍手掌："嗨，生不容易，死就容易吗？"陌生人缓缓地转过脸来，拿白多黑少的眼睛望着岩洛。岩洛不去理睬他，脱下衣，展览出残缺不全的躯体：腰部疤痕累累，肋骨根根历历可见，而右臂也从肩膀处断脱——宛同一副刮净了肉的骷髅，看起来真让人毛骨悚然。这是岩洛年轻时同一群饥饿的豺狗搏斗时留下的纪念。陌生人站在那里，怔愕了许久。岩洛像一块沉默冰凉而坚硬的墓碑。岩洛说："太阳去了有月亮，月亮没了有星星。人怎么没有活路呢？"陌生人扯下绳索，丢在杂草丛里，快步走远了。静谧的斜阳像碎纸片在茂盛的草叶上飞舞。

属于石碓屋的那缕阳光从木格窗户延伸进来。早晨一场骤雨将石碓屋前那几块青石板浇得锃亮，上面散落着几片鲜艳的花瓣使石板上裂纹更加醒目。爬伏在石碓屋檐周围的藤菜叶子在暖暖的风中犹小河一样轻柔地波动。青草和虫子驮着露水，空气中浮动着树叶和花朵的气息。岩洛坐在花花绿绿的阳光里，蘸线香。蘸过一阵，他倦怠了。他蹒跚地走到藤架边，藤架上宽大的叶片被雨打翻了不少，他轻悄地去撩拨端正。一只小青蛙扑拉落在他的脚上，他将脚抖动几下，小青蛙还在脚背上蹲着。阳光使小青蛙身上的花纹清晰明了。他弯腰想去抓它，小青蛙轻巧地蹦起，射进了嫩叶婆娑的藤架里。

他能够清晰地看见那条在阳光下闪闪发亮的青叶河。河流两岸苍翠的树木和葱郁的青草，在水面上的倒影隐约可见。这条不宽的河流在耀眼的光线下迤逦远去……池塘洒满阳光的一侧是一排他几年前栽植的垂柳，一丛荸荠的叶子将绿色从水面延伸到堤岸。池塘里游着三四只鸭子，几只蓝蜻蜓扇动着薄得发亮的翅翼穿上梭下地飞……这一切，静静地将一种凉爽的饱含灵气的感觉飘向石碓屋。

产妇的吼叫是从那天清晨开始的。那时东方的天与地才裂开一道窄细的血口。产妇声嘶力竭的嚎，那嚎叫声变成一颗颗铁弹子往寨里四下乱扫。寨子里被搅翻了，不安宁了，满是浓烈的血腥味。有经验的女人们说，是头胎，红门不开，路还没通，是得吃点亏。男人们心怯地各自将自己的女人拥在胸前。岩洛的石碓屋也遭受产妇凄惨的轰击。屋壁的粉末簌簌层层剥落。岩洛头上像戴了一个铁箍，在一分一分地勒紧。岩洛不禁浑身战栗。

寨里被产妇的叫声统治着。寨里也在阵痛。寨里人谁也不敢贸然活动，生怕万一踩进了产妇家的屋场。踩死不踩生。生比死更神秘。踩生的人晦气。新生婴儿，三天内没人踩生，不吉祥。可是产妇是难产，三天三夜了，接生婆在产妇大腿间折腾着，忙乎着，总不见冒头。那锅接生水烧开了又凉了，凉了又烧开了。接生婆也没法子了。她让产妇的男人搀着产妇去"拜牛栏"。拜了牛栏四角，就让产妇叉开腿，跪在一把干草上，手攀着牛栏杠。"哇——""哟——"产妇的喉咙成了破风箱。

那只粉红色的蝴蝶出现得蹊跷。蝴蝶个头挺大，一对翅翼扇开来足足有半面蒲扇大。它停在藤菜叶上，离地面很近。岩洛小时候也捉到过这样一只蝴蝶。大蝴蝶一出现就引起了他的注意。岩洛想去捕捉。当他的手靠近它的翅翼时，大蝴蝶"扑"地飞起，绕着他

草把龙 CAO BA LONG

047

的头顶绕半个圈，然后又停在原处。岩洛再去捕捉，结果又是如此。大蝴蝶的出现让岩洛忘记了头痛，忘记了一切，使他沉浸在一种孩提般天真欢乐的情绪中。大蝴蝶款款飞到哪里，他就追到哪里。大蝴蝶开始朝寨子里飞去，落在产妇家门前的一棵梨树枝桠上。岩洛追到树下，挥舞竹竿，对着梨树枝上的大蝴蝶孩子般的吆喝，神情专注。产妇家传出"哇哇"婴儿出世的啼哭声，热热闹闹放爆竹的声音，岩洛也全然没有察觉。

踩生了！踩生了！

产妇家的男人惊喜地从屋里叫喊着奔出来，拿了一匹红披在岩洛身上，将岩洛的一只裤脚边撕了条破口。踩生的人要披红，要撕烂裤脚边的。

踩生了。踩生了。岩洛喃喃地自语，灿烂地笑。

产妇家正堂屋神龛擦拭得发光发亮，红蜡烛扯着长长的火苗欣欣燃烧，线香散发着扑鼻的香味儿。产妇家的酒宴办得极丰盛。岩洛被荐坐上席。岩洛被敬了三海碗酒。岩洛不辞让，痛快爽气仰头喝干，又奉赞新生儿长命百岁，易养成人。尔后靠在八仙桌上不动了，肩上的红布将他的脸衬得红扑扑的。主人见岩洛喝醉了，就去搀他。岩洛没醉，身子却是硬了。

"哇——""哇——"新生儿发出示威般清脆响亮的啼哭，震得屋外梨树枝桠上的那只大蝴蝶"噗"地飞上半空，刹那间消逝得无影无踪。

岩洛去世那天恰好是他七十三周岁生日。产妇家厚葬了岩洛。

1993年于珠海

稻　香

　　笃！笃！笃笃笃！一阵急促的敲门声。

　　"田支书！田支书！——"来人喊叫。那时，鸡没穿裤，狗没戴帽。早着哩！房里床板吱嘎响。田支书婆娘回应："田、支、书不在、在……"声音起伏，节奏颤悠。来人明白了。转过身，走开几步，停住，犹豫一阵，诡秘地一笑，

　　又踅回去，悄悄地攀上支书家的窗台，拉长脖子往里瞅……

　　"劈叭！劈叭！"来人屁股上骤然遭到袭击，慌忙中跌下窗台。他来不及叫唤，抬头一看是田支书手抓鞋巴掌，脸露愠色。他脖子直往肚里缩。

　　"捅你娘狗仔。"田支书开口就骂，手里的鞋巴掌直朝狗仔身上扇："都七老八十的，还用你来听墙角！"

　　狗仔坐在地上，抚着膝盖，躲避着。"田支书，别打了，别打了！"

　　"要看把戏，回家看你爹娘猴子推磨去。"田支书心里怄气不散，弯腰穿上鞋子。

　　狗仔满脸蜘蛛丝，轻声低吟。

　　"还不滚你娘的蛋！"田支书跺脚。

　　狗仔咕噜一句，委屈的样子："田支书——"

　　"败我兴致！"田支书瘦削的脸，怒气冲冲："你还想挨鞋巴掌？"

狗仔眼斜斜地瞅着田支书，发怵。吞吞吐吐地说："田支书，牛牯他，他们争水，打，打架。"

"嗯？！"田支书一惊，又狠狠地，"你怎么不早说，我还当你娘偷人哩！"

"田支书你快去，要出人命的！"狗仔说。

田支书咳嗽一声，双手往背后一抄，甩着宽大的荷叶脚出了禾场，朝田垄里走去。空中流着米汤汤一样的雾粘稠稠的。东边犁头山山脊呈现出乌蓝色，靠近山脊的雾茫茫的天空渐渐变成猪血红。

牛卵洞有只金鸭子。鸭子嘎嘎笑，那年年成好。鸭子哇哇哭，那年就会天干地旱。今年一开春，每到半夜子时，牛卵洞的金鸭子就哭。还是阴历五月十三关公生日涨了磨刀水。近两个月了，夜里扯露水，白天晒地皮，干夏了。禾苗正拔节，雨水贵如油。老天爷整天一火辣辣的面孔，没一点潮气。

田支书来到水圳上。圳道上聚了一堆人。吊颈蜂样哄哄喧喧的。水圳在这里开了一个口子，分成两股，一股灌月亮地的田，一股灌土泥塘的田。月亮地大多姓田，土泥塘大多姓石。田姓的人争着往月亮地放水，石姓的要往土泥塘放水。吵来争去，几乎成了宗派斗争。

人堆里有谁小声说了句："田支书来了。"田支书不吱声，找了个高处坐好，见并没发生械斗，便掏出烟来抽。

满身泥浆水的牛牯叫了田支书一声："二叔，"宽大的巴掌往胸脯上一拍，手里的锄头捅得山响，朝石姓的吼道："有狗胆的，敢挖老子的圳口！"

石姓的一个粗墩后生朝田支书瞥一眼，将手里的钢钎一戳，冲田姓的破口大骂："狗仗人势，挖！"

田姓的说："敢挖！"

石姓的说："不挖不是娘养的！"

这么一嚷，气氛就显得紧张起来。旁边的田支书慢悠悠地巴着烟，不时抬起头来，瞅一眼热闹，模样如同一只座山雕。

石姓的说："你们月亮地的水满了田塍，我们田里干成铁板，你们不让活人了。青山水库又不是你们月亮地修的。"田姓的人说："你们挖我们的田坝口，这圳水就不让你们放！"石姓的说："这水圳又不姓田，就放！"田姓的叫："哪个脑壳硬试试！"石姓的也叫："就试！"天不干人还干，人人身上四两火。这一来一往的，火气都鼓起来，锄头、钢钎齐往圳口里直挖横捣，圳水在一片叫嚷声中四处乱溅。有后生子撸胳膊挽袖子，往一起凑。

田支书手里的烟只剩下一个烟屁股。牛牯嚎一声："给我打！"石姓的粗墩后生也嚎："打！"田支书将烟屁股往圳水里一摔，烟屁股"嗞"地熄灭了。他忽地站起来，大喝一声：

"反了，不想活了！"

田支书的话落地有声。田石两姓的人都住手了。"你们活厌了，是不？也用不着打架，家里有农药，喝农药去上吊，那死得自在。"田支书手抄在背后，往人堆里瞅了一圈，"要打架，回家扳倒婆娘打，不犯法。"

石姓的粗墩后生说："田支书，一碗水你要端平，这理你给评评！"

牯牛也说："二叔你要是来断案，就得全面听，听一面就不是清官。"

田支书说："还清官混官——"他吩咐牛牯和石姓的粗墩后生去抬来一块三四百斤的青板石，放在圳口边。牛牯他们半夜里摸了根黄瓜，不知头尾。田支书拍拍放在圳口的大石头，说："看清了，这就是断案台。"说完，他抓过钢钎，轻轻一撬，大石头"砰"地落在圳口里，将圳口堵了个严严实实。

众人目瞪口呆。

田支书手往背后一抄说："都不放水，岩垅上，棕树岭都等着要水哩。"甩着荷叶脚板往家走。

"田支书！""二叔！"石姓的粗墩后生和牛牯赶紧拖住田支书。

田支书一睬眼："还有什么事？"田支书停住："公说公有理，婆说婆有理，我说你们都没理。我懒得同你们磨牙。"

粗墩后生和牯牛都说："还不是你说话算数。"

田支书心想，千余口人的大小事情哪件不是我做主？他眉毛一扬，说："嘴皮牙齿，乡邻乡亲的，要动武就不好，有问题，找村里，村里解决不了，找乡里，可别净给政府添乱！"

众人点头称是。

田支书踱到圳口，断案："土泥塘先放三个钟头，月亮地再放三个钟头，天干水贵，轮流转，当年修青山水库全村人都出了力，都靠作田吃饭，谁不依，我捅他娘！"

断完水案，还早，东边犁头山才露出半个太阳。空气却有些烫人。田支书朝村校走去。田支书没多少文化，却揽了近三十年的支部书记。田支书对读书人向来尊敬。前些年，村里搞改选，田支书提出要选一个年富力强有文化的人当村长（村主任），并在党员会上推荐了候选人。不满三十岁又有高中文化的海山当选为村长。那年，村里发生了大面积的稻瘟病，能买到的农药打了都不见效。县里来了一批治稻瘟病的特效药，田支书想去搞点回来。他带了一袋玉兰片连夜赶到县里。好话讲了三皮箩，人家就是不肯收玉兰片。农药自然搞不成。有礼送不脱，我捅你娘。田支书气得半死。他扛了玉兰片朝县城边的河边跑。在他朝河里扔玉兰片时，来县城办事的海山恰好碰上。海山问清原委，说道："少了点策略。你明早等信。"便扛走了玉兰片。第二天早上，海山居然搞到了一吨治稻瘟病的特效药。

村里哪家婚丧嫁娶，红白喜事，田支书少不了是座上宾。一次党员生活会上，海山竟然尖锐地提出："……党员干部，不能随便到社员家里吃吃喝喝！"田支书一听，肚子里的火煮得烂牛脑壳，骂一声："屌！怎么了？党员干部就不是人，都是乡邻乡亲的，千余口人的村子还不是自己一家人一样？人家好心请，不去，那叫廉洁？假斯文，装象的。我吃了三十年了。"海山音不大，话却陡："是一家人。你是我们村里的大家长，土皇帝！"田支书猛地一拍桌子："好你个海山，无法无天。反了！"田支书还没碰上敢顶撞他的人。海山脸不红，气不粗，说："我提这意见是为你好。"田支书瘦削的脸黑沉得像锅底："你这村长官不大，官腔不小，我撤了你！"海山说："田支书，你镇静点。"田支书将这事汇报到乡党委书记那里。

乡党委书记说："老田呀，海山的意见是对的，我也听到过群众一些反映，海山是个不错的村长，你不要怕他超过你。你在党员会上发他的脾气，就不对。"

回到村里，田支书同海山说："你年轻，好好干，我推荐你当村长就看中了你的才能，将来村里的担子就落在你肩上。"言下之意，眼下海山虽是村长，属挂职锻炼。海山说："不是肥土不栽姜。你不要我搞，我也要搞。只是你少到乡里去搞我的鬼。你树大根深，我扳不倒你的。"接着海山一又提出要整修村校。田支书说："动针要线，动手要钱。我们村里穷。"海山说："你还好意思讲，穷穷穷，穷则思变。你在村里揽了这么些年，就没考虑改变村里的面貌?"田支书觉得海山这人太狂妄太骄傲，眼里不放人。

后来，海山在男女事情上出了"落壳"。深更半夜，女方的男人叫了帮手将海山他们光屁股光胯地捆了。"我讲了，太狂妄，迟早要出问题的。"田支书一听到消息，心里就兴奋，该扫扫他的锐气了。

乡党委书记找到他谈话："老田呀，海山咋搞的，出了问题。"田支书低着脑壳抽烟："我没好生管教。"书记说："是党员，犯了生活作风问题，影响不好。"田支书抬头吐了口烟："男女问题么，要大说大，要小说小。"书记暗暗一惊："怎么说?"田支书说："他们是俩厢情愿，又不是一回两回了，更不是强奸。后生子嘛，吃菜一样，想换换口味。"书记说："我们的意思是换下海山。"田支书捏捏烟屁股："换不得。"在场的乡长瞪大眼睛，田支书同海山不是有矛盾么?乡长用异样的眼光看田支书："怎么换不得?"田支书说："以后村里还得靠他引路。"书记说："那你的意思是……"田支书说："让他戴罪立功，不知村支部处理他行不行?"书记乡长表示同意。田支书召开了村支部会，让海山在村支部会上作了深刻检查，立下军令状，由村里出面贷款，海山搞玉兰片加工，一年内上交村里五千块钱利润，维修村校；两年内，在村里办一个玉兰片加工厂。

果不然，不到半年时间，海山就向村里交了五千块钱，将村校维修一新。

田支书刚回到村校门口，就看到海山的婆娘小桂老师在房门刷牙。

"田支书。"小桂嘴含粘满泡沫的牙刷。胸脯前两团东西活泼地窜来窜去。菠萝香型的牙膏气味徐徐飘向田支书鼻际。田支书目光在小桂身上身下跑了两圈马，心里就骂开了海山：好你个海山，有这么乖态的婆娘，你还出去捞野食，真是人心不足……直到小桂拿了烟递给他，他才回过神来。

田支书问："新课桌送来了吗？"

小桂说："昨早晨送来的，学生崽好欢喜。"

田支书又问："海山最近两天到家里没有？"

小桂说："今天回或者明天回。"

田支书调笑一句："小桂，不是我挑拨你们，你对海山可要管严点。"

小桂上牙咬着下唇，自信地一笑："看他还敢——"

田支书自言自语说："海山的玉兰片厂办起来，村里人就受益了。"

小桂房前有一排茂盛的藤豆，才浇过水，流着盈盈的绿。操场上，那根旗杆上有一面鲜艳的国旗，在晨风里迎风飘扬。旗座是海山捐款修的。看到飘扬的国旗，田支书心里就有一种莫名的兴奋的感觉。

离开村校，太阳升起很高，晒得背皮发辣。田支书心情开始好起来，骂一句："这个屌天气！"就扯起嗓门：

篙菜花，油菜花，坡上阿妹挖山畲；

喊你过来睏一夜，给你戴朵栀子花……

田支书浑身上下汗水淋淋回到家。偏房里清屋冷灶，鸡们甩着翅膀跳上跳下的，满目有几分凄凉之感。这死婆娘。田支书看看眼前的景况，恼火。他常年为村里的大小事情缠身，顾不上家里，婆娘常闹罢工。田支书抓了手巾，去水缸里舀水。水缸当当响。他把干手巾往脸上脖子上一抹，干糙的手巾搓得晒红的脸脖麻辣火烧。

"狗屁不打不松箍！"田支书丢了手巾，操根柴棒、冲进房里，"我看你不懂理——"

躺在楼板上的婆娘镇回了他喉咙上的半句话。

婆娘的老毛病又犯了，没人管。两个孩子一个在县城读高中，一个在乡里读初中，都寄读。田支书赶紧将婆娘挽到床上。婆娘仍旧神志未清，痛苦地低低呻吟。田支书找来黄的白的药片倒了半杯开水，慢慢地喂婆娘。等了好一阵，婆娘才醒过来。"你回来啦！"婆娘脸色苍白，又不好意思地说："我还没烧早火哩。"田支书肚子咕咕叫，腰也酸痛，嘴上却说："别忙。"婆娘说："保了饭碗，保不得菜碗。我想去淋菜，茄子辣椒藤豆叶子都干得冒烟了。淋了两担水，我觉得心口闷，就往家里走，没到床上就支撑不住了。"

田支书看了婆娘那副病怏怏的样子，心里难受，说："告诉你不要去。"

"你揽了村里的事，能指望你？"婆娘脸色仍旧不好，说着披衣下床："我给你做早饭去。"

田支书按住婆娘，递给他一把蒲扇："你再躺一会，我自己动手。今天我领你去卫生院看看。"说着出了房门。

婆娘在房里说："我这病八成没治了。"田支书稀里哗啦刷锅："累的。好好休息，就好得熨帖。"婆娘在隔壁说："跟上你一辈子，能安心落意休息？"田支书歉意地说："等过五年，我六十岁上退下来，就守着你过日子。"婆娘在房里没话了。

田支书边做饭，边在心里骂海山，海山呀海山，你要是摊上一个病婆娘，看你还有心思去捞野食。草草吃过饭，快近中午。太阳更毒辣了，透过禾场上那苑梨树枝叶缝隙打在头上，像聚火镜，生疼生疼。田支书到禾场上打个转，回到屋里，就张罗婆娘去卫生院看病。婆娘在柜子里翻一阵，只寻出十块钱来："钱怕不够。"田支书说："我去湾里跟六嫂要回她借的十块钱。"说着就走了。

在村口，碰上相好六嫂在看稻田水。六嫂敞着怀，一对白白的奶子宛同两坨糯米粑。

"风扯婆，你两坨糯米粑粑不怕狗吃？"田支书戏笑。

"不怕狗，就怕你这丑东西。"六嫂嘻嘻。

田支书接着问六嫂干了田役有。六嫂愁眉苦脸地说，牛卵洞的金鸭子昨夜哇哇哭，若天是要收人咧，现在田里还洇湿，再过几天，禾苗叶子可当旱烟抽了。

"只要不干了你那口小秧田。"田支书又调笑了一句，在她肥臀上拧了一把，"干了就找我。"

六嫂骂一句，"软蛋蛋。"

田支书正经地说，"政府关心着百姓哩！这年头，再大的事也有党和政府顶着。"

安慰六嫂一番。正想提提她半年前借的十块钱，六嫂先开了口，解释这一阵手头太紧，借的钱还得过一阵才能还。田支书心里暗暗叫苦，嘴里却表示自己并不急着等钱用。

回到家，婆娘就问田支书："钱得了？"田支书含糊地唔一声，说，看病去。他是想到了卫生院再打主意，去找乡长书记借点。他在心里感慨，海山就是有门路，若是村里人都能托他的福，富裕起来，该多好。在这一点上，他就是比不上海山。

田支书拿出顶草叶帽，给婆娘戴上。两口子正要往外走，乡计育工作组的小王急急火火堵在路口。"田支书，饭平要死赖，不肯让他婆娘去结扎。"小王劈面就说。

"咦！这东西，他不是思想通了么？"田支书说。

"你去一下吧！"小王恳请道。

田支书看看婆娘，又瞥一眼小王："你们是干什么的。政府白养你们。"

小王憋红了脸："田支书，饭平说要杀人呢！"

田支书对婆娘说声："去去就来。"跟着小王走了。

饭平龙眼虎睛，跨开八字站在堂屋门口，手持一柄闪闪发光的长尖刀，满脸杀气。七八个计育工作组员，围在三米外的禾场上，不敢拢边。簇了一些看热闹的村民。田支书一看这架势，知道饭平使了牛脾气，准是计育工作组的人惹起了他的火气。田支书上去抢饭平的刀子。饭平将手里的尖刀舞得呼呼生风："哪个敢拢来？"

田支书厉声喝道："饭平，别乱来。"

饭平一把撕下背心，露出古铜色的胸脯："田支书，你莫做和事佬。我今天就要闯他们的码头。"

田支书又听出些名堂。他转过身来，发现有两个计育工作组员手里拿着铐子，便沉下脸："拿铐子干什么，还是人民内部矛盾嘛。"

计育工作组员退到一旁。饭平虎视眈眈。田支书说："饭平，我听见你爹娘骂你咧！"

饭平一阵冷笑："我爹娘早死了。"

田支书说："你爹娘在阴府骂你，骂你是黄眼崽。"

饭平问："什么黄眼崽？"

田支书说："你三岁是死了爹又死了娘，是谁拉扯你大的？"

"当然是你，还有村里的好心人。"饭平冷冷地回答。

"谁送你读书？谁给你盖房子？谁给你田耕地种？"

饭平一时回答不上来。

"都是党和政府！"田支书大声说道，"可是你看你，党和政府养大了你，你净给添乱。拿刀对着执行政策的政府工作人员，像话吗？"

饭平的脸由白变红，又由红转青，拿刀的手也散了力。"他们像土匪一样，上门就铐人，根本不问情况。"

田支书转过脸，扫了几个计育工作组员一眼，再转过脸，对饭平说："讲得好好的，你怎么又不同意你婆娘结扎了？"

饭平说："他们来的时候，我同他们讲，月英这几天身体不舒服，可不可以延期几天。他们以为我耍名堂、诈赖，拿铐子铐人。我就操刀。"

田支书问身后的小王。小王点头。田支书又对饭平说："那你究竟同不同意你婆娘结扎？"

饭平说："检查了扎得就扎。"

田支书说："那好，你叫月英出来，跟计育工作组走。"

饭平瞅瞅手里的刀，心口堵着气没散。田支书推推身后的小王。小王讷讷地向饭平道歉。

饭平将婆娘月英叫出来，跟计育工作组去乡里。田支书又同饭平说："路上你别再胡来，你的田水我帮你招呼着。"田支书把小王叫到一旁，批评道："你们要讲点工作方法，不要动不动就铐人、拆屋。农村里的人有农村里的人的难处，人到农夫铁到钉。霸蛮也要霸在莶口上，群众还是讲道理的。"小王面红耳赤，表示吸取经验教训。

太阳已经偏西，满天满地燥热。半路上，田支书又被一家办寿酒的村民硬拖去喝寿酒。这家人婆媳不和，田支书早就想去调解，一直没空。何不趁这机会搅和搅和，婆媳双方的亲戚都来了，讲的效果就更好。这么一想，田支书半推半就去了。

喝完寿酒，已是傍晚。太阳落在西山岭，像剪得极细腻的花圈顶上扎着的一圈金纸。屋场里流动着夕阳的亮色。回到家，田支书才记得今天要带婆娘去看病哩。他叫了几声，不见婆娘回应，猜想她准是淋菜去了。

菜畲里干透了，水淋上去，畲里仍像水浇到火堆里一样发着吱吱的声音。田支书老远就喊了婆娘几声。婆娘没应，只顾淋她的菜。许是听不见。田支书忙过去抢婆娘手里的捅和勺子。婆娘不理睬他。先是不给，后来就由他去。田支书对婆娘说你回屋里歇歇去。婆娘不依，勾着脑壳，拗了把柴叶坐在菜畲旁。田支书知道婆娘为看病的事生他的气。他也就没再说什么。一个劲地挑水淋菜。一直淋了十来担。

这时，月光出来了，星星很稀疏。天空高深莫测。田支书对婆娘唱："你走先，我走后，后面有狼狼。"这是本地一首童谣。田支书笑了，婆娘没笑，却依了他的话，走在前头。田垄里散着的那股禾苗的焦味在夜风里变淡了一些。禾苗伸直变软的腰，在月光下影影绰绰。麻拐懒洋洋地咽咽苦叫。走着走着，婆娘突然朝路边歪斜一下，"哎哟——"叫了一声。田支书先是以为婆娘被蛇咬了，后来才知道是崴了脚。田支书放下水桶，走到婆娘前面，跪下让婆娘爬到背上。

走了一段路，田支书对婆娘说："跟上我，后悔么？"等了半天，他没听到回答。脖子上，脊背上有水珠子流。他还以为下雨了。

一路到家，婆娘仍旧是一句话没说，澡也没洗，她独自去睡了。

田支书回头去挑水桶。走着，猛一拍脑壳，说声"差点忘了"。捡了根棍子前面撵蛇，去给饭平看水。返回时，他望了好几回朗朗的夜空。月光打伞，晴得打喊。心想，这天十天半月下不了雨，明天得开个支部碰头会。已是半夜，路边的石头都被毒太阳晒得响起微鼾。暑气稍稍消退一些。田支书眼睛胀疼，腿也沉重。刚到禾场上，田支书见自家屋里有光亮，推开门，才知道婆娘起来了，正在给他烧洗澡水。他进去抓住婆娘糙得像栗树皮的手掌："我在外没能善待百姓，在内无力伺奉有病的婆娘，可我是尽了心的。"接着感动地说："你累了一整天，身体又不好，还起来干什么？我自己烧水就是。"洗澡时，他感到心里一阵阵热燥，身上水没干，就拉婆娘进了被窝。婆娘说："你腰虚，别太费劲了。"他就觉得通身似新弹的棉花虚泛泛地发散，晕腾腾地晃荡，轻悄悄地飘游，似睡似睡，似迷似……醉，后来都睏死了。

燕子飞得高，没得水磨刀。

太阳花花耀眼。天地间像个砖瓦窑，炕焦人。地皮是烧焦的砖瓦，一脚下去，叽叽喳喳响。人走在上面，喉干，气短，忍不住缩脖子，生怕烙熟。稻田里，禾苗叶子枯了，梗子一片死绿。坡上的包谷性子野，叶不卷杆不萎，大口喘着热气。周围重重叠叠的山岭静静地卧在毒花花的太阳下，像一群疲惫不堪的老牛。偶尔一两只老鸦嘶叫半声，惊慌失措地消逝在远天。青叶河见底了。狰狞的礁石萎缩着身子，探出脑壳。

几个支委坐在蒸笼样的村部等着田支书来主持会议。

"都到齐了？"田支书人没进村部，粗大的声音先进了村部："她

059

娘的——还不同意，我告诉岩娃给她搞个冷饭崽，就悔不了！"田支书满身酒味甩着荷叶脚板吧嗒吧嗒进来了。随即"哗啦"一声朝桌上丢下一捧花生米："捞了点外水，来来来，吃这个屎东西——"苦梨冲的岩娃是个老光棍。去年，田支书做媒给他找了个妹子，那妹子到岩娃家看地方，见家徒四壁，看不上，想打翻扯。田支书给岩娃献了一计。前天，那妹子就给岩娃生下一个胖小子。田支书刚才就是到喝三朝酒。"吃了定心丸啦！"田支书得意，抢过旁边一个支委手里的蒲扇，"哗啦"猛扇。

"田支书，喝了几碗红汤？"一个支委朝口里扔花生米，取笑道。几个支委哄堂大笑。

"你离得近，你捡血粑粑吃方便。"田支书晃着脑壳说。

"那崽崽是你的吧！"另一个支委戏谑道。

"我还做得崽出？"田支书肩膀一耸，怪模怪样地笑，左手朝衣袋里摸了个空，然后将脸扭向支委们："谁给我一根烟？"田支书接了一个支委递过的烟，点燃，深吸一口："开会！"

支委们简单讲了各自掌握的旱灾情况。田支书边巴烟边听。村里千来亩稻田有八百亩不同程度地发生了旱情，尤以月亮地、土泥塘、鸭禾冲情况严重，田里开了手指宽的坼。"有的田本来靠青山水库的圳水灌水，却也干了。"一个支委说。"为什么？"田支书手里的烟屁股掉了。"你讲具体点。"田支书手里的蒲扇呜呜叫。"乐巴子仗着他老子是副乡长，横行霸道。"那个支委怨声怨气嘀咕。"这个屎东西。开完会，我们去看看。"田支书说，"这样吧，支委分组各自负责，水库的水统一调配。"支委们同意，接着就分工。

田支书又说："菖蒲江村支书村长前天来找我，想讨我们半天水，你们看给不给？"几个支委一听，就吵嚷起来。都说天这么干，还给人家田里放水，不行，我们有意见，老百姓要打烂脑壳的。再说菖蒲江村前些年同我们争山场，伤了我们的人。就是干死他们，也不让水。田支书就说："全乡就数他们村旱情严重。到明年要讨米。""讨米也讨他们的，我们不给。"一个支委说。田支书说："可我答应了。"一个支委说："你得了好处。"田支书骂："白白送了一餐酒饭！"一个支委说："要放就放你田里的水。"田支书生气了："我田里磨都榨不出水，"又狠狠地用蒲扇打掉那个支委手里的花生米，"村里是我讲了算还是你做主？"几个支委面面相觑。最后一致同意了田支书的意见，并答应做村民的思想工作。

散了会，田支书领着几个支委去鸭禾冲。乐巴子在梨树下歇凉。乐巴子田里水灌得满满的，禾苗青油油。而同乐巴子相邻的那个村民田里干得开老坼，禾苗叶子像过了火。

田支书见面就说："乐巴子，你是个土霸王，还不让人家放水。"

乐巴子眼睛一横："我田里下了肥料，过不得水。"

田支书一听火了："歪理！放！"

那个受过乐巴子怄气的支委去放乐巴子的田坝口。乐巴子给了那个支委几拳头。

"给我绑了！"田支书铁青着脸，呵道。

捆在梨树上的乐巴子破口大骂："屌毛大的村支书，胆敢绑人？"

田支书说："我就整治你这土霸王。"

乐巴子牙齿嘣嘣响："你这个土皇帝，你放了我，我一刀捅死你。"

田支书说："你没这个狗胆。"

乐巴子哆嗦："我，要到乡里去告你。"

田支书说："你横行霸道，你爹也不替你讲话。"

一个支委附近田支书耳边小声说："还是放了吧，怕黄副乡长回来不好交代。"

田支书说："太阳落岭就放他，晒他一天，谁让他无法无天。"

乐巴子低下脑壳。田支书说："你爹回来，让他去见我。"

狗们耷拉着红舌头，急躁地在屋前屋后荫凉处窜走，鸡们在瓜架下、柴草丛里咕咕嘎嘎闹；好吃懒做的猪们躺在栏里，难受地哼哼唧唧……天越晴越高，太阳越来越毒辣。今年九龙治水，多旱。那些祈风求雨的善男信女也失去了信念。人们差不多忘了这老天还会下雨。

田支书同一伙后生子坐在青山水库大坝上一蔸苦楝树下。水库闸门出了问题，放不出水。这水库是六十年代初，田支书带领大伙，苦战两个冬春修成的。当初，田支书把修一个灌千亩田水库的想法汇报到公社书记那里，公社书记泼冷水，以为田支书年轻气盛，想事情过于简单，劳民伤财。田支书硬着头皮干起来。后来，公社书记见上面有精神，别的公社也修水库，就来驻点亲任总指挥。在工程扫尾的时候，公社书记为水库闸门的事同田支书发生争执。书记为抢进度，迎接上面检查，竟将土高炉炼出的废铁条做闸门拉杆。田支书就提出，这是个隐患。公社书记见他碍事，抽调他去参加先代会，背着他一意孤行地安好了闸门。后来，拉杆锈断，笨重的闸门落下去，滴水不漏。这节骨眼上，几百亩稻田全指望水库灌水。平时，水满，青山水库的闸门离水面有五六丈深，现在放了一半多水，也还有两丈来深。水是深不可测的黑蓝。

　　"我们总不能守着井水喊口干。"几个后生子叫嚷起来。"挖！在坝上挖圳放水！"有人便扬起锄头。

　　田支书大喝一声："哪个敢！这是大伙齐心合力用血汗修筑的堤坝，是集体财产。"

　　牛枯撅着嘴："二叔，这……"

　　田支书火爆爆一句："屌是活的，人还是死的？拉杆断了，可以接嘛！"便让牛枯回去拿钳子，找些扎实的钢丝。牛牯领命去了。

　　天空里仍旧是白花花耀眼的太阳。顿了顿，一个后生问："田支书，听说你修青山水库那个时候一个月换一个亲家母，是不是？"

　　"嘿，嘿——嘿！"田支书不置可否地笑笑，"好汉不提当年勇。唉，拉尿滴湿鞋啰！"

　　田支书的神态逗笑了所有的后生。于是堤坝上的气氛显得融洽了。"田支书，你最会唱山歌，唱一支给我们听听，要有味的。"后生子门说。

　　田支书眼睛一眯，鼻子一哼，说："不唱。"

　　一个后生拿出半包香烟，诱惑田支书："唱不唱？"

草把龙
CAO BA LONG

田支书一扬手夺过来，叼上一根烟，把剩下的烟背进衣袋，然后说："谁给点个火。"

田支书半靠在苦楝树干上，架起二郎脚，脚尖一摇一晃唱起来：

嗬吥——
阿妹生得矮叮当，胯里一条流水坑；
一根泥鳅来对水，两个田螺背后绊……

噢——嗬！后生子们齐声吆喝起来。"田支书，再来一个，再来一个。"堤坝上霎时添了许多凉意。

牛牯很快取来了钳子、钢丝。田支书要牛牯将钢丝在堤坝上系好。两个水性好平时最捣蛋的后生自告奋勇下水库用钢丝扎闸门。田支书说："记住，闸门上有个大钢圈，钢丝就系在钢圈上。一定要注意安全。"两个后生溜光衣服，活动活动后，潜入了水库。等了一阵，两个后生冒出脑壳："田支书，没找到那个钢圈。"田支书说："仔细找找。"两个后生又扎下猛子。过了一会，又冒出脑壳说："下面冷得浸骨，全是渣滓，硬是摸不到。""你们先上来。换人。"田支书说。接连换了三批人，都没找到那个钢圈。

"二叔，别找了。"牛牯丧气地说。后生子们将颓然的目光投向田支书。

田支书脸色异常阴郁，"嗨"地吁了口气："拉不上闸门，放不出水，村里的禾苗要干死。"他双手抄在身后，沉吟片刻，三五两个脱下汗渍渍的衣服，露出瘦仃仃酱色的身子。

"二叔，您——"

"田支书，您要下去？"堤坝上的人都用惊异的目光盯着田支书。

田支书挥挥手，踢踢脚，望一眼金碧辉煌的苍穹，瞅了瞅在烈日下变得青丽无比的水库。水面上倒映着辽阔的天和流火的骄阳。水库对面通着远处深紫的大山。

"田支书，你腰有伤。要去找我们再去。"后生子们劝阻田支书。

田支书淡淡一笑："只有我才熟悉那个钢圈的位置。我水性好，年轻时，我在青叶河里赶过羊。"说着，他就潜入了水中。

一会儿，水里冒上一串水泡，田支书露出脑壳："好凉快！找到了，找到那个钢圈了。"

牛枯一听高兴了："二叔，您上来，我下去系钢丝。"

田支书说："你想抢功劳？你们在上面招呼着。"说完，他又消失在水面。粗大的钢丝晃动了一阵。后来，一分钟过去了，两分钟过去了。钢丝再也没动。田支书也没有从水里露出脑壳。水面出奇地寂静。牛枯拉了拉钢丝，钢丝系得牢牢稳稳的。

"田支书捉美人鱼去了。"一个后生这样开了一句玩笑。然而，没有谁能笑起来。

"二叔！""田支书！"

后生子们呼叫着，纷纷跳进了水库。

"二叔！""田支书！"

一群躲在水库岸边草丛里的水鸟受了惊吓，扑拉着飞向晴空，投下一团阴影。

田支书被捞了起来。一团渣滓紧紧地缠住了田支书的脑壳。田支书没能挣脱。田支书累了，沉沉地睡过去了。

"田支书！""二叔！——"

不知谁将水库的闸门撬开了。"轰——呜"，那第一道水流声显得特别震耳，像咆哮，像悲壮的呼唤，撼人心腑。水库的堤坝也抖了抖。

田支书出殡那天，全村出动，披麻戴孝，一路白头，蜿蜒不断。这是本地最古老的葬礼。人们抬着巨大的棺木，和着低回的唢呐声，一步一步地把田支书的尸体和亡灵，送到村后的老坟山，隆重地安葬。

田支书下葬时，他婆娘由牛牯搀着跪在田支书的棺木前，婆娘用抖动着的手轻轻敲着厚厚的棺木说："我后悔，那天晚上没应你，我跟上你，不后悔……"

村长海山也闻讯从千里之外的省城赶了回来，他站在田支书坟前哽咽："田支书，你没办到的事，我会办到的，我一定要大伙富起来。"

村民们围在田支书坟前，久久不愿离开。直到月光亮了起来，纸幡在田支书坟上落下许多斑驳的投影。

后来，田垄里吹起了清凉的山风，禾苗叶子被弄得沙沙响。风里夹着一股香。有经验的村民说，那是稻花香，味不浓，淡淡的，却飘得悠远。

老远能望见田支书坟前那盏闪烁的长明灯。田支书在点烟火哩。

田支书，闻到田野里的稻香了吗？

1988年于邓家冲

矮二叔

二叔不矮，村里人却都叫他矮二叔。矮二叔六十大几了。

矮二叔小时候很矮，且瘦瘦的，猴相。矮二叔兄弟二人，他排行老二。父母早亡。大哥憨宝被抽了壮丁，一去几十年杳无音讯。

矮二叔给彭财主家做长工时，已长成了一条武高武大的汉子。常言道：壮牛不背犁。矮二叔经常丢下手里的活计，去陪彭财主的小老婆，给她捶背、揉腿、洗鞋、洗里衣里裤，却没少挨彭财主的烟锅磕打。彭财主的小老婆不会女红，出门时偏喜欢带着个针线笸箩。矮二叔就将针线笸箩一颠一颠吊在臂膀上，跟在彭财主小老婆后面，俨如她的贴身丫头。解放了，矮二叔从奴隶到将军，成了土改积极分子。彭财主的小老婆用白肉肉的身子勾引他。矮二叔毫不客气，在长满乱草的老庙场残墙断壁后把她箍倒，翻身做主人。彭财主的小老婆没完没了地吸吮矮二叔的腮帮子，连声说，要矮二叔救救她家的老倌子。断墙上有一排青色的闷脑菜儿，随风摇曳，散发出阵阵熏鼻的气味儿。夹在女人和青草之间的矮二叔年壮气盛，不糊涂。他想：小老婆也是被压迫者，搞归搞，彭财主斗还是要斗的。斗彭财主时，矮二叔也毫不含糊，熏他的活腊猪。矮二叔专拣彭财主的大拇指、脚趾头捆，将他吊在梁上，然后在下边烧一盆桐油火。彭财主活像一头被猎获的野兽，嗷嗷直叫。看到彭财主那熊样，矮二叔心里痛快。时值三伏天，矮二叔甩了上衣，露着雄键的臂膀，不停地往桐油火上浇油，待他将竹筒里的最后一点桐油倒尽，桐油火把上"嘭——"地暴跳一下，一团黄色火球直扑矮二叔。矮二叔"哇"地惨叫一声，倒下。火球紧紧地贴在矮二叔肚脐眼下边三指处，火势愈烧愈旺，一旁的人傻了眼……村里有许多说法，说彭财主的小老婆是骚狐狸精，吸人元气；不是自己的东西硬是强要不得的，消受不了……邻村的一个土改工作队长搞地主的老婆，也在一个月黑风高夜遭雷劈了。

矮二叔从此落下个腰疼的毛病，一直没有婚娶。

矮二叔人不是十分精明，记性却极好。上面下达的能念上老半天的文件，他听一遍便能记下个八九不离十。虽然不识字，贯彻起"精神"来却从不走样。因此，在村里说话便当当响，头上的红帽子戴了一顶又一顶。当然，也难免有马失前蹄的时候。因为不识字，"文化革命"中把"热烈欢呼全国山河一片红"念成是"热烈吹呼全国山河一片红"，一下子从大红人变成了臭狗屎。斗过来斗过去，虽然后来不了了之，光辉前程也给断送了。以后尽管又当上了村干部，说话却不那么响亮了。沉沉浮浮几十年，基层干部当了撤，撤了又当，他总把自己看成是"政府的人"。

春来夏往，屋前那棵老槐树叶子青了又黄，黄了又落。矮二叔日见老了。矮二叔吃上了"五保"。这是近几年的事。这地方，地皮薄，出不了人物。矮二叔是唯一吃政府饭穿政府衣的人。

这一天，矮二叔往村里溜达。村口柴草乱堆着，路上坑洼尽是泥，黄亮黄亮的阳光泪花花一样在泥地上闪耀。猪狗鸡鸭乱窜。矮二叔正小心谨慎地走着。猛地，从一家屋里箭出一条狗，倏地扑在矮二叔面前。矮二叔骇一跳，打个趔趄，"哧溜"跌在地上。狗嘲笑般拉着腰"吠吠"直叫。

矮二叔麻溜儿爬起来，见政府发的衣袖子上蹭了许多泥。他从旁边抓根棍子，朝狗猛击："看你凶，看你凶，狗养的——"然后，掏出手帕小心翼翼将政府发的衣衫，擦了又擦。两块渍印就是擦不掉，他便用手指沾了唾沫，轻轻地又揩了一遍。

"谁家的狗？谁家的背时狗，没主了哇！"矮二叔吆喝起来，看着擦不干净的渍印心里痛。

正在干草堆后玩耍的一群小孩子，看到了矮二叔刚才的狼狈相，拍着小手板，这边唱："黄狗——白狗——"

那边接腔："咬了——黑狗。"

矮二叔恼怒，又去追赶那群小孩子。小孩子是泥鳅，溜滑。矮二叔追得气喘吁吁。

小孩子们躲在一垛干草堆后，你推我，我搡你，然后就一二三，齐声喊：

"黄狗——白狗——咬了——黑狗！"

喊完，小孩子们撒开脚丫，噼噼啪啪，远远地逃走了。

矮二叔撵不上，干着急。

"狗养的！好歹我是政府的人，要不就找你们算账。"矮二叔见周围三三两两凑上看热闹的人，这样不卑不亢地说。

"矮二叔，你好歹是政府的人，还骂人？"旁边有人说。

矮二叔掸掸衣角："这些该死的狗，不认人，瘟狗！"

"你敢不敢打？"有人怂恿。

"打又怎么样？前天，卢乡长还同我说，我们村里有条狗厉害，有几次差点咬他一口。好歹我吃穿政府的，替政府的人考虑。我就打——我孤身寡人，有政府给我做主！"矮二叔扬扬手里的棍子。

"真的要么？"矮二叔话音刚落，兰花凑过来。兰花是村小彭先生的婆娘，也算个人物。听说彭先生教书教得好，民办教师转为公办的了。彭先生是当年彭财主的小儿子，教了二十几年书，学问一肚子，却因成分不好不能转正。现在是不讲成分讲贡献了。

"嘿嘿！"矮二叔笑了笑，来了个统一战线："有话好说，好歹我们都是政府的人。"

兰花眉毛下悬着一对牛角辣样的眼睛，说："狗你不打了？"

矮二叔挺不好意思，不敢瞅她火辣辣的眼睛，说："你看着办吧……"

"噢——"兰花长长地吆喝一声。那条狗又回来了，绕着主人亲亲热热转了几圈，模样逗人。尔后，它又露出白白的牙齿，朝矮二叔示威。矮二叔背脊骨发麻。

"想让我也'熏活腊猪'不成？"兰花骂中有所指，"是人就不要同狗争高低，分强弱。"

矮二叔受了奚落，嗖嗖地往回走，嘴里嘀咕："这该死的路——何必呢何必呢！"

矮二叔吃穿政府的，不需劳作，倒也过得安逸清闲。乡民政办发放的钱物本来是专门有人送到各家的，矮二叔要求自己去拿。

一次，乡民政办老王委托二叔给村里几户困难户带信领取救济款。矮二叔回到村里，没进自家，径直去了困难户家。

矮二叔觉得政府信任他，挺高兴，一路上蹬蹬小跑。他挺耐烦地告诉困难户："去乡政府民政办领救济款。救济款是政府给的。喏，从乡政府大门进去，往左拐，过两棵白兰树，上楼，再往右走，有两个挂小牌子的办公室，办公室里有小妹子的不是，有一个白毛老头的才是民政办，记准了？"

困难户听说有救济款领，当然高兴，就对着矮二叔笑，连声道谢。矮二叔也笑，觉得替政府做事就有意思。矮二叔心里很得意，盼望每天政府能让他给村里带信。他跑乡政府的次数也多了，但带过这一次就再没带过。

那天，在民政办领了新衣新帽新鞋，矮二叔热心地问老王："没信带么？"

老王和蔼地笑笑："没什么。"

矮二叔就彻底失望了。

出了乡政府，走不远，阳光亮，矮二叔眨眨眼，回头再望望乡政府，心里就麻痛：哎，当初能革命到底，不犯错误，兴许也坐在这地方了。接着又自言自语："咳，想那干啥！"就不往回想。

走到半路上，矮二叔就觉得右脚不对劲，找了个凉处，揉揉膝盖骨，试着走了两步，痛得钻心。

"又来讨账了。"矮二叔一拐一拐地，忍痛回到家里，打了两凿纸钱，一把水纸，又找出三根香。

矮二叔来到神龛边，首先将香点燃，毕恭毕敬插在香炉钵里，然后去烧纸。矮二叔擦了一根火柴，火柴"噗"地燃了，紧接着又"扑"地熄灭了。接连又划了两根火柴都是如此。矮二叔愈觉得腿疼痛难忍。

"你还不放过我么？我年年给你烧纸钱哩！"矮二叔是在给彭财主烧纸。那年土改他被"熏活腊猪"烤昏，不久就死去了。但他阴魂不散，缠着矮二叔不放，每年缺钱花就会给矮二叔送梦。他一送梦，矮二叔的腿就痛。矮二叔想起他就心亏，下手太狠了，才遭此报应，断子绝孙。其实细细想来，彭财主也没做过什么大恶事，对下人也还和气，那时却不管这些，越斗得狠就显得越革命，真是何苦呢？矮二叔又划第四根火柴，火柴一擦就着。纸钱很快燃成一堆土白色灰烬。外面吹来一阵微风，有凿印的灰烬被风吹碎，很快变得无影无踪。矮二叔的腿立马就不痛了。"你在阴间就放开手脚用吧，我在阳世给你准备着。"矮二叔望着淡青色的香火烟雾这样低语着，心里舒服了许多。人到了一份年纪。就会产生许多古怪的念头。

清早起来，矮二叔就听见村口的板栗树上有花喜鹊唧唧叫喳。矮二叔吃过早饭，就有喜事了。

远远地就望见卢乡长朝村里走来。他上衣袋里的钢笔帽怪刺眼的。

"卢乡长，您辛苦了。"矮二叔经常去乡里，跟乡长熟悉。他迎了过去，同乡长握手。

"你好。"卢乡长接住了矮二叔爬着青筋的手。

"下乡检查工作？"矮二叔问道，心里热乎。

"去村校看看。"卢乡长说。

"不进屋坐坐？"矮二叔盛情邀请。

"回头到你家吃中饭。"卢乡长笑着说。

"真的？"矮二叔一阵兴奋，以为听错了。

"只怕你舍不得。"卢乡长笑笑，朝村校方向去了。

"你一定来！"矮二叔追上两步冲卢乡长的后背说了句。

"哎，你一定来……"矮二叔冲着卢乡长又说了一句。

矮二叔立即回家忙乎开了。他嘴里一个劲地说："乡长要来吃饭哩！乡长要来吃饭哩！"找了几样菜，摆在桌上。矮二叔看了一会，想了一会，就是还缺少一样挂牌的菜。

矮二叔喜癫癫来到彭先生家。兰花在忙乎。

"兰花妹子，同你商量个事。"矮二叔挂着笑脸。乡长去他家吃中饭，是看得起他，是件好事。

"同我有什么好商量的？"兰花一个劲地烧手里的腊肉，腊肉皮"哧哧"冒青烟："我没空，有客。"

矮二叔不退步，有底气："嘿嘿，反正不是捉毛毛虫……"他涎了个老脸，调笑一句。

兰花将手里的刀"啪"地压在案板上，骂一句："七老八十了，开什么玩笑。什么事，你快放屁！"

矮二叔不发作，仍旧笑："跟你借只鸡。"

"借鸡干啥？"兰花挑挑眉毛，不正眼瞅他。

"有贵客。"

"神经病。"兰花丢下没洗的腊肉，抓鸡。

矮二叔同兰花借得鸡，回到家里，将鸡杀了。破鸡的时候，刀尖伤了手指，流了血，也没察觉。

灶火烧得旺旺的。锅里很快渗透出鸡肉的清香味。他掀开锅盖，拿了筷子撮下一小块鸡肉，想尝尝烂了没有。想想又不对，乡长要来吃，他是父母官，不能乡长没吃就破锅的。又赶紧将鸡肉退回锅里。然后，矮二叔又找来椅子，摆好，打来一盆清水，搓了又搓，抹了又抹，直到使劲用力揩，手上沾不上黑印，才罢手。人家是个有脸有头的乡长，总不能埋汰人家。

矮二叔出屋看看太阳，太阳笑着脸挂在老槐树丫上。该吃中饭了。他去村校请乡长。

村校仍旧还在那破旧的祠堂里，稍有改观的是，祠堂四合天井屋里升了一面鲜艳的国旗，添了无限生机。有好几天早晨，矮二叔看见亮亮的阳光下，红旗慢慢升上去，小学生们敬礼，彭先生在旁边发号施令。矮二叔看到那情景精神亢奋肃然起敬，好像他的脖子在那时也长了许多。"他也这般威风。"矮二叔心里这样评价彭先生。

旗杆上的红旗随风轻轻飘，猎猎作响。有几只小山雀在黑色的屋脊上戏闹。到处静静的。矮二叔四下里瞅瞅，根本不见卢乡长的影子。他走近一间教室，隔门缝望，他看到了那个刚调来的小林老师在上课。

矮二叔故意大声地咳嗽了一声。小林老师发现门外有人，出来，问："大叔，您找谁？"

"卢乡长在不在？"矮二叔急切地问。

"卢乡长到彭校长家吃中饭去了，去了好一阵了。"小林老师说完，关了教室门。

"噢？！"矮二叔顿时觉得憋尿。他匆匆走出村校。半路上，他差点将迎面走来的彭先生撞个满怀。

"二叔。"彭先生礼貌地叫了他一声。

"卢乡长呢？"矮二叔有股无名火，一副找彭先生赔人的架势。

"他在我家吃了中饭，回乡政府去了。"彭先生说。

"走了？"

"刚走。"

矮二叔丢下个莫名其妙的彭先生撒腿就跑。气喘吁吁地跑到山垭，矮二叔搭手一望，卢乡长早下了宝鼎界，到青叶河边了。

"卢乡长——"头昏眼花的矮二叔聚起力气喊了一声，山谷里荡回他苍老嘶哑的低鸣。锯齿一样的远山凝固着，沉默着，好沉重忧郁的大山呵。

卢乡长没听见，也没有回头。

卢乡长走远了，走远了。

回家的路，冷浸浸，寂然无声。矮二叔感到疲惫不堪，蹒跚的双腿挪不动了。矮二叔在废弃的老庙场上坐下，乍暖还寒的风撩拨着他多皱的脸颊……他背后是初春的蓝天，空空荡荡一无所有。越冬的枯草摇曳，像燃烧着的毫无精神的蜡烛。远处的村边薄雾轻漫。矮二叔雕塑在那里。

残墙断壁后，杂草还没发芽，毕竟有几枝早桃花开了。想不到那样的枯枝，居然也能冒出粉红的花来。

但只要是花，霞辉便给它抹上些色彩，使它更美……

这一回去，矮二叔好些天心里不调和，几天不出屋。清屋冷灶，满目便有几分凄凉孤单之感。

矮二叔正在院里悠看，看见外面进来个人。矮二叔一看，认识的，是乡民政办老王。

"二叔，喜事。"老王见面就说。

"我能有什么喜事？"矮二叔心绪不好。

"你看看外面。"老王笑笑。

矮二叔往外一瞅，看见个穿夹克衫戴小圆帽的瘦老头儿，远远地盯着院里发愣。

矮二叔眨眨眼，看那瘦老头儿似相识不相识。

瘦老头儿也愣了好一会。

矮二叔心口堵了什么东西，两眼忐忑不安溜溜转动，蹭蹭迎去去："你、你——憨宝……"矮二叔做梦一般，不由自主呼出了瘦老头儿的名字。

"矮子——"瘦老头儿失声大叫，趔趄过来。

矮二叔兄弟二人四十余年骨肉阔别之情，如决堤的滔滔江水，不提。头几天，矮二叔将大哥领着村里村外绕了一大圈，又到村外爹娘的坟上烧纸磕头。

大哥趴在爹娘的坟堆边，泪雨滂沱，哭得哽咽。看到大哥伤心的样子，矮二叔也陪着掉泪。

矮二叔放下腰篮筛，取出牙盘、糍粑、酒等祭礼，又插上香烛。

"让我来烧纸。"大哥抹净了眼泪，接过矮二叔手里的纸钱。大哥颤抖着手，烧好了纸。望着那忽明忽暗的纸火，矮二叔唏唏嘘嘘感慨，说：

"大哥，到底叶落归根啦！"

大哥激动了："四十五年，四……十……五……年，梦一样哟，想不到今生……还能见面……"

矮二叔不禁鼻子发酸。

见矮二叔悲哀的样子，大哥问："这么多年了，你没成个家？"

"孩子没娘，说来话长。"矮二叔脸上无光，摇头惭愧。

大哥从衣袋里掏出一张相片："那一年，我随军去了台湾，捡了条命，在那里娶了女人，生了一男二女，哎，老话一句，在家千日好，出门时时难……"

矮二叔接过相片，端详一会，手就发抖。风里夹着开春时泥土的腥味，矮二叔吸了一口，嘴里有点儿苦涩："我们家总算有接香火的……"

大哥回台那天，拿出一沓钱给矮二叔，说："你没成家，没儿没女，你先拿着，到了那边，我再给你寄些来。"

矮二叔不接。

"你没人给你送老呀。"

"我好歹是政府的人。"矮二叔说，眼光却是苍老了。

"……"大哥尴尬。

"要不，你就把这些钱捐给村里修学校吧。"最后，矮二叔说。

大哥点头表示同意。

矮二叔回想起风雨沧桑几十年，也不知说什么好。许久许久才说："要办得到，你就将侄儿侄女带回来看看。"

自从大哥回过家后，矮二叔就养成了喝早酒的习惯。每天一大早，矮二叔就坐在屋前的老槐树下，边喝酒边观望不远处，一群小孩子爬村口那棵老板栗树，掏喜鹊窝。矮二叔喝酒不讲究，不用什么下酒菜，顶多不过一小碟花生米或细鱼细虾灌辣椒之类。他喝酒时不大多响，也从不喝醉，脸微红而止。偶尔会喝得激动。酒盅悠悠地移到嘴边，啧，突然看到老板栗树上的孩子手接近了高高的喜鹊窠，矮二叔便喊："抓住了抓住了。"掏喜鹊窠的孩子便怒目瞪瞪，嘘嘘地骂他一声，嫌他多事，吓跑了喜鹊娘娘。有调皮的，就会来抢他碟里的下酒物，或抢他的酒盅。矮二叔呢，得意不已，以为计成，咕咚咽一口米酒，嘿嘿朗笑。

村里在大哥的捐助下修了一座挺漂亮的学校。矮二叔那天被邀去参加了学校热闹的竣工典礼。

矮二叔看到小孩子就高兴。早晨，有小孩子背了书包去上学，打跟前过，他用筷子叮叮当当敲盛花生的小碟子，小孩子快活得像只小蝴蝶，开心地跑过来，抓起花生就往嘴里塞，嘴唇还没合拢，想想不对，又连忙吐出来，剥了壳往矮二叔嘴里塞。矮二叔摸摸小孩子的头，咧开嘴笑。这就是矮二叔最高兴的时候了。

文化人彭先生说，矮二叔喝早酒不在乎酒，在乎什么呢？没明说。

倒是村里人叫矮二叔的少了，去了一个字，改叫二叔，或二爷爷。

1990年于邓家冲

乡村游戏

"巴格"一声，茄子手里的竹扁担断成两截。他丢下断扁担，独自坐在一盘废旧的石磨上，用拳头捶打胸脯。胸脯里有股气，他要捶出那股气来。捶了老半天，那气还憋在心口。他就想骂，可找来找去，肚子里找不出一个合适的词句，无法骂出来，倒是心口愈加气促。

"咯！"他死劲地拉长脖子，咳了一口，吐出的是热辣辣的火气。

太阳悬在西天，流霞滴血，满世界一片火红。远山如墨，凝固着懊丧的苍茫。一只鹞鹰突然从赤亮的天际滑过，撒下一阵阴森森的鹰唱……

茄子望着鹞鹰小去的地方，重重地捶打落坐的石磨。终于骂了半句："狗养的——"就这么半句，心口陡地轻松了几分。

"狗养的——"茄子又这么骂了半句。

灶屋里飘出米饭的气息，茄子对着灶屋吼了一句："嫩葱，吃什么？"

嫩葱探出半个乖巧的头来："吃什么？"

"老子要喝酒——"茄子满嘴火药味。

引狼入室。茄子憋来想去，到底有了一句合适的话。

那年，嫩葱刚娶过门。茄子也是坐在废旧的石磨上。他们正为没米下锅别扭。

草把龙
CAO BA LONG

076

"没米了？"茄子问。这话差不多问了十遍。

"有米还不煮了！"嫩葱有些心灰意冷。她打个呵欠，躺在凉床上就要睡去。

茄子心里就很难过，不再说话。这地方，地薄，收成不好。老婆嫩葱这么懒散是件不好的事情。茄子想着就挪挪屁股，背朝嫩葱。

这时候，他就看到了村长。村长很虎威。走起路来，胳膊一甩一甩，肚子里不饱满是不会那么有气势的。茄子想。

"村长。"茄子站起身，这么喊了一句。

村长其实没注意茄子，自顾走路。听到茄子的叫喊，他才朝茄子瞥了一眼。

"搞么子名堂？"村长问。

茄子不知怎么回答。他喊村长不是有什么话要说，只是见了村长要喊上一句才好。见村长有些不高兴，他急出汗。

"搞么子名堂？"村长又问，眼睛朝嫩葱歇凉的地方扫扫，又望望炽热的太阳。

茄子觉得该回村长的话，后退一步说："不歇歇凉？"

村长又扫扫嫩葱，说："回头再来玩玩。"便匆匆忙忙走了。

茄子听说村长要来他家玩玩，于是很激动。他走拢凉席，用手指在嫩葱肥肥的屁股上弹了弹，说："村长说要来玩玩。"

嫩葱翻个身，瞅茄子一眼，又耷拉上眼皮。

茄子又很神秘地说："村长说要来玩玩。"

嫩葱在凉床上坐起来，漫不经心，自言自语道："他想吃点什么。"

茄子盯着嫩葱白白的脖子，反问："村长要吃什么？"

"屁！"嫩葱说。

"瞎说，村长怎么能吃屁！"茄子对嫩葱的态度有些不满意。

村长想吃些什么？茄子又独自想。饭是招待不起。不光没米，还没酒，也没下酒菜。

"你去村口赊个西瓜！"突然，茄子说。

嫩葱不搭理。又躺在凉床上。

"嫩葱，你去村口赊个西瓜。"茄子重复一遍。

嫩葱闭了眼，说："赊西瓜搞么子名堂？"

"吃西瓜爽口，这么个热天。"茄子说。

"村长稀罕西瓜？"嫩葱笑笑，摇头。

茄子几分糊涂。大热天，西瓜解渴哩。他便冲嫩葱吼了一句：

"你晓得个屁！"

"要赊西瓜你自己去。"嫩葱说，躺在凉床上，瞅蓝天白云。

后来，茄子就去赊西瓜。他从村口赶回家，嫩葱已经不在凉床上。他有些纳闷，刚想叫门，听到村长同嫩葱在里屋嬉笑。

村长不稀罕西瓜。茄子捧了个西瓜呆呆地站在门口，好长一段时间失去了知觉。

后来，村长出来了，还是很虎威。茄子开了西瓜，请村长吃。村长吃得很精神，嘴唇上不时吊出一条尼龙丝一样的涎水。茄子几次想提醒村长，又怕失了村长的面子，没说出口。

村长这样玩玩了第一次，但不是最后一次。

时间像溪水，流了一天又一天，过了一年又一年。

那股气憋在茄子心口。他越来越觉得难受。

"狗养的——"茄子又这么骂。

那天，村长打着饱嗝来玩玩。胳膊一甩一甩的，手上的金表挺刺眼。茄子出乎异常地堵在门槛上。

"你病了？"村长笑笑。

茄子脸黄黄的。"村长——"茄子愣头愣脑地说，不让路。

"我怎么啦？"村长饱嗝里有股酒肉味。茄子如今嘴里也有这种气味。

"村长，你……"茄子用手指着村长说，"你少欺负人！"

村长的脑袋陡然一歪，像是被人砍了一扁担。

"你——"村长翻着白眼，扫兴地走了。

事后，茄子就想，其实村长也没什么了不起，自己为什么这么多年来，都顺从他了呢？不想倒好，这么一想，茄子心口那里就不舒服。

于是，茄子心口那里憋了一股气。

引狼入室。茄子愤愤地想。

"狗养的——"茄子骂道。猛地将那盘废旧石磨高高地搬起来，重重地摔下去。石磨"叭啦"碎成几块。

嫩葱从灶屋里伸出头来，骂一句："神经病！"

茄子脸一扭，走了。

茄子要去找弟弟南瓜。有话要同南瓜说。

南瓜在坯场上踩砖泥，南瓜有的是野劲。

"南瓜——"茄子喊了一声。

南瓜赤裸着黑黢黢脊背做得欢。他蓦地扬起一张晒爆皮的脸，汗珠顺着耸立的眉骨，落到砖泥上。

"哥。"南瓜喉咙里的咕噜，像一口枯井的回声。南瓜爆皮的鼻尖上，挂了一串汗。"哥，同意啦！"南瓜见是茄子，兴奋地说。

"捡了元宝。"茄子阴着脸。

南瓜抓一把赤裸的脊背，竟抓到一层好厚的汗渍："哥，村长刚刚来过，他说村里同意我在这里开砖窑，这就好哩，我准备烧两窑，捞点钱。哥，村长还给我提亲哩……"

茄子看到了阳光里的一些散乱的西瓜皮、烟蒂，冲南瓜笑笑。家景不好，南瓜拖到三十来岁没有娶婆娘。

"村长——"南瓜还在说。

茄子心口那里疼了一下。

"别说了！"茄子吼了一声，"你少跟他连裤裆……"

南瓜怔住。

"狗养的村长。"茄子狠狠地骂了一句。

南瓜望望废窑，废窑下凹着平坦如砥的一片，闪着细沙灼眼的白光。太阳开始斜落，四周的浆土，坯棚都散发着热量，烘烤着这块凹地。

于是，茄子就将想法同南瓜讲了。南瓜一听，骇得脸色苍白：

"哥，你斗不过他，他是村长，他势力大。"

茄子说："是村长又怎么啦？"

南瓜劝他说："哥，你不这样的好……"

茄子说："我憋不下这口气。"

南瓜说："气慢慢地就消了。"接下去搅泥。

茄子说："你不答应帮我一把？"

南瓜望望排得整齐的砖坯，又望望不远处的一个水氹。水氹淤着死水，倒映着辽阔的天和衔山的落日。

恰在这时，老黄瓜从横路上走过来，嘴里哼着歌："……天上起了火烧云，阿妹想哥泪淋淋……"老黄瓜是村长的亲妹子，十七八岁时被人奸了，变得疯疯癫癫，三十好几了，还没出嫁。人倒长得周正。

看到老黄瓜，南瓜眼圈描了油彩。

茄子见南瓜傻痴痴的样子，骂一句："真没用。"太阳慢慢往西天去。茄子心口那里越来越难受。他一定要想出个办法。

狗养的村长。狗养的村长。茄子一遍又一遍在心里诅咒。

一群小娃子正在做纸牌游戏。这是个挺简单却挺有趣的游戏。纸牌共十二张：两棒、两狮，两虎，两人，两鸡，两虫。吃牌的顺序是：棒打狮，狮吃虎，虎咬人，人杀鸡，鸡啄虫，虫蛀棒，棒打狮……一物降一物。

"……虎咬人，人杀鸡……"茄子念了两句口诀。心里咯噔一下，他这时想出了好主意。

太阳断了精血，在西天摇晃两下，落了。星子眨着贼亮贼亮的眼睛，升在灰色的夜幕上。

茄子静静地守在路口。老黄瓜要从这回去。

果然，等了不一会，老黄瓜从田里回来。她边走边唱着歌。夜幕里，她的影子晃晃荡荡。

茄子上去一把搂住了老黄瓜。

老黄瓜调笑："亲哥哥，别拉我上床。"

茄子一把揿倒老黄瓜，说着"就上床，就上床"，在她身上乱拱乱抓。

老黄瓜卿卿哼哼不拒绝不反抗……

玩够了，老黄瓜一阵嘻嘻问："你是谁？"

"茄子！"茄子得意。

"茄子？"老黄瓜一阵笑："你玩我，我玩你……"老黄瓜搂着茄子不撒手。

你玩我婆娘，我玩你亲妹子！狗养的村长。茄子狠狠地捏着老黄瓜肥硕的胸脯想。

第二天，茄子在院里歇凉。村长一晃一晃甩着胳膊过路。

"村长。"茄子冷冷地喊一句。

村长右手叉在腰眼上，停下来，扫了茄子一眼，还是那句很威严的话：

"搞么子名堂？"

茄子望了望辽远的天空，翻个花眼，然后说："老黄瓜被我搞啦——虎吃人，人杀鸡！"

茄子猜想村长会是暴跳如雷。却不想村长脸色竟是异常的平静，平静得让茄子感到深深的恐惧和后怕。

村长说："好。"然后放快步子走了。

茄子让嫩葱搬出酒菜，独自啜饮，边喝酒边哼小调。

"娇妹妹撩衣又解带，小哥哥我呀乐呀乐开怀……"

"看你那熊样！"嫩葱骂他。

"你晓得个×"茄子在嫩葱高耸的奶子上剜了一眼，"就晓得是公的就上床。"

一句话刺了软处，嫩葱进了屋。

约莫过了一袋烟工夫，南瓜抢了锄头怒气冲冲奔过来。在离茄子三尺远的地方，他站住，像一块耸立的褚石。

"你，你搞了——黄瓜？"南瓜爆皮的脸变了样。

"搞啦！"茄子轻轻松松地说，将一块牛肉干抛进嘴里。

"你晓得她是谁？"南瓜背上闪烁着汗的油光。

"一根老黄瓜！"茄子心口再也不憋气，话也说得爽落。

"放屁！"南瓜高高扬起锄头，"她是我婆娘，村长是我大舅子！"

"狗养的村长——我怎么不晓得？"茄子望着南瓜的锄头心里发怵，端酒的手颤抖了。

"我送了两千块定亲礼啦！"南瓜狂叫一声，锄头就重重地落在茄子脑袋上。

茄子摇晃两下，栽在地上，脑袋开了血花……

1991 年于邵阳

苦　夏

　　枫木湾排木场在青叶河上游。我沿河边的碎青石板路走。愈走愈幽深，愈走愈苍茫。青石板路粘着青叶河，任河水怎么甩也甩不开。两岸是入云的绝壁，人在中间走，显得渺小。

　　"呵——喂"我用力喊，自信就震撼着峡谷。回声惊起岩崖上的白头岩鹰和鹧鸪。

　　转过一个洄水湾，山势变得平坦了。就听到了"咚咚"的巨响，间或有排山倒壑的轰隆声在回荡。

　　总算到了。我松口气。

　　青叶河缘着工棚流来。工棚前的水边蹲着一个女人。

　　那女人在精心地洗着一堆拇指头大小的卵石。我走近去。女人慢慢直起身子转过来。这是一张蜡黄的脸。其实也很漂亮的。

　　"来了？"她一见如故。

　　"来了。"我说。

　　她把洗净的卵石收拢装进一个篮子。

　　"做什么？"我指那篮卵石。

　　"做菜。"她挺平静。

　　"……"我不禁咋舌，岩石做菜？

　　吃夜饭的时候我认识了排木场的李场长。知道了那女人叫茶花。

是排木场烧饭的，山牯子的相好。

"对你不住，牛牛。"李场长四十来岁。他端了饭，夹了几个炒得盐渍渍的卵石放在饭上，一脸的愧色。

山牯子正津津有味地舔几口卵石，又扒几口饭，上身赤裸，露出一身蛮肉。

李场长还在那里啧啧叹息，不想山牯子却说话了："李干部，别讲那一套了，我们排木佬装不出门面来的。这里是枫木湾，比不得你那时在县里坐机关。"

我好尴尬。

李场长问："还有油吗？"

"还有一点点。"茶花回答。

"明早把牛牛的另外炒，放点油。可怜他一个学生娃。"李场长说。

"好。"茶花应道。

呷完饭，山牯子不冷不热地看我一眼，抓一条手巾朝河边走。

我当然清楚，他是瞧不起我那副瘦精精的身板子。我下暗劲要干个样子给他看。

当伙计们聚集到工棚外的坪地里时，月亮挂在中天了。

李场长简单地说了几句话，嗓子里发出嘶嘶声，他的肺部有毛病。他说了今夜开会的内容：抓贼。

原来昨天发伙食钱，一个伙计的钱被偷了。

那伙计说："我怕掉，我向茶花借了针线把钱缝在衣袋里的呢！哪个不得好死的……"

茶花也作证。

"这就怪了，"山牯子说，"肯定是哪个偷了，没良心的，有本事偷，就该有本事承认。"

"互相检举吧。这是力气钱。不说一个月才一块，就是十块，百块也难攒呢！"李场长说。

接着是沉默。只有青叶河在喘息。

"这样吧，"山牯子突然打破了沉闷，"谁都不会检举谁的，我看照排木佬的老规矩，捡勾，哪个捡到算哪个。"

"行！"有人附和。

"茶花同牛牛就不用捡了。"李场长说。大家都赞同。

年纪最长的成叔已用茅杆草掐好了勾。谁捡到长的谁就是贼。

大家都表情严肃。坪地里弥漫着一种神圣的气氛。

开始捡勾。除我和茶花外，每个人手里均抽到一根茅杆草。大家一齐把拿茅杆草的手伸到公证人茶花面前。

李场长抽到了那根最长的。李场长就是偷钱的贼。

大家仍旧沉默着。

李场长脸色苍白地掏出钱来递给丢钱的伙计。

"是我。"

猛地，一声狂喊，一个伙计站在李场长面前。手里举着一张纸币。

"我偷的。我不是人。"那伙计喊道，"前天，家里人带信来，我母亲的肝病……"

这突然发生的事情把大家都愣住了。

成叔吱地点燃旱烟。顿时坪地里漫上呛喉的烟味。

"这钱，收着吧！"李场长说，"日子逼人。"

这时，成叔也摸出了一张纸币，递给偷钱的伙计。

山牯子也递上了两张纸币："只是你不该——嗨！"

于是，又便有很多拿钱的手伸向偷钱的伙计。

月辉清清。我望那四周的山峦，蓦地感到这山显得那么空旷、宏阔……

往后的一天。青叶河面水雾蒙蒙。一只风蚀了羽瓴的鱼鹰苍老地立在一个黑木桩上。

我呆呆地坐在那里。刚被山牯子扇了耳光的脸上有火辣辣的痛。——这强盗。

今早一起床，同铺的伙计递给我一根烟。我把烟叼在并没有长出多少毛的嘴上，对正在抽烟的山牯子说道："对个火！"

我感到我是很男子汉气的，话说得不轻不重，底气颇足。我是发誓不让山牯子小看我。

没等我的话落音，突然脸上遭了重重的一击，没点燃的烟飞走了。山牯子站在我面前如一尊恶神。

"你——"我扬起手巴子。

我想上去同他拼命，看到他那凶恶的样子，却又脚一转，跑了。

强盗山牯子，我同你有仇冤？我心里怄气。

"牛牛，他是那脾气。"成叔来了。

我低着头，数手指。

"茶花娘屋里给茶花找了个男人，昨天来人要茶花回去嫁人。山牯子拼命，茶花娘屋里的人才放手回去了。"

成叔吧了一口烟，又说道："你同山牯子借烟火也犯了排木佬的忌讳。借火不能说'对火'。"

成叔讲起了排木佬的很多忌讳：早晨不呷夹生饭，要不一天不做工；师傅棍叫做稳生棍；斧头叫开山子……

"进山问土地。做什么事要弄清规矩哪，你看我这手就是那年我刚进排木场被剁的。"果然成叔的右手小指头只一节。"山牯子是个有骨气的人，心善哩！只是火爆点。"

"哟——嗬——咳唷！"

青叶河上面传来一阵雄浑的喝喊，一挂长长的木排从红黄绿相间的水天飘下来了……

我们排木场的任务是把木砍倒，然后扛到河滩码堆。扎排"赶羊"就不是我们的事了。

我刚进场里，场里人见我人小，便要我扛单肩。山牯子专拣轻松的让我扛。我赌气要扛重的，试了两天，到底吃不消，腰酸腿软，便只扛轻松的。山牯子的任务是起木。起木是排木场最苦的工作。起木要腰劲、腿劲，还要手劲，桩子要稳。照老规矩，起木的拿双倍工钱。

太阳很辣火。山地里到处白灼晃眼。空气中流着一股热烘烘的树胶味。每当一棵百年古木沉重地摔在山谷，即刻就升起一团白烟。

那令人震撼的巨响像是要把干燥的空间爆炸开来。

水从口里灌进胃打个滚就从毛孔里流出来。我的学生蓝上衣到处是一块一块的白盐霜。

那是炎夏。连树林里送来的也不是凉爽的气息，而是一股恶臭。远远的山顶，有成群的乌鸦吃力地扇动着沉重的翅膀，张大着嘴盘旋着。大伙的言语也被炎夏掠夺走了，只留下一片寂寞。

青叶河也在热气里急促地喘息。

"哟——嗬——咳唷！"

"哟——嗬——嗨——"

青叶河里的放排号子让青叶河震颤。

太阳变成无数个火球在我身边滚动。喉头比那烫脚的碎石山路还要干燥。腰上被重重地推了一把，我天旋地转……

醒来时，我躺在工棚里。腰上像别了扎人的针尖。

"你扭腰了。"茶花在磨药。

山牯子端了半碗酒进来。

"把三七吃了。"茶花把磨好的药递到我手里。

我仰头喝了个光。

山牯子把那半碗酒递给我。鬼才晓得他在哪弄的。

我不敢喝。

"喝吧。喝了就好的。这东西是我们排木佬的亲爹亲娘。"山牯子眼里没有柔情。

那几天，李场长放了我的假。

一天半夜，大雨来了。天地溶合在一起，一片黑暗，什么也看不见。青叶河的流水声也害怕地窒息了。雷声却在西北方向隆隆滚动，好像被那密密层层的浓云紧紧地围住挣扎不出来似地，声音沉闷而迟钝。由于害怕，我怎么也睡不着。

猛地，一个惊天撼地的炸雷在当头劈下。工棚在狂风暴雨中痛苦地挣扎起来……

青叶河在火辣辣的闪电里开始怒吼……

"快去——救木！""快——"

李场长在工棚外暴雨中大声喝喊。

我战抖着随人群朝青叶河河湾的排木堆跑。粗大坚硬的雨砸在身上。

风大、雨急，雷鸣、电闪，都没有压过青叶河滔滔的水声。

雨中的青叶河不再像往日娴静的少女，它变成了魔鬼。

排木堆边聚了场子里所有的人。一个个都在脚忙手乱。拉钢丝、钉马丁、拴树桩……

"快——快！"

"别——慌"

李场长变嘶哑的声音被雷雨推走了。

暴雨把青叶河的河床一下提起许多，风鼓卷起层层恶澜，似千军万马，发狂地撞击着岸边的一切……

凭着暗暗夜色，我们看到青叶河这条巨蛇重重地搅了一下尾巴，于是就把我们用血汗堆起来的一堆排木一干二净地彻底地卷走了。

青叶河水呼啸着，带着巨响，轰隆隆朝山外奔涌、冲击，激起一阵阵浊雾。

我感到了恐惧。猛然"哇"地一声哭出来。

"哭死！"山牯子恶狠狠地瞪我一眼。他身上一丝不挂。水一个劲地在他身上淌。他手里抓着一根钢绳，背在肩上，拼命地朝一个木桩边拉，牙齿格格作响。

"还不来帮一把！"

我惊醒过来，窜过去抓住了钢绳。

"一二！"

"一——二！"山牯子喘着粗气，全身的骨头都在响。

"轰——隆！"又是一个炸雷。

"哗——啦！"一个闪电。

借着电光，我看到山牯子肩膀上正在大股大股地流血。

"血——牯子哥！"

"血！"

我感到了死亡的威胁。脚一软，一个踉跄扑倒在水里。山牯子也跟着我栽倒了。我的手还死死地抓着钢绳。一节木冲过来，重重地撞在山牯子腿上。山牯子猝不及防，倒了。

"牯子哥！"我抬脚就跑，想去扶。没走两步就被恶浪推倒在水中。

"快，抓住钢绳。"

"钢绳——"

不知什么时候，成叔过来了。他也是赤身裸体，脸苍白得可怕！那缺一节小指头的手也在流着血。

我死命地抓那根钢绳，怎么也抓不住。又是一阵浊浪，我口里进了一口臭腥的水，浑身疲软无力。这下完了。

"牯子哥——"我哭着，喊着。

"牯子哥——"

"轰——"那堆排木也被水冲垮了。

青叶河的浊浪，天里天外的暴雨一个劲地把这河湾朝死亡深渊里推搡……

山牯子死了，连尸体也没留下。山枯子死后，排木场无形中笼罩上一种憋闷、阴郁。只有撬木号子还在喊：

嘿嘿唷嘞！嘿唉唷嘞！

嘿嘿唷呀！嘿咩唷！

……

茶花在几天里黑下来、瘦下来。黑蓝色的眼圈里有着深深的忧郁。再也听不到她的笑。

我晚上困在床上，肚子咕噜个不停。便提裤子去拉屎。山月躲在厚厚的云层里不肯露面。回工棚时，听到青叶河边有人在低声争嘴。

我麻了胆子轻轻走近去。

凭着淡暗的月光，我惊奇看到茶花双手护在胸前，直往后退：

"你，别过来——"

五步远的地方，李场长正跪在那里。

"别，别……"

见李场长移动了一身子，茶花惊慌地喊。

"别，别叫……我喜欢你。"李场长嗓子里有破风箱的气喘声。

我大气不敢出地躲在一丛茅秆草后。四下里很静寂。只有小虫在草丛间为这夜色忍忍叹叹地哭泣。

就在这时，李场长窜上去一把摁倒了茶花，茶花轻轻地挣扎了一阵后，一切都变得平静起来……

"嗡"我脑袋一阵雷鸣，转身就跑。

发生了那晚的事情后，我就恨透了李场长。后来听成叔讲，李场长准备娶茶花。茶花呢，却变得更忧郁了。

那些天，我总是听到李场长幽幽地哼山歌：

苞谷叶子开天花，

我把妹子(你)想癫啦；

……

可是一天早晨，我们不见了茶花。

"茶花回去嫁人了！"成叔缓缓地吧着烟说。

山牯子死后，场里就再也没有能整日起木的人，便只好轮流过肩。我想去起木，李场长骂我少逞能。

我不服，一把操起那根起木的稳生棍，放在肩上一别，两百多斤的木头晃了几下，牢牢地被我兜在肩上。

那天，是我十七岁生日。

1988年于邓家冲

四季景色

春　风

有一幢寂寞的老屋。

老屋后窗下，有一座菜园。

春风一动，菜园里就热闹了。沿着后窗有一排丝瓜。丝瓜舒展开藤蔓，爬上窗棂，乖巧地叶出花蕾。在朝露里，鲜嫩的花柄，像淡绿色的玻璃管，不可去碰撞。要不，只要那么轻轻一碰，就会把它碰断。

除了丝瓜、黄瓜，菜园里还有蕹菜、鹊豆、西葫芦等等。都是一汪的绿，把园子煊耀得闪眼。

老屋的主人木佬倌是一个憨厚、细心的老头。

菜园里，蝴蝶飞，蜻蜓飞；蜜蜂们嘀嘀嘟嘟地吟唱。

主人正给菜们除草。天气暖和了，菜们正旺盛滋长。各色杂草也学着样，不甘示弱。

木佬倌在菜园里忙碌。脸上、胳膊上让菜叶、草叶撩弄着，痒辣辣。他气恼地想，要是没有这些杂草该多好。转而一思忖，又自觉好笑，怎么就尽想这些个小孩子的事儿。

春风悠悠地吹着。劳作了一阵，木佬倌望望不远处。那里有一株人头高的菜芹树，也正开花，越开越红，红得鲜明晃眼，花瓣儿随时要破裂，随时会流下红色的汁液。

木佬倌什么都忘了，什么都记不得了。除了这个菜园，他觉得没有什么是新鲜的。

他在这里默默地生活。没有朋友来访向他，他也不去拜访别人。左邻右舍住着些什么人，他也不是记得很清楚。

站在菜园里看老屋，老屋愈显得黯淡。菜园里的菜们年复一年更替生命。老屋却是许多年了。木佬倌听他父亲讲，这老屋还是他父亲的爷爷手上的家业。

那还是去年春上的事。菜园里突然出现一条活蹦蹦的小花狗。木佬倌收留了它。过了半个月，小花狗死在老屋的墙角。这事让木老倌恐惧了好长一段日子。尽管狗的死相很安然，可毕竟不是好兆头。

木老倌回想起来，汗毛直竖。

黄瓜漂亮的花缨子散着香气，蜂们飞飞停停，在它上边搔一搔，吮一吮。

木老倌累了，就坐在菜园里。太阳西斜，四周凉爽爽的，风不吹，树不摇。

几根小小的晶莹透亮的东西在晃动着。木佬倌静神看看才发现坎边那个叫不出名的枯树蔸长出了嫩芽芽。他记得那枯树蔸从没长过枝发过叶。他认为它是永远地死去了。

有了这个意外的发现，木佬倌心里好一阵兴奋：说不定今年会交好运。

菜园外面是一脉小溪，咕咕咚咚地响动。小溪被春风里里外外浸染，深重的青蓝。其间点缀些红的白的紫的黄的花儿。

木佬倌摘了菜，撩开草丛，去绿水里濯洗。

他娶过女人没有，连他自己也糊涂。他记忆里这老屋来过一个寡瘦的女孩子。后来那女孩子就到对面山坳里观风景了，留下一件蓝衫的影子。邻居们说，那女孩子同他生活了十多年。他只有些零碎的印象，那女孩子留给他的东西太少了。

回到老屋，暮色四合。菜园里的花儿和蝴蝶睡着了。春风缓缓地吹着，夜露窸窸窣窣在活动。

夏　雾

夏夜极短，黎明早早地来临。太阳没有升起，老屋、菜园子全都隐没在浓滞的雾罩里。

随着太阳的升起，雾色越来越淡，在老屋菜园游移着、流动着。渐渐地，菜园里就露出层次分明的、浓浓淡淡的、深深浅浅的绿色。

菜叶遮掩下的丝瓜、黄瓜让雾洗过，嫩生生，太阳一照，毛茸茸的。结成团的藤豆则如同一串串绿色的钥匙。满园绿色关不住。

雾色里的菜园，最耐看。

这天，木佬倌穿了件崭新的衣裳。刚刚理过发。太阳正红着桃花脸。紫燕叫得婉约。

他走进菜园，摘下两根嫩黄瓜，就听到菜园外面吃吃有笑声。

木佬馆一回头，看到一张女人的脸。是邻居玉寡妇。她穿一件蓝色的对襟衫，头梳得光亮整齐，像去走亲戚。

"哟，木哥，好收成。"玉寡妇笑着说。

"你眼红？"木佬馆陡地感到新鲜，也笑了。

玉寡妇走进了菜园，还没散尽的露水濡湿了她的裤脚。露水好清冷。

"今年的黄瓜甜。"木佬馆抓起两根黄瓜说。

"哪年的黄瓜苦？"玉寡妇翘起嘴笑。

木佬倌也笑。好像玉寡妇应该进他的菜园。

玉寡妇接过青嫩的黄瓜，用衣角抹抹，塞进嘴咬了一口。

"不卖？"玉寡妇嚼着黄瓜，嘴唇上满是青黄的汁液。

"不卖。"木佬倌又去将了几根黄瓜，全塞在玉寡妇手里。

玉寡妇脆生生，吃得挺香。

山里山外阳光普照，天地远邈。

"为啥？"玉寡妇问。

"卖了你吃什么？"

"哟，难得这份心。"

太阳升起丈多高了。菜园愈发葱绿和热烈。茸茸的地面还有亮晶晶的水滴。

玉寡妇一连吃下了三根黄瓜。打个饱嗝，她瞪着眼，望着木佬倌说："木哥，好精神。"

木佬倌摆出模样来，说："我还刚过花甲嘛！"

磨蹭了一阵，王寡妇又吃了一根黄瓜，就要走。木佬馆赶忙又去摘了几根，塞在她衣兜里。

园外那晶莹碧透的溪水，溢出草丛，静静地汪在低处的坪地里。

玉寡妇抿着嘴笑着，走过了小溪。

"再来。"木佬倌望着她走出了娇艳的菜芹树影，进了她的家门。太阳花花晃眼。

玉寡妇来过，菜园里显得更加生机盎然。木佬倌摘着豆角，心里隐隐躁动。回到老屋，他才发现他摘了一筐豆叶。

他耳边尽是玉寡妇的笑声。再想想别的什么，又想不起来。这时候，他昏昏沉沉只要睡。

刚要睡着，他又被惊醒了。也许是后窗上的丝瓜藤蔓间有个小虫在吵闹，也许是外面有人说话。

他睁开眼，又觉得是玉寡妇惊动了他。他在梦中好几次羞红了脸。

干脆走到屋外，明丽的太阳火辣辣。他使劲地摇晃着头，怀疑自己掉了魂魄。

记不清是第几天，玉寡妇来了。

"还记得来？"木佬倌笑着说。

"我吃了你的黄瓜。"玉寡妇说。她换了一身打扮，更年轻了。

木佬倌看了她一眼，心里暗自骂：妖精！

两人去后院坐下。守着个满满的菜园。

玉寡妇看着木佬倌刚刚刮过的皱皱巴巴的脸。

"木哥，你年轻啦。"

"嘿嘿嘿。"木佬倌傻笑着。

玉寡妇给木佬倌卷了根烟，递过去。

"你也晓得我喜欢旱烟？"木佬倌清爽舒适地说。

玉寡妇抿嘴笑笑，挪挪凳，靠近木佬倌。

木佬倌嬉笑着，将手搭上她的大腿。

玉寡妇板起脸，一副生气的样子，拍开了他的手。

"嘿嘿，"木佬倌赶忙赔笑，"我的黄瓜不苦。"

玉寡妇瞟了他一眼。

"我俩一起过吧……"木佬馆更动情了，小心地说。

玉寡妇回答道："我好好想想，你等信。"

木佬倌去给她摘了一筐黄瓜，要她带回去："黄瓜真的不卖啦。"

"你不怕别人闲话？"玉寡妇这回白润的脸颊上浮起一层红晕。

"我怕闲话？——我怕你两个野崽子？"

玉寡妇风流事多。十年前，她男人短了命，就常有汉子纠缠她，她名声不正。但她两个儿子都长大了，所以缠她的男人们也不敢太放肆。

"依你。"五寡妇乜了他一眼，摇摇地走了

第二天，玉寡妇来了。一见木佬倌，她就说："我和你商量个事。"

"么子事？"本佬倌很兴奋，玉寡妇有事同他商量，就是不把他当外人看了。

"我想到街上开个饮食店，一天可以赚几十块，别人送钱上门。"

"好。"木佬倌赞成。

"我们一起干。我出技术，你出投本。"

"我没多少钱。"木佬倌耍了一个滑头。

"你存有三千多块，够啦。"玉寡妇说。

木佬倌一惊，鬼妖精，我有多少钱，你也清楚。他又说："地不种啦？"

"做生意赚钱也可以买粮食。种地苦。"

"我舍不得这菜园。荒了地，怎办？"木佬倌望望菜园说。

"荒了怕么子？"

"农村人还是靠种地吃饭稳当。"

"木脑筋。"玉寡妇叹口气，瞥瞥木佬倌。

木佬倌见玉寡妇不高兴，忙殷勤地说："钱你先拿去。菜园子的事再商量。"

玉寡妇点点头。

木佬倌上了精神，拉住玉寡妇说："那你就莫走啦。"

秋　雨

木佬倌过了一段扎实日子。

有一天，下雨了。

灰蒙蒙的天空，一丝一丝地飘着雨，像漫天飞舞的细纱。

菜园子全罩在蒙蒙秋雨里。滴滴答，滴滴答。

雨接连下了三天，青蛙从后窗跳进老屋来，好几个，呱呱呱吵得欢畅。

自玉寡妇进过几回老屋，木佬倌就觉得空荡荡的老屋满溢生气。

雨停了。

秋雨过后的菜园，显出几分空旷、萧落。秋雨将淡黄色的藤蔓菜叶打落，搞得满地都是。变得疏松的藤蔓上还可看到一些长得半丰满的丝瓜、黄瓜……

菜园外那条小溪的黛绿染料全让秋雨冲刷了，变得浅黄。

雨过天晴。秋天的太阳变得深黄，吸收了秋雨的缘故。山峦沿着晴空遥遥地延伸。

木佬倌在晒菜种。丝瓜、黄瓜种要切开，取出籽来，粘到棕毛上保存；辣椒只要串起来，挂着凉干就行……

木佬倌的心情很好。

雨后的秋空飘着游丝。老屋脊上有只咕咕悠闲的野鸽子。

灯草花儿黄，

听我开言讲……

这是好多年前的歌子了。木佬倌莫名其妙地哼起来。以前那几十年是怎样生活的呢？他自己也不知道，好像他没有活过一样，什么也没有变，什么没多，什么没少。现在，他倒觉得多了些东西，是什么呢？

木佬倌痴痴地想，总想不透。

炒了盘红辣椒，悠悠地喝下两碗米酒。木佬倌飘飘欲仙了。

玉寡妇踏着深黄的太阳，踩着莲花步来了。天空像一江宁静的水。

"木哥。"玉寡妇亲热地叫他。

木佬倌一阵新鲜。

"你怎么想起开店子呢？"木佬倌问。

"我想当老板娘。"玉寡妇穿了一件湖蓝色的大翻领衬衫。

"谁的主意？"

"李老板给我出的主意。"她的头影在地上滑动。

在木佬倌面前另提起一个男人，他吃醋了。

"你少同他热乎，"他咬咬牙说，"他做玉兰片赚了钱，满天下搞女人。"

"他是好人。"玉寡妇用眼睛刮他，"莫乱说他。"

"卵子！"木佬倌无端来了气，粗鲁地骂。

玉寡妇这些年靠的就是李老板。李老板是个快活人。前些天还从外面带了个风骚女人回来。她也清楚。

木佬倌一把拉住她的手，指指菜园说："不要店子啦，你跟了我，靠种地吃饭。"

玉寡妇不高兴，抽开手。

"你——"木佬倌瞪圆眼睛说，"你还想你的李老板？"

玉寡妇也恼怒了："我几时成你婆娘了，你管得了我？"

一句话塞住了木佬倌。

玉寡妇走了。木佬馆一夜没睡好觉。平生头一回，他感到苦闷孤独。

第二天，玉寡妇退回了他一千块钱。

木佬倌守着落寞的菜园，百思不解。

这天，街上赶场。木佬倌担了半担秋黄瓜去卖。

放下担子，就看到李老板走过来，玉寡妇相跟着。

"黄瓜多少钱一斤？"李老板问。

"一块。"木佬倌故意加了一倍的价钱。他不愿意卖瓜给他。

"四斤。"李老板伸出两个有气派的指头，递过一张票子。

木佬馆有些翻胃啦。

玉寡妇接过李老板递过的秋黄瓜，大口嚼起来，嚼得木佬馆心里流血！

"黄瓜便宜卖，两毛钱一斤！"

木佬倌在街头上大声吆喝起来。

人们把木佬倌的黄瓜摊围起来，不到一袋烟工夫，黄瓜就卖光了。

怏怏地回到老屋，木佬倌心意乱，觉得活着太乏味，只想想寻短路。转而一想，那样太丢脸面。

后窗棂上爬着的丝瓜藤蔓还挂着几朵淡淡小黄花。

菜园外的那条小溪汩汩地响，又沉重，又闷气，使人听了直想睡觉。

冬 雪

过了秋季，菜园子也就沉寂下来。该收获的收获了，该拾掇的拾掇了。秋风秋雨，已将菜园洗涤得异常的肃穆。

木佬倌摸着窗棂上一根枯萎的丝瓜，浸凉，浸凉。心里莫名地悲哀起来。

初冬的天空尤其辽远。蓝天凝结得那么严酷，连一些皱褶也没有。

木佬倌走出老屋，撞见空落的世界，眼前又添了一圈灰色。

女人脸，娃娃脸，说变就变。没想到一句话惹翻了玉寡妇。玉寡妇是个捉摸不透的女人。

木佬倌茫然地坐在菜园里，怅惘地望着玉寡妇的屋子。菜芹树早已消瘦下来，嗖嗖的北风吹得枝桠沙沙作响。除此之外，他什么也没看到。

菜园里长藤蔓的菜们横七竖八地散了骨架，瑟瑟地颤抖。

雪，说来就来了。风，开始打着呼哨儿，又细又长。

雪落得满天满地。

菜园里耀眼的一遍刺亮。白菜、芹菜的绿色都埋在雪白下面。

木佬倌开始吃腌菜：蘁头、辣椒、豆角、黄姜……这些菜随便吃，都下饭。

木佬倌吃酸练就一副好牙口，几十年了。可今年冬天，他觉得换了口味。吃蘁头，梆硬，吃辣椒，水烂。牙龈也松溃了。

木佬倌便去清扫老屋。从楼顶扫到堂屋。烟尘、土末扫了一大堆。然后又提到菜园里去，明年种菜好用。

白亮亮的雪地里，那堆烟尘土末像一颗硕大悲哀的黑泪。

木佬倌打扫老屋时，他发现了一个奇异的事。经常有一件蓝布衫的影子在眼前晃动。开始他以为是雪光花了眼。后来他大声呵斥、吐唾沫，那蓝布衫总也形影不离。

他努力地记忆，这才想起那个寡瘦的女孩子。一想到那个模糊的女孩，蓝布衫的影子就消失了。眼前却幽暗起来。

到第九天上，邻居们听到木佬倌家少了动静，到老屋一看，木佬倌安然地躺在床上，去了逍遥界。

玉寡妇主持了木佬倌的后事。

出殡那天，四周依然素白。

题外话

第二年春上，菜园里花草鲜艳。只是缺少了精心栽培的菜们，也缺少了主人。

很少有人到菜园里来。老屋更加寂寞。

蝴蝶、蜻蜓、蜜蜂仍热闹地飞。

1991年于邓家冲

闲花野草

青 梨

秧子一年四季坐在吊脚楼上做针钱活。从来不下楼。秧子心灵手巧。她给自己做、给家里人做。寨里许多人也请她做。她做出的针线活儿跟她的相貌一样漂亮。

秧子是寨里公认的美人儿。她的脸又白又嫩，嘴唇鲜润红亮。一双眼睛骨碌儿骨碌儿就像两汪清清澈澈的山泉。春夏秋冬四季也不轻易在秧子身上留下痕迹，乖乖巧巧在秧子窗前那棵苦梨树上逗留。春天来了，梨树枝梢开一串一串的白花；夏天来了，梨树随熏风摇曳翠绿；秋天来了，梨树被黄的红的果子点缀；冬天来了，梨树披一身素装……秧子就瞅着一年一年的光阴匆匆流逝。

到秧子家提亲的有两种人。一种人是找不到女人的，将秧子当成下脚料，因为她是个残疾人，想娶了她将就过日子。秧子对这种人看都不多看一眼。一种是家庭条件不好的，想娶了秧子真心过日子。秧子又怕连累人家。秧子情愿一辈子当闺女。秧子让爹娘在楼口插了老虎刺。爹娘心疼秧子命苦，也就由她。如今，谁也没走得过那丛老虎刺。

秧子纳鞋底，麻绳被她扯得嘶嘶啦啦。眼下已是仲夏，窗前的梨树葱郁着。从薄薄的嫩叶间，可瞅见小指头大小的青梨。有一只小鸟落在梨树上，蹦跳着，啁啾着。太阳从窗口照进来，辣辣的。秧子感到浑身有些燥热。秧子的手被针刺了好几回。她索性丢下活儿，闭上眼睛。

寨里人都进山忙乎去了。挖山土啦，种包谷啦……谁也没空来陪秧子玩，秧子好寂寞。

寨子里里静静的，偶尔有母鸡的啼鸣，守门狗的吠叫。

一个什么声音将秧子惊了一跳。秧子睁开眼，就瞅见了站在禾场上摇货郎鼓的白白净净的小货郎。小货郎将手里的鼓"咯咚咯咚"摇几下，就叫唤一声："卖针线发夹橡皮筋——咧——"

秧子瞅瞅小货郎，心里犯嘀咕，秀秀气气的挑什么货郎担。自个笑笑，低下头去纳鞋底。

针不见了。秧子急了。这鞋是帕香托她做的相亲鞋，明天帕香就要来取。她没针了。那根针还是娘早晨给她的。她找了一会，没找着。

一张嘴巴吃四方；

一双脚板走天下；

一担箩筐田和庄；

一根扁担挑乾坤……

小货郎在哼着诙谐的货郎歌。

"喂——"秧子就这样叫了一声。

小货郎停了歌子，转过脸来。他瞅见了秧子，眼睛亮了几圈："大姐，你要买东西？"

秧子白牙咬着红唇，说："几分钱的生意你做不？"

小货郎说："买卖挣毫厘，做。"

秧子故意逗他："买一根针。"

小货郎说："行。你下来挑选！"

秧子坐在窗前，不动。她不能下去。她生下来的时候，一双腿就瘫了。

秧子说："我不下来。"

小货郎眼睛直勾勾朝秧子瞅着，也真逗，调皮地笑着说："那我给你送上楼去。"

"莫，你莫上楼来。"秧子的头摇得也像货郎鼓，脸青了几分，急了："有刺！"

小货郎望望楼口那团老虎刺，说："你不下来，又不让我上去，楼上楼下，你这个针怎么买？"

"喏——"秧子从窗口抛根麻绳下去，一头抓在手中，冲小货郎说，"针就穿在绳头上。"

小货郎果真拿了针朝秧子窗下走来。

小货郎粗手粗脚穿针眼。绳头大，针眼小，穿不进。

"格格……"秧子笑，脸上有好看的酒窝。

小货郎手一抖，针掉在地上。抬头望窗上的秧子。小货郎脸有些发红，额角渗着汗。

"咯咯，蠢牛拱狗洞。"秧子笑。

"你骂人。"小货郎呼吸粗了，瞪眼。

秧子说："不骂人，笑你。"

"嘿嘿。"小货郎调皮地扮个鬼脸。将绳头放在牙缝里砸砸，穿进了针眼。

"穿稳了，你小心拉。"小货郎说。

秧子拉绳，好沉手。小货郎这小鬼精，他在绳头上绑了一块石头。

"实（石）心。"小货郎笑道。

"白费心。"秧子取笑。

"嘿嘿……"小货郎笑。

"咯咯……"秧子也笑。

梨树哗哗啦啦摇了几下。一颗青梨掉在小货郎脚旁。小货郎捡起来，用手抚着。

"你吃呀。"秧子说。

小货郎愣了下,眼睛直勾勾地盯着秧子。

"你吃呀!"秧子说,调皮地一笑。

小货郎果真将青梨塞在嘴里咬一口。"哇——"小货郎干瞪着眼,舌头涩了。

小货郎受了欺骗,用一种奇特的目光瞅着秧子。秧子明白小货郎的目光。小货郎涉世不深,是个实心坨,逗不得。

寨里有好几个姐妹嫁给了走村串寨的货郎。

风吹着树梢,发出沙沙的响声。一群红蜻蜓立在枝梢上,透明的翅膀在阳光里闪闪烁烁。

小货郎已走到楼口,想踏过那丛老虎刺。

"你快走!"秧子突然变了脸色。冲楼口的小货郎嚷。

小货郎退下楼口,站在那,喉头滚动几下,什么也没说,转身挑着货担走了。一路不住地回头。

秧子伏在窗台上,哭了。

啪嗒。啪嗒。树上又落下两颗青梨。

后来,秧子在窗口拉起了一块布帘。

书　生

李家老三在县中读了三年初中,三年高中,又复读了三年,到底没考上大学。仍旧回到寨里。李家老三是寨里喝墨水最多的人。寨里人都叫他"书生"。是褒是贬,你去猜吧。

老三在家排行第三,前两个是姐姐,都已出嫁。老三从小让爹娘娇养,静如闺女。读书回来后,整天闭门不出,练字。写一手很瘦劲的柳体。老三骨瘦如柴,手指尖细,如同削葱。拿锄头、犁耙,怕会折断。爹娘瞅着老三那薄薄的样子,就心酸。

村长的爹同老三的爷爷有旧怨。村长对老三的评价是:"读了十几年书就学会了划几个鸡爪字。哼——独栗树不成林。"村长是寨里说一是一说二是二的权力人。

老三爹娘听出村长在嘲笑，一肚子怨气只往肚里咽。

过了春天是夏天。这年干夏。稻子正拔节，水就显得珍贵。村长的三个崽强行霸道挖老三家的田坝口，放水灌自家的田。老三据理同村长的三个崽争了几句。秀才碰到兵，有理讲不清。村长的三个崽就动手了。将老三打在田坝凼里。老三满脸血浆泥浆。老三爹娘闻讯赶到，见老三被打得不成人样儿，心痛，就去找村长评理。村长不冷不热："你们有理，找上头去。"

扶得老三回家。爹娘就商量着状告村长之子殴打老三的事。

爹说："老三，你不能被白打了，再贱的人也有四两命，这口气我们不能忍。我们有理。"

娘找来了笔墨和纸砚，擦着眼泪说："崽呀，人善受欺，马善受骑。我们要告。你写状子吧，是你肚里的文墨用得着的时候了。"

老三瞅瞅爹，又瞅瞅娘，抬眼望望窗外。窗外阳光耀眼，苦梨树叶拍着巴掌。老三摸摸脸上、额上的伤疤，声音沉得像从瓦瓮里发出的，回答的竟是："不告。"

"什么？"爹娘干瞪着眼。

"不告。"还是这句话。

"崽呀，你真是胆小怕事的书呆子。"爹娘老泪纵横。

"真是白白读了十几年书。"寨里人也替老三惋惜。

老三伤好后，仍旧关门练字。

老三家有一处老宅地，还是他爷爷手里的产业。

村长要修房子，请了风水先生勘地。风水先生站在老宅地上不肯动了："紫气东来，吉星高照，藏龙卧虎……"

当晚，村长提了礼性来老三家。说是想在他家老宅地上竖房子，并拿出两百块钱算是买地基。

老三爹说："不是我不同意，那是老业。"

村长说："乡亲乡邻的，你就相让相让吧……"

老三爹嘴里咬烂了苦胆，面有难色："这——"

草把龙
CAO BA LONG

村长发现了一直坐在角落里不吭声的老三。村长骨碌一下眼睛，便对老三说："老三，儿子半边家，你说说你的意见。"

老三头也不抬，回了一句："你想竖屋就竖吧。"

村长直拍手板："还是读书人明事理。"

村长在老三家老宅地上竖了新屋，又盖上青瓦。

老三爹娘让老三气了个半死，在床上躺了半个月。

"崽啊，你真白白读了十几年书。"爹娘骂老三。

"要说书生呆还真是呆。"寨里人瞅着老三打啧啧。

老三倒是悠悠然在寨里寨外走。额头上被打伤的疤子露着白白的斑点。寨口有棵繁茂的樟树。树荫漫下来，浓浓地铺成很大一片。老三就躺在那片树荫里，瞅蓝蓝的天，白白的云，青青的草；也瞅樟树上螳螂捕蝉。

当鹅毛大雪纷纷扬扬纷纷扬扬从天而降时，村长在老三家老宅地上修的那幢新屋也装饰好了，准备进火。

这天，邮递员给老三家送来一封信。老三在樟树下读信。樟树下有许多乡亲扯白话。村长也在。

村长瞅着老三手里的信封，觉得稀奇，就问老三是什么怪信。

老三将信封背好，说："不怪，我爷爷从台湾来的信。"

"你爷爷？"村长吃了一惊。

老三将手里的信给村长看。村长看到信末的署名是"富贵"。富贵是老三的爷爷。村长他爹同老三的爷爷有私怨，抽丁时，村长他爹用光洋收买了保长，把老三的爷爷顶替了。老三的爷爷去了台湾，如今老三的爷爷还健在。村长从头读老三爷爷的信，看着信，手就瑟瑟地发抖，口中喃喃。后来村长化成了泥胎，一动不动，连眼都不眨一下。乡亲们都不知道出了什么事！

第二天，村长请了四五十个劳力拆修在老三家老宅地上的新屋。当时雪下得厉害，北风吹得正紧。拆屋的人哈着手指头，骂娘。村长买了好烟撒给众人，还说，凡帮忙拆屋的人每人二十块工钱。

老三站在不远处，脸上让雪花映出冷峻的青色。村长过他身边的时候，老三问："村长，怎么又拆了？"

"嘿嘿——"村长脸上让风雪吹起黑沟。村长感到老三身上有股咄咄逼人的寒气。

村长这一竖一拆，白白耗费了好几千块钱。

满寨子的人都在议论老三爷爷还健在，要从台湾回来过年，要在老宅地上修房子的消息。

前不久，邻寨一个回家探亲的台胞，是让县里和乡里的领导陪着回来的。老三爷爷读过许多书，去了台湾绝非等闲之辈，回来也一定会有县里、乡里的领导陪送。村长这样认为，寨里人也这样认为。

村长新勘了屋场，重新竖起屋。进火的前一天，村长领了三个崽到老三家登门道歉，并请老三去写对联。老三去写了对联，仍旧是很瘦劲的柳体。他在村长大门口写的对联，上联是："人正心正梁正"，下联是："你好我好他好"。让寨里人品味了好久。

宴席时，老三坐的上席。

村长经这一折腾，一下子老了许多，人也黑瘦了一圈。

过年的时候，老三爷爷没有回来。过了年，老三爷爷仍旧没有回来。

有人就记起老三爷爷信上的字有老三写字的风骨，很瘦，却有劲。就想再向老三讨信看看。老三缄口不言，不给信。

也有人赞叹，书生到底是书生。

老三以后再也不提笔，样子也庄重了。

鸳鸯鞋

桂婶一天卖两板水豆腐。豆腐摊就摆在家门口。桂婶坐在一把竹椅上，冬春嫌凉，在竹椅上垫一块旧棉絮。买桂婶的豆腐得自己动手。顾客将钱压在摊面上，报上数目，桂婶就说："自己拿。"有时两板豆腐一早卖完，有时太阳落岭也还不见空摊。桂婶一大早起来就爱守着个豆腐摊。她也爱瞪眼眺望隔了一条小溪的破庙。破庙上有一个响铃。风雨沧桑，铁锈斑斑，随风摇动，发出当啷当啷的响声。桂婶自言自语："还是那么好听。"没人理她，因为不知道她是向谁说的。桂婶的男人早已去世，膝下两崽一女。

有一个人是每天必到桂婶摊前买豆腐的。每天不多不少，一块。乡亲们都认识他，是破庙里的主人，疤头。谁也说不清他的年岁。疤头一年四季卖柴火。他穿得很破烂，总是一件油糊糊的烂棉袄。腰里系一根烂布条。一双烂布鞋前端通了洞，夜间老鼠可以自由出入。他来桂婶摊前买豆腐要过那条小溪。小溪水很浅，但很清。疤头说，小溪是王母娘娘的玉簪化的。啐！梦话，乡亲们讥笑他。

疤头买豆腐很费劲，也很费时间。仅买一块，他却要摊里摊外看个够。这边瞅瞅，那边瞄瞄，似乎在衡量豆腐的大小。桂婶任他闲转，就像闭眼观音，不言，不语，端坐在竹椅上。

一天，疤头正在选豆腐。来了几个后生子。一个后生子瞥他一眼，跟同伴嘀咕了句什么。他上了火："你说清楚点！"后生子没有理他。他瞪圆了糊着眼屎的眼睛："挡你们的事扎你们的眼不？"后生子们觉得跟他吵，不值。看看他，不理他。桂婶坐在竹椅上，不动声色，仍旧瞅对门破庙上的响铃。谁也想不到疤头会发这么大的火。

见没人理他，疤头悻悻地选他的豆腐。选好了，他说："去了。"

桂婶接他一句："去了。"

疤头端了豆腐回破庙。到门口，举手敲三下，然后，进屋，他呜噜呜哇要说上好一阵话。

谁也不知道他说些什么。其实破庙门口空空的，并没有门。

桂婶今年满六十大寿。她的崽女忙着给她办寿庆。

七月流火，芳草葳蕤。疤头在破庙门口晒出一双布鞋。鞋面是如今市场上根本见不着的青麻布。左右鞋底各自绣了一只鸳鸯。单的，不成双。疤头将鞋翻过来，晒着，两只鸳鸯在阳光里戏水，活灵活现。

那天晚上，疤头在破庙里唱歌子，灯光颤颤悠悠摇曳：

一更里月亮照花台，我郎约了今夜来；

一碟金菜，二碟小螃蟹，三碟白虾米，四碟嫩韭菜；

一等郎不来，二等郎不来，莫不是在外面，另有女裙衩……

疤头的嗓音清晰，又唱得年轻。唱得远远近近人们的心里都莫名其妙地空落。

桂姆正上楼取东西，听到破庙里的歌子，好像看到四下里油灯灯花耀眼。眼一花，踩了个空，滚下楼梯，折了右腿。

第二天，桂姆仍旧坐在竹椅上卖豆腐。疤头过来买豆腐。看到桂姆右腿上的伤，嘴角抖几下，轻声说："罪过。"桂姆平平淡淡说："谁过？"

疤头很快选好了豆腐。回去。路过小溪时，豆腐竟掉落水里……

桂姆的右腿伤好了，却成了瘸子。

桂姆六十大寿庆的爆竹纸将小溪飘得花花绿绿。

就在桂姆做完六十大寿后的一天，桂姆召集拢她的崽女说："我要同疤头去过日子了。"

桂姆的崽女仿佛听到当头一声闷雷，惊讶讶一片。

桂姆的脸上，泛出希望的红晕。桂姆心平气和地说："我答应过你爹，给他守寡守到六十岁。六十岁后我就是疤头的人了。"

桂姆话音刚落，门口倚上一个以泪洗面的老人。正是疤头。

他脚上穿着那双鸳鸯鞋。

原来，他俩年轻时在庙里看阳戏相爱上了。

于今四十几年了。

蛾　眉

蛾眉，圆形的苹果脸，两颊红红的，很丰润。眉毛很长，半月形地绕着眼睛。

本地风俗，小孩子满周岁，要抓周。米筛里盛着笔、书、算盘、钥匙，还有用高粱须染红的鸡蛋。放在堂屋里的八仙桌下，任凭小孩子去抓。一般的小孩贪嘴，抓红皮鸡蛋。蛾眉抓周时，刚学会地上爬，她什么都不要，单单抓了算盘。俗话说：算盘打打，就会当家。乡亲们都说蛾眉将来是个管家婆。

那些日子，蛾眉家的桃树开满红的白的花朵，隔夜常将院里铺一层芬芳。那个后生站在落英里。后来蛾眉知道那后生做喜姑，一个女人家的名字。蛾眉一眼就瞄上了眉清目秀的喜姑。蛾眉娘问她："看得上不？"蛾眉捏捏衣角："是个活菩萨。"

桃子红脸的时候，一把唢呐将蛾眉接到喜姑家。

蛾眉过了门，里里外外当家作主。遇上事，喜姑总说："问问蛾眉。"春上天犁田耙田的事，喜姑也说，"问问蛾眉"。这样就讨得了乡亲们许多笑柄，说喜姑是"布包脑"。蛾眉见喜姑像温热水，少点男人气，心里又气又疼。

蛾眉过门五年，替喜姑生下一崽一女。

村里组织砍伐队。蛾眉作主给喜姑报了名。开工那天，蛾眉嘱咐喜姑："你力单，不要逞能。"有一天，蛾眉从娘家回来，在枫木湾碰到砍伐队正在运木。喜姑扛了一根两百多斤的杉木，一路上气喘吁吁，汗水淋淋，走得艰难。蛾眉心疼，就喊："快放下！快放下！"喜姑不放。喜姑当然不好意思放，他也还要脸面。见喜姑不放，蛾眉急了，三五两步窜过去从喜姑肩上"嗨"地一声接过木，四平八稳扛走了……事后，蛾眉才知道喜姑他们在打赌，憨厚的喜姑上了人家的当。

"你做了节育手术，用不得蛮力，你呀你……"蛾眉眼泪流出来了。

这天，喜姑从砍伐队回来，顺路给蛾眉到乡里买了一块料子布。蛾眉自有她的打算，想将喜姑到砍伐队的工钱凑上买一台双缸洗衣机。见喜姑花那么多的钱买布，心里气了，就骂。喜姑知道蛾眉是话挂嘴上有口无心。若是平时，喜姑就受了，不吭声，或"嘿嘿"赔笑。今天不同，上次蛾眉接他的木，砍伐队的伙计们哪天不笑话？今天回来又遭骂，心里怄火。便从蛾眉手里抢过那块布，往地上一丢："不要就不要，给狗穿！"

蛾眉骂过一通后，本打算亲热一番。不想喜姑当了真，火气便不打一处来，顺手捡了地上一根柴棒朝男人打去，边骂："好呀，你拿去给狗穿！我心疼你，替家里打算，你还骂人。男人不像个男人样，你白白多长那一块哩！"蛾眉打，喜姑躲，屋子里砰砰咚咚，好热闹。其实，蛾眉把喜姑当心头肉，哪敢下重手。

两口子热热闹闹，惊动了邻里乡亲。蛾眉见情形不对，忙藏了地上的料子布，赶紧将柴棒塞在喜姑手里，披头散发朝喜姑怀里撞。乡亲们想拖住蛾眉。蛾眉呜呜哇哇哭，死劲朝喜姑绊，边说："你打，你打，女人反正是男人的铁砧……"

突如其来。不知道蛾眉吃错了什么药，喜姑糊糊涂涂，懵了头。

乡亲们指着喜姑数落开了："好你个喜姑，平日见你文文静静，却在家里关门打婆娘。蛾眉里里外外一把好手，哪点对你不住？"

乡亲们又劝蛾眉。蛾眉捧着脸，坐在凳上，肩膀一耸一耸，哽咽着嗓子哭。

乡亲们数落过喜姑，劝过蛾眉，各自回去。

喜姑还没反应过来。蛾眉起身迅速关紧门，哭脸变成笑脸，走过来在喜姑额上亲了一口。

"蛾眉，你——"

"嘻嘻。"蛾眉好笑，变得十分温柔。

"蛾眉，明明是你打我，你怎么当着乡亲说我打你？"风云骤变，喜姑不明不白。

"憨宝。你呀你呀，你给我买料子布，回来我还打。你本来就惹人笑话，不说你打我，往后你怎么好体体面面做个男人。"蛾眉说完，一头伏在喜姑肩上，好看的蛾眉凤眼里真的落了泪，一串一串的。

喜姑心里淌着股暖流："买布花了钱，我多扛两天木就是了，照样可以买洗衣机。"

"你呀你……"蛾眉紧紧地抱住男人，孩子似的哭了。

满 崽

满崽五岁那年，打破了家里的一个大瓷盆。他娘追着打他。他"嗖嗖嗖"一口气攀上了五丈来高的板栗树。他娘在树下奈他不何，望着在树上做鬼脸的满崽，干着急："满崽，你快下来。"满崽在树上问："还打我不？"他娘心痛破了的瓷盆，不答应。满崽又朝树尖攀上两步。"快下来，快下来，娘不打你了。"他娘急了，忙在下边喊。"嗖嗖嗖"，满崽一溜儿利索地下了树。

满崽喜欢看青蛙捉虫。满崽家禾场边栽了两蔸南瓜，到了夏天，南瓜藤郁郁葱葱，爬了满满一瓜架。南瓜叶上有青虫，青蛙爱到瓜架下寻食。青蛙趴在地上，瞅准了，后腿用力一蹬，跳起老高，将满崽人头高处的青虫用舌尖粘下。满崽看得傻了眼。只要有空，他就到瓜架下去玩。有一次，半夜三更的，他娘醒来见床上空空落落，没他的踪影，慌了手脚，四处寻找，后来才在瓜架下找到满崽。满崽睡着了。在梦中，他的腿也一蹬一蹬，就像青蛙蹦跳。

满崽同小伙伴们一起去放牛。小伙伴怂恿他："满崽，你跳得过黄牯背，算你狠。"

满崽瞧瞧平他肩的黄牯牛，耷拉下眼皮："不跳。"

小伙伴们诱惑他："跳得过去，我们摘牛腰果给你吃。"

满崽一听，来了劲，说："当真？"

小伙伴亮出了身后的牛腰果："跳过一次吃一个。"

满崽同意了。

将黄牯牛赶到坪地里。满崽站在那里，鼓了鼓劲，"嗨"地一声，轻松地跳过了黄牯背。满崽接连跳了三次。

"满崽，你真麻利。"小伙伴们将牛腰果全献给了满崽。

疤头住的破庙旁有一垛断墙，比黄牯背还要高两尺。几个后生子听说满崽跳得蛮高，就邀他去跳。

听说满崽跳得过断墙，乡亲们都来看热闹。断墙周围站了一圈人。

满崽看看凑热闹的人，又望望青苔斑斑的黑断墙，脸一沉，说：

"不跳了。"

"你怕，跳不过？"后生子们嬉笑满崽。

满崽不在意取笑，说："不加一块砖，就不跳。"

后生子们先是一惊，后来将信将疑地在断墙上加了一块砖。这下，断墙足足同后生子们一般高低。

乡亲们都睁大了惊奇的眼睛。

满崽站着不动，喘匀气，将手往胸前一箍，身子朝地上一蹲，腿像安上弹簧，脚底喷出一股尘土，没等众人看仔细，满崽就跳到了断墙那边。

场子上先是哑静无声，后来爆发出排山倒海的掌声。

"再来一次！"

"再来一次！"乡亲们都说。

满崽又表演了两次。

后来，县体校知道了这回事。来了两位老师了解满崽的情况。满崽表演了同样的节目给他们看。

"是个世界跳高运动员的苗子。"体校的老师很满意。他们领了满崽去乡中学操场，想测验满崽到底能跳多高。

体校老师将横杆放稳，作了示范给满崽看。然后，要满崽跳。满崽站在跑道上，冷汗如雨，脸色煞白，双腿抖动。不敢跳。体校老师以为满崽怯场，就留他住些日子，带他到处玩，让他放松放松。他们觉得差不多了，就把横杆再放低些，让满崽去跳。满崽望着横杆，怎么也提不动腿。

体校的老师摇摇头，回去了。后来人有问满崽怎么跳不过比断墙低得多的横杆，满崽说："我看到横杆，脚弯筋就发麻。"

满崽回到寨里，仍旧跳黄牯背，跳断墙。断墙上加了三块砖。

1992年于长沙

草把龙
CAO BA LONG

113

憨山队长

包 谷

挨近白露，老山包谷才迟迟地黑了须。嘴馋的野猪、老鸦欢天喜地朝黄亮的岭上奔。成熟的山岭一时闹腾起来。梆声、铳声、吆喝声响成一片。

寨里人眼巴巴望着那片包谷畲，陡地来了精神，肚子里开了锅，梦里咂吧咂吧啃上包谷棒。从冬到春，从春到夏，寨里大人娃娃一天三餐喝苕汤、瓜汤。寡妇桂香的娃子两天三次饿昏在禾场上。

该开山了，有人说。

可队长憨山瞪圆了牛眼："嫩哩，不饱饥！"

队上开会，完了，都不愿意散去。几条硬汉便死缠憨山下命令开山掰包谷，憨山闷头闷脑一句："操你娘的谷，谁闹罚谁的工分！"脸色像霜后的包谷叶。谁也没敢再起哄。

晚上，憨山守山。他先到了山边寡妇桂香的家。

"嫂子，今夜我守山……"憨山不好意思地说，"可我忘了带铺盖，借你家的盖一夜……"

"好，好，我正好有一床刚洗干净的。"

桂香说着话的当儿，开了柜子，把一床干净的铺盖给了憨山。

第二天天麻麻亮，憨山就来到桂香家，把一床叠得四角四方的被子放在屋外柴架上，说："嫂子，还你铺盖。"

桂香出来，憨山早踏着露水走了。

桂香抱起铺盖，觉得沉手。抱进屋，摊开铺盖一看，里面足有半背篓包谷。

红　苕

有霜的日子，太阳是姣好的。灿灿的阳光下，队里的劳力全在坡地挖红苕。

憨山当了七八年队长，里外当家都精得很。开锄挖苕这天，憨山招拢队上男男女女劳力，发话："红苕是集体的，谁要是走损公肥私的歪道，私自往自家屋里背红苕，一个红苕罚两分工，记工员给我记下。"

这一年风调雨顺。坡地上的红苕胀得开坼。保管员算拢收成，产量还不如往年，棕沙田为例，减产三百斤。记工员说，劳力倒是规矩得很，没发现有往家里背红苕的，只是这些天，劳力后面都跟着挖"野苕"的娃娃。娃娃们一天下来几乎都有满满一背篓的收获。

队长憨山下令，娃娃一律不许挖野苕。

可两天过去，红苕的实际产量同估产还很有差距，就连往年年成不好也不减产的长垅界也减产五百斤。

出鬼！憨山抓着头皮弄不明白其中的名堂。

这天，憨山往仓库送红苕回来。走到坡地，冷不丁，一个沉沉的土头滚下来，从脚背跳过，滚进了路下的刺蓬。

"哟，吓着队长哩！"坡地上挖红苕的妇女们哄哄地哗笑。

紧接着，又是一个菜钵大的土头滚下来，憨山用脚板拦住。土头开了坼，露出一个红苕来。

挖红苕的妇女们像被谁使了魔法，笑声戛然而止。

这一向的土黏性重，挖出的红苕都裹一层厚厚的黄土。劳力们是将裹了泥巴的红苕滚进刺蓬，然后……憨山顿时明白了。

"队长，这两天，差不多每个劳力都在收工后到坡地担黄泥巴回去打灶、塞漏……"记工员说。

"我憨山好蒙？"憨山火了，脖子上露出葛麻藤一样的粗筋。

憨山领了队委会一干人逐户搜查。结果，十有八九的家里找出了裹着厚厚黄土的红苕。多的一户有一百零六个。

天黑下来，明净的月亮升上山口。回队部的路上，记工员和憨山走在后头。记工员紧握着手里的小本子，对憨山说："队长，按你说的，除了队委会的几个人，都得罚工分。"

憨山走在前头，没吭声。一股凉嗖的山风吹来，憨山打了一个激灵。

憨山转过身指着记工员的小本子，粗重地说："烧了它！"

"烧了它？！"记工员懵了半天。

挖完红苕的那天晚上，劳力集中到队部记工分。

憨山青着脸，说："我憨山说话算数——记工员，按登记的罚工分。"

记工员红着脸站起来。结结巴巴地："队长，那个小本子……让我婆娘洗衣服……给洗烂了……"

憨山"哼"了一声："你呀——你……"

1995 年于水口

包谷畲

养崽不要教，磨槽走一遭。

青叶河上的磨槽是个苦地方。山高地陡，遍地岩石，只能种包谷。

"先前哪，皇上传下令来——"

在包谷畲里，做得闷时，父亲就会给儿子讲懒汉的故事。

这故事不知讲了好多年了，儿子呢还是认真地听。

"皇上说，要人给他送一根比包谷苗还长的芭茅草去宫里。一个懒汉听到圣旨，高兴得不得了，在他包谷畲里剁了根好长好长的芭茅草去朝见皇上。谁知皇上一见那根芭茅草，就下令重打懒汉七七四十九大板——皇上是专治懒汉才下那道令的。"

父亲见儿子认真地听，讲得很有兴趣。

"后来呢？"儿子问。

"后来——后来么，嘿嘿……"父亲埋下头一个劲地除草。

扑哧扑哧，随着一阵响声，包谷畲里腾出一股尘土。

"真是个懒汉。嘿嘿……"儿子附和着笑。

夏天的山野仍旧显得空旷。只有春上种了包谷的地方才略为热闹。包谷苗顶着稀疏的天花，包谷捧吐出缕缕红缨，宣示着一种生命的存在。

天上的日头好烈。

"歇歇啵？"父亲用商量的口气问儿子。

"歇歇。"儿子刷刷地扯倒一丛杂草，坐在那里。

他们是清早带了包谷粑出工的，这地方离家上界下坡十多里。

"抽锅烟。"父亲将那五寸长的铜烟锅递过来。烟已装好，烟是岩缝里种的叶子烟。儿子接过，不客气地抽。很快，有几丝青色的烟绕着头顶的包谷苗升腾上去。

一只黑色的小蝉不知从哪里飞来粘在一根包谷上，吱吱地叫。天气显得更热。儿子摘了把桐树叶子扇凉。

"同你打个商量。"父亲说。

"么子事？"儿子抽出嘴里的烟锅。

"你姐姐昨日来说，她家缺粮，想借点。"父亲黑皱皱的肚皮上有一层灰尘，他使劲用汗巾擦。

"我们不也就三担包谷了，还一个多月，她又在月子里。"儿子说，发愁。

儿子说的"她"，是他去年秋天里娶的婆娘。儿子的婆娘是姐姐换来的扁担亲。姐姐就嫁给了他婆娘的大兄弟。

儿子口里又冒出许多辛辣的青烟。

一阵无话。青青的包谷畲里窸窸窣窣传过叶子的摩擦声。

"想必今年比去年年成好。"父亲望了望包谷苗。

"借她一箩。"儿子下了狠心说。

"老虫借猪——有借无还。"父亲叹口气。

儿子默默地点点头，肯定了父亲的判断。儿子是极佩服父亲的。

"包谷好呷岩扎脚，粟米好呷九层壳。凡事都是从苦处出身。"父亲拍拍手板，留下这话，又动工。

父亲确是磨槽的体面人。去年儿子的婚事就办得光彩。好多人来祝贺。醇醇的包谷酒把个红红的日头熏了一天。

"前几天碰到青坡里的表叔，他还说我的喜事闹热。"儿子说。

"嗨呀——能不光彩！"父亲有些得意，眼前的包谷红缨支撑他的记忆。

蝉叫得急躁。干了一阵，找个阴凉处，儿子解开手巾包，父亲提出竹壶，坐下来就着凉茶吃包谷粑。

包谷畲里顿时少了许多声响，只有两张嘴极响地嚼着。

"包谷正疯长哩。"儿子说。

父亲停住嘴的嚼动："怕没保障。"父亲说着，抹去嘴角胡茬上的碎沫。

"这鬼天！"儿子怨烦。

"一方水土养方人。怨得哪个？"父亲望着天上红红的日头，眼睛眯成线。

"吱"地一声，一只淡蓝色的油蚱鸡落在儿子面前。油蚱鸡一对长长的须角高高举着，煞是威风。

父亲也看到了。他示意儿子不作声，轻手轻脚地将挂在树枝上的粗布衬衣取下，扯开成罗网状，弓腰屏气，没等儿子看清，他已用衣服罩住了油蚱鸡。

儿子见父亲罩住了油蚱鸡，兴奋不已，找来根麻绳，拴了油蚱鸡的双腿。

"看你还跑。"父亲又是一阵成功的得意。

"看你还跑。"儿子也说，并用一片草叶逗它。油蚱鸡企图挣脱束缚，细长有齿的腿，有力地弹蹬着，翅膀不时划出吱吱响声来。

儿子逗着它，只是好笑。

父亲见儿子正在劲头上，留下儿子进了包谷畲。于是，这片包谷畲多了些热闹。

坎下那丛水麻叶开始蔫落，该收工了。

父亲正要唤儿子，山路那头火烧火燎跑来一条汉子。

"跑啦——跑啦——"汉子开口就喝喊。

父亲无端地感一阵心紧："哪个？哪个跑了——"

"香玉，香玉跟一个货郎跑啦！"那汉子说。

香玉是儿子那坐月子的婆娘。

"什么？"父亲一惊。

儿子眼前模糊。

远处的山岭似乎逼近了些。包谷畬里无声地涌起一派冷寂。

不知过了多久。

"回去？"父亲说。

"回去。"儿子说。

父子俩吃力地站起身子来。

暮色浓重了。包谷畬变成黑乎乎一片。近处的山峰露出了狰狞的额头。

"迟早会跑的。"父亲走在前面说。

"迟早会跑的。"儿子跟在后面，也说。

"再找个能扎根的。"

"再找个。"

远处昏暗的山影浑然一片。只有那片包谷畬才知道，那昏暗的山影中正行走着劳累了一天的父子俩。

1990年于邓家冲

木兰田

木兰田村支部书记病逝，支部书记位缺。我到青坡乡报到上班不到半个月，乡党委派我去挂职，任支部书记。乡党委书记说，木兰田是个大村，经济条件差，两千来口人，人均不足八分田。全村只有二十来个党员。都老得虾公一个，差不多轮流坐过庄，当过支部书记。你是党员，正值公务员分流，你先去挂职锻炼，为基层输送新鲜血液。

党委书记要亲自送我去任职，开来了吉普车。我坚持独自去，认为一个芝麻大的村支部书记，搞得那么隆重根本不值。党委书记说，我们到木兰田下乡时跟村长（习惯上，人们管村主任叫村长）老赵打过招呼，住户他给你安排好了的。并一再嘱咐，你去挂职纯粹是熟悉一下农村工作，你这个支部书记是个磨心，村里的大小事情有村长老赵他们。后来，在木兰田的日子里，我深深体会到了党委书记这话的分量。

到木兰田，天黑了。影影绰绰的几个人等在村口。走近，也没看清他们的脸。互相介绍后，知道矮锉锉的那个是村长老赵，另外还有妇女主任、秘书、出纳。

村长老赵接过行李，射亮电筒，领我去住户家。一路上不停地哼着鼻子，他患有严重的鼻炎。我跟在他后面走。他不时地询问我看不看见走路，手里的电筒却不照路。照田坎，照树，照山坡。我走得踉踉跄跄。有几回差点跌倒。村长老赵嘴里不停地说，好生走路，好生走路。手里的电筒仍旧四下乱射。

走了十多分钟，终于到了住户家。

进屋。昏黄的灯光下有四个人。两个女孩子，一大一小。大的二十来岁，小的十三四岁。她们刚刚在争论什么，见我们进屋，争论声戛然而止。四只眼睛齐刷刷扫上来，让我感到了屋里的温度。一把竹躺椅上坐着个男人，神情木讷，脸色在浊光下显得冷冷的白。一个约摸四十来岁的妇女见我们进屋，眼珠子放亮。急急拖着村长老赵出了屋。不一会，女人返回屋里。村长老赵在屋外哼着鼻子说了声，有事会来找你，脚步声就去远了。

屋里静静的。从简洁的言语交谈中，我听清了两个女孩子的简单称呼，秋、满。

女人看样子挺能干的，她礼节性地问我吃过晚饭没有，我想想自己的身份，忙说刚刚吃过，不吵烦。其实，我还是在乡政府吃过的。爬了近二十里山路，肚子早颠空了。女人见我没有想吃饭的意思，吩咐秋给我打了盆洗脚水。我烫了烫有些疲惫的双脚，去睡。幸好我听信了乡政府老李的话，带了一包嘉士利饼干。我抓了一把饼干充饥。吃着吃着，竟然睡了。

我一觉睡到天大亮。早上一出房门，秋捧着我昨夜吃剩下的那包饼干，说，老鼠把你的东西拖到草屋去了。

我浑身一阵燥热，连耳根都红了。我有一种隐私被人揭露的狼狈感。

吃早饭时，我才看出，秋的爹，是个瘫子。他脸色比昨夜好多了。来了就是一家人，莫生份。这是我来后，他说过的第一句话。

住户家姓石。秋的爹叫石成富。问怎么瘫的，他摇头。我不再追问

白天，天色好。石成富在屋外的禾场上做些篾活。石婶和秋同去做活路了。满去乡中读书。我什么忙也帮不上。只得帮石成富成

递篾片儿。篾片儿在石成富手里活泼的让人眼花缭乱。我说，石叔，你一年四季织篾活，能挣不少钱。石成富说，只能从立秋织到惊蛰，盘点油盐钱。我问，为什么？石成富说，这个时候的篾活不虫蚀。

青叶河在不远处流淌。清幽幽的河面上水鸟起起伏伏。

第三天上，妇女主任来喊我，去检查冬种。

望着眼前的妇女主任，我狐疑满腹，妇女主任怎么是个男的，莫非她学花木兰，女扮男妆。想想，不对头，他嘴巴一圈分明黑乎乎的，长了许多胡子。

除了妇女主任，还有村长老赵、秘书、出纳、我，一行五人，挨组去检查冬种。

初冬的阳光尤显得暖和。寥寥的几朵白云在不紧不慢地飘移。一只岩鹰在太阳底下盘旋，那种高度不会是在寻找食物，悠闲中几分高傲的姿态只能是仿照人们的一种潇洒。山风从岩鹰的翅下扑地而来。顺着田野上一片彤红的枫叶的指引，在田埂上、青叶河里吹拂。

村干部都尊重我是乡里下来的挂职支部书记，让我走在前面，好像打着一面旗帜。我觉得浑身不自在。走了一段路程，谦虚地排在村长老赵后。我悄悄地问起妇女主任的事。村长老赵戴一顶黑色瓜皮帽，眨着一双豹眼，语气炸炸的，不稀奇，青坡乡十五个村，三个村选了妇女主任。我说，按村民委员会组织法，应该有妇女主任一职的。村长老赵哼哼鼻子，说，妇女顶个屁用。

木兰田村的妇女主任，是男村委代的。

田野非常空旷。阳光宁静而明亮。微风十分清凉。蓝天和白云干净得像某些画中的一样。路崎岖，我觉得新鲜。村长老赵走得不慢，我能跟上，后背出了不少汗。

中午饭，在一个组长家吃。一群人围着火堂吃一道菜，冬笋煮竹鼠。吃法特别，味道挺鲜。凭良心，这种野味这种吃法，在木兰田他们觉得平常，可在城里，就高档了。有时还买不到。我考虑自己的身份，往锅里下筷下得斯文。往往是村长老赵他们出手三四次我才下手一次。村长老赵笑了，起个屁斯文。便抓了个勺子，往锅里一截，给我盛上满满一碗。

村长老赵吃得气势，嚼一阵，便用筷子往牙缝里拨弄一阵，啪啪吐出一些菜渣。酒是一种自酿的酒，称猴桃酒，倒出来清亮抽丝，抿一口，酸中有甜。翘了。村长老赵率先将碗底朝上一翘。一群人都跟着翘。

席间，秘书同我说，村长老赵在村里招待上面来的大小领导，都只简单待饭，按村长老赵的话说，毛主席讲过，吃饭是第一件大事。吃饱肚子不算腐败。从不发烟，连根数烟也不发。认为巴烟属个人爱好，谁要巴烟，村长老赵就让谁卷他的旱烟。

中饭结束时，村长老赵扯过一块毛巾，抹手指上的油，擦嘴巴上的油，对组长说，你打个条，我签字，到村里报。

开始打字牌，我不感兴趣。看。他们打十胡倒。拱桌子。十胡，拱一次，十五胡，拱两次。类推。村长老赵手气好，总不见拱。他见我呆坐着问我替不替他打几牌。他紧紧抓住手里的牌，却没有放手的意思。再打一阵，村长老赵的牌瘾起了，说，来点意思。结果，村长老赵老输，我在一旁替他记着数。他已经输了二十块钱。

忽听桌上啪啦一响。不打了。村长老赵将牌往桌上一摔，转身就走。根本不在乎我在场。赢钱的秘书抓起赢的那把钱，赶紧去追村长老赵。老远，还能听到村长老赵哼鼻子的声响。幸好我没跟他打牌，要不，我更没脸面。妇女主任看出了我的尴尬，说，别在意，赵村长就这么号人。

傍晚，回到石家，就有人跟了来。

来人看来火气不小。听石成富介绍，他是二组的陈宗山。陶书记（村里的支部书记，通常叫支书，村里人叫我书记，明显是抬高我的身价），您是乡里来的领导，您给评评理，村长的羊吃了我的油菜，该不该赔？陈宗山说。

原来，陈宗山种的两亩油菜，让村长老赵家的羊吃了。陈宗山找村里。村里谁也不敢出面处理。村长老赵曾在群众会上说，山羊是上面号召养的，油菜是上面号召种的，羊吃油菜不赔。村规民约也没写羊吃油菜要赔。

哪有这等道理？我心想，老赵也太霸道了哇！

当然要赔。我摆出清官的架势对陈宗山说。

那就凭您老做主了。陈宗山得到我这句话有了几分满意。火气也小了。还激动地给我敬上一根烟。

村干部当然事要做模范，何况他是一村之长。我说。

他不赔，我明年就割他的油菜。陈宗山说得有些激动，扯开胯，右手还狠狠地做了几个割油菜的动作。

第二天，我们再去查冬种。木兰田的冬作物主要有三种：红花草籽、萝卜和油菜。入冬的田野，显出几分空旷与荒凉。种萝卜、油菜的地方点缀上淡淡的零星的绿，透出冬苍葛的生机。我同村长老赵谈起陈宗山反映的事。村长老赵哼一下鼻子，朗朗地一笑，陶书记，不用您操心，我按村规民约赔偿他的，加倍赔偿。

这就好。我说。

过了两天。再碰到村民陈宗山。当我问起羊吃油菜的事。他竟怯生生地说，其实两亩油菜也算不了什么，反正得不到收成的，还伤了和气。对我是一脸的陌生。

后来，我听村民反映。村长老赵确实背了尿素，拿了钱到陈宗山家赔偿油菜苗。陈宗山却连夜将尿素、钱给村长老赵送了回去，还送了只大母鸡去赔礼道歉。说他家的油菜不是村长家的羊吃的。

这件事如此的结局，我感到惊异。

关于木兰田这个地名，有个说法，村中有丘大田，天旱不干，久雨不涝。功德无量的人在夜半时，能看到田中盛开一朵红木兰花。那丘田就叫木兰田。可至今没人看到过木兰花开。

木兰田现有的几个村干部中，只有妇女主任是党员。妇女主任介绍木兰田村的党员情况：现有党员二十三个，其实只有二十一个半。年龄最大的九十一岁。平均年龄六十八岁，大多是六十年代的四清党员。

我问，怎么人也有算半个数的？

妇女主任说，二十三个党员中，一个从部队退伍回来的年轻党员，长年在外打工，外出好几年了，与村支部失去了联系。另一个中风瘫在床上，神智时清醒，时糊涂，顶多只能算半个人。

我问，怎么就不能发展一些优秀青年加入组织？妇女主任说，老书记和赵村长代表两派势力。老书记同意的，赵村长通不过；赵村长赞成的，老书记又反对。我说，村长老赵是非党。妇女主任说，可他能左右部分党员的意志。老书记在世时，只管支部的事，村委的事全都由赵村长说了算。我说，那不失去了支部对村委的领导作用了？妇女主任不吱声。

村部很破旧，还是六十年代的木板房，踩上去吱嘎吱嘎响。却还有点机关的味。支部书记办公室，村委主任办公室，妇女主任办公室，计划生育协会办公室，等等，一应俱全，十几个办公室全钉了整齐的门牌。

召开党员大会那天，村长老赵坐在他办公室的藤椅里，哼着鼻子，浊重的声音不时地跑进会议室来。

那天的会议还算成功。二十三个党员到会二十个。那个九十一岁高龄的老党员也拄着根拐棍来了。一种莫名的强烈感觉电击我的五脏六腑，使我产生了一种意识：青黄不接！

会议将近结束时，闯进来一个妇女。她一进门就叫嚷，陶书记，我可不可以代替我阿爹参加党员会。我问一旁的妇女主任，她是谁。妇女主任说，她是那个中风党员的媳妇。她经常来代替她阿爹参加党员会议的。我一听，觉得滑稽可笑，挺严肃地说，你们哪里还有点党性原则。其实也只是领误工补助。妇女主任说，村组干部、党员开会都造补助。

我同这位山田野地的妇女一时无法解释清楚，便和颜悦色地跟她说，请你到外面等一下。

会议结束后，我们走出会议室，不见了那位妇女。我问村长老赵。村长老赵说，她领了她阿爹今天的误工补助后回去了。我脸一沉，党员会议怎么能让人代替参加。村长老赵说，这是老书记手里兴的规矩。一旁的妇女主任说，村组干部开会，也有不少来代替参加的。

我一听，火气来了，摆开了支部书记的架势，以后代替的，补助一律不给。对我的话，村长老赵没有一点反应。他一个劲地只顾让参加会议的党员签字，领补助。

等参加会议的人员散出后，村长老赵从藤椅上伸起矮小的身子，将办公桌抽屉啪地一声锁上，对我说，陶书记，我看你年轻，我提醒你一句，你是支部书记，我是村长，你管支部，我管村委会，互不越权。说完，摆开八字脚，悠闲着走出了村部。哼鼻子的声音好远还能听得见。

我顿时觉得尿憋。一阵冷冷的山风吹来，我浑身一颤，跑出村部，来到一条高坎下，扯开档，使劲尿起来，淋得地上泡出无数尿沫。我脸上肯定布满着狼狈的悲凉。

妇女主任从后面跟上来。他说，赵村长对你还算客气的呢。我倒吸一口凉气，木兰田就是怪。妇女主任说，不仅是木兰田有这种情况，各个村的情况差不多。谁掌权谁就有权。赵村长今天对你召开党员大会不放心，他怕你取代他在村里的位置。他今天亲自造册发补助，是在向党员们摆一个形象，尽管村里书记换了，是上面派下来的，他赵村长还是赵村长。他在村里搞过秘书、大队长，现在又是村长，木兰田里有他三十多年的根基。其实，根本用不着担心的，他疑心重，他的为人说起来还是不坏的，木兰田缺了他还不行。

我看看妇女主任，打心里感激他这番话。

晚上吃饭时，在乡中读书的满回来了。满给石家带回了活跃的气氛。她不时将学校里发生的有趣的事说给家里人听。满、秋的笑声很灿烂。我也陪衬着笑。笑得高兴时，秋被嘴里含的一口饭呛了，饭粒喷到了我身上。死妹子，没教训的。立即招来了石婶的骂。没事没事。我倒尴尬起来，仿佛错的是我。秋、满滚在一堆笑。忽然，我觉得脸烫，是秋用一双眼睛盯我。我俩岁数有些相近，眼光碰到一起，却不自然了。秋放下碗筷，扭过脸，笑着跑出了屋子。她们进了闺房，唱歌。满唱，秋也唱。唱黄土高坡，唱心雨。

睡到大约半夜。我本来就没睡稳，加上又有夜尿毛病，被窗外的响声惊醒。窗上有一个黑乎乎的影子。我心里发怵，莫非真的有狐狸精。来木兰田那天，乡里有好几个干部都说，下乡过夜就怕狐狸精压人。芭蕉树多的地方，狐狸精就多。它半夜里从窗子爬进来，先压人的脚，再慢慢往上移，一直压到胸口，让你喘不过气，叫不出声。离我住的房子不远就有一丛芭蕉树。这样一想，我背心直冒冷汗。扑哧扑哧。窗子被黑影弄得响。谁？我不禁叫出声来。黑影从窗前闪开了。接着听到一阵脚步声。

是人的脚步声。我分辨出来了。再也不害怕，穿上衣服，走出去。想看个究竟。

屋外，夜空辽远，月明朗朗。老樟树下分明站着一个人。仔细看定，是秋。秋也看清了我。我走过去，问秋，深更半夜，在这里干什么？秋说，睡不稳。

月亮将老樟树的影子，铺在我们身上。四处的小道显得曲折，明亮。秋背着手，低着头，用脚揉搓路边的茅草。露后的茅草黄了，挂着霜。

月光下我才像第一次看清了秋的眉眼，身材。已成熟的东西，更加分明。她的鼻尖上竟有汗，鼻孔一噏一噏。我心里一阵冲动，想上前抱抱她。

夜里的青叶河，流淌声比白天大而清脆。我听到轰轰一阵响声隐隐传来。开始我以为是幻觉，后来才感到是心跳。

回去吧。我扭过头，说。

秋在背后怯怯地嘿了我一声。没等我回过头，秋往我手里塞了一件东西，就急急地跑开了。

凭借月光，我看清了手里是一双绣花鞋垫底。

夜深，风凉。这夜，我没睡好。

秋去年就放地方了。男方是月亮地的。男方来过两次。一个挺老实的后生，每次到秋家就一个劲地劈。一身好力气。比秋大十来岁。

总催促秋去结婚。秋也二十一岁了。在农村是不小，该急。

那几天，秋老躲着我。

有霜的日子，太阳温暖照人。那天党员大会后，村长老赵同我似乎亲密了关系。也许是他见我并没有夺他权的意图。他开始关心我的吃住。问我在石家习惯不习惯，不习惯，就换一家。说石家好客，石家女人炒菜的手艺也不错。听妇女主任说过，上面来人，村里都是安排住石家。这样，石家每天可领取几块钱的食宿费。妇女主任说，这对石家也是一个照顾。我曾问过妇女主任，石婶同村长老赵是否真有那么回事。妇女主任淡然一笑，谁管得了那么多闲事。我说，住在石家挺好的。村长老赵点点头，蛮好的蛮好的。

村里的人忙着住家里搬柴、担草，准备过冬。秋家在很远的漆树弯有几丘田，稻草还没担回来。我见秋去担草，握了根扦担跟上去，帮她的忙。

天空很蓝，有白云滑过，滑向遥远。秋教我捆草。先是将干草一小把一小把地扎好，再捆。金黄的干草堆衬着秋利爽的扎草动作。汗水从秋的额角冒出来，一束小小的头发湿了，贴在脸上，她用手指一抹，别在耳后。我看见了一张红扑扑的、健美的脸。成熟的胸脯随着扎草的动作颤得欢快。望着秋，想起许多姑娘，同我接触过的不少姑娘，确实也姿态艳丽。可眼前的她，不知是什么，吸引住我。秋丢下手里的一把草，抬头望着我，说，你能不能给我爹说说。我问，说什么？秋浅浅一笑，摇摇头。

秋说眼睛进了草屑子，往我身边靠，让我给她翻眼皮。她薄薄的眼皮一层膜似的，拿不上手，抖抖地捉不住。我有些汗流浃背，呼哧呼哧地喘粗气。秋说，要不你就吹一下吧。我低头朝那湿淋淋的眼睛吹了几口粗气。秋使劲眨了眨，说还疼，就像针扎似的，你就用舌头舔舔吧，我就把身子贴过去，把头俯下来。我就觉出，我的舌子离得近的，不是眼睛，是秋的嘴，一张红润饱满的嘴。我真想在秋的湿润的唇上舔一下。我的耳朵上像挂了个铃铛，叮铃当啷响。没等我再靠近，秋一下蹦起来，红头涨脸的。

草把龙 CAO BA LONG

129

秋担上草，独自在前走了。秋给我捆的一担草、还不足她那担一半重，顶多六十斤。我担上草，一个劲在后跟，走了不到半里路，我就觉得肩上沉，跟不上了，拉下一段很远的距离。走到一个山坳里，脚肚子抽搐起来。我放下草，歇气。只觉腰酸腿痛。不一会，秋回来接我。秋捡我地上的草担子。我一个大男子汉，怪不好意思，摁住扦担不让她担。秋同我争起来。有种气味飘来，飘进鼻孔、浓浓的，是汗味，又不全是。秋的呼吸也撞过来、烫脸。我在掰秋的手时拉了她一下，她顺势倒在我怀里。身下的干草热热的，怀里的秋也浑身发烫。我虽然有过这方面的经验，但一时又措手不及。我控制不住，像做贼似地在秋脸上，脖子上亲了几口。后来，秋挣脱了，担上草，一阵风似的跑了。

　　田垄里飘起薄薄的冷雾。北风一阵紧似一阵。

　　我们查冬种，常看到大片大片的奈李树。树叶经霜一打早掉了，光秃秃的枝丫，齐整整一束束排列着，极有气势。春暖花开的季节，好壮观！我不由一阵赞叹。你臭美！村长老赵喊了一句。我看他，脸色白白的。我以为他中午喝酒喝醉了，他却是没醉。他走近我，说，那一阵报纸电视天天宣传要致富，栽果树。乡里突击检查，数木兰田差，奈李树栽得最少。为这事，村干部的工资差点给扣完。老书记和我这个村长差点给撤了。被逼得没办法，只好把耕地占了，贷款栽奈李树。哪晓得，奈李树栽下了七八年，光长苗，光开花，不结果，结几个果子，涩苦涩苦的，连贷款也收不回，白白荒废了土地。

　　村长老赵跌跌撞撞走进树林里，抚摸那一棵棵奈李树，边摸嘴巴边喃喃自语，那股亲热劲，如同面对一大群年幼的儿孙。他矮小的身子蹲在一棵果树前，他想从腐败的叶子里找出什么。他找出了一颗霉烂的果子。丢进嘴里使劲嚼起来。后来，村长老赵就吐了，把中午的酒菜全吐在地上，瓜皮帽歪了。我想去搀他起来，给他一巴掌推了回来。我看见他吐的东西里有一丝活血。我说，村长醉了。一旁的妇女主任、秘书都说，村长没醉过。村长是伤心。

　　冬种检查结束了。今年的情况不容乐观。红花草籽基本上完成了任务。油菜全村却只种了不到一百亩，比起乡里下达的一千亩指标数相差一大截。去年不少村民种油菜，今年开花时节，碰到一场倒春寒，将花全冻死，收了一把蒿草。木兰田平均海拔一千米，根本不适合种油菜。村干部曾到乡里反映这个情况。乡里回答说，县里分给青坡乡的油菜种植面积是一万五千亩，全乡的水田才一万六千亩，这个种植指标当然只得往各村摊。你不种，他不种，上面的任务怎么完成。没有落后的群众，只有落后的干部。增加复种指数。目的是让老百姓富裕起来。

种油菜惨遭失败的村民，今年冬种油菜的积极性提不起来了。围绕完不完成千亩油菜任务，村长老赵主持召开了村组干部会。最后意见基本一致：千亩油菜任务不完成了。你说呢？村长老赵最后征求我的意见。我说，共产党人办事应当掌握实事求是的原则，木兰田不适宜种油菜。这任务也就不用完成了。我们可以将情况汇报到乡里去，有必要还可以往县里反映。

村长老赵听了我的话，脸上堆起一层褶子。他哼哼鼻子，目光冷峻，不容置辩地说，完成，一定要完成。村组干部带头，村干部种两亩，组长种一亩，我再种五亩，就是种荒土荒坡，也要种上。接着，他让秘书将剩下的任务分摊到各组。最后，他强调，都要完成任务。谁不完成，明年的木材指标救灾款不给谁。

我觉得他武断。散会后，一路追着他走。我说，赵村长，这千亩油菜……村长老赵停住，转过脸，将我上下打量一番。说，千亩油菜的事小，完不成任务，你是来挂职锻炼的，上面怎么看你？我一时语塞。慢慢走着，

一同回到村长老赵家里，村长老赵打开门，清屋冷灶。听村长老赵说，他成天在外忙村里的事，女人身体不好，常跟他闹罢工。狗压的！他骂了一句粗话！从屋里跳进一个伢崽，他冲村长老赵说，奶奶挖畬种油菜去了。

往对面淡灰色的荒坡上一望，果然，村长老赵的女人正在坡地挖畬，她手里的板锄扬起时，便隐约传来一声沉钝的响声。

这贱骨头，早干上啦。村长老赵又骂了一句。

我感到眼角有泪珠流出来。

村长老赵对我说，你应该去老书记家看看。这也是我到木兰田后，早有的想法。老书记姓陈，生前为人忠诚，正直，办事公道，可就是有时同村长老赵辦碓撑。一路上，我问村长老赵和老书记的事。他说，其实，我们的私人感情蛮好。那么，矛盾是在工作上。我想。

听村长老赵介绍，老书记女人一个人吃住，两个儿子已成家立业。老书记家在一个山弯里。我们到时，屋门紧闭。

嫂子，开门。村长老赵边敲边喊。仍旧静静的，没有回应。

瞎老婆子，开门！村长老赵换了喊法，提高音量。

吃冤枉的铁矮子，我晓得是你。这样一喊，奏效了，屋里有妇人接腔。却不来开门。她在里面又骂了一句，吃冤枉的铁矮子你该给老陈背包袱。这话骂得歹毒。意思是村长老赵该同老书记一块去死。

我吃得谷，扛得碓。你咒不死我。村长老赵笑了。又说，瞎老婆子，快开门，陶书记来看你了。

哪来的桃书记、李书记。嘀咕一声，门吱呀开了。缓缓走出一个老妇人来。一双眼睛睁着，却看不见东西。

老人让我们坐下。她给我递上一杯茶。又对村长老赵说，铁矮子，到我这里来，你莫吃冤枉，你自己去筛茶。

村长老赵自己去筛茶，回头将我介绍给老人。我恭敬地说，早就该来拜望的。

老人将脸转向村长老赵。吃冤枉的铁矮子，后生子读书识理，莫带坏了人家。

你少骂一句。我求你了。长老赵作了个揖。

我不骂你们，村里人骂你们。

这几年，老人家里连遭不幸。先是她患病瞎了双眼，紧按着，她一个活蹦乱跳的孙崽岩坨在山里拗蕨菜让五步蛇咬死，今年春上，老书记又命赴黄泉。我听村长老赵说，老书记女人那年生病，家里拿不出钱，老书记四处凑齐五百块钱，送女人到县医院治疗时，已经迟了。老书记的鼻咽癌早在前年就发现了的，也是没钱去省城治疗，才活活痛死的。历年累计，村里欠下老书记四千多块钱的工资。村长老赵知道老书记的病情后，贷了款，让老书记去治病。给书记拒绝了，说村里没什么收入，贷了款还要贴利息，村里吃亏了。村长老赵说到这里，眼圈子红了。你说说，我们的工资三四年都兑不上现，哪还有冤枉吃。你们应该给群众一本明白账，我说。村里每年的账务都清理公布，有些群众不理解，闭着眼睛瞎骂，你拿他没办法。我不当这个村长也会骂，比他们还骂得歹毒。村长老赵说。顿了顿，又自问自地，我当这个村干部又为什么了？

我和死鬼是吃冤枉造的孽，我那孙崽是跟着受过。那么多伢崽，偏偏就咬了岩坨。老人的嗓门颤抖了。饱经磨难的老人，眼泪已流尽。老书记死后，她晨昏三叩首，早晚一炷香，开始吃斋。

堂屋神龛上有老书记的遗像。老书记忧郁的神色让我陌生又熟悉。屋子里溢着檀木香的醇香。浓浓的味一直浸透到我的心肺。

告辞老人时，老人抖抖地抓住我的手，后生子，莫吃冤枉。老人的手好沉。

老人又骂村长老赵，石家你要多照顾，多积阴德。

村长老赵的脸红了，又紫了。

其实，石成富家的境况比村长老赵家还要好些。住了这么些时日，发现石婶在石叔面前低他一头。石婶迁就着他。石婶给他洗澡，他不是嫌水凉了，就是热了，水桶被摔得咣当当响。一个高位截瘫的男人在一个健康的女人面前怎么会有如此态势，我不得其解。

月亮地男方家择定了日子来商量秋过门的事。石叔满口答应。

待男方回去后，秋和石叔好像是为过门的事争起来。石叔见秋不听话，操起一根三尺块就打。秋脸憋得通红，跑出了屋。

石叔晚饭也没吃，一个劲地巴旱烟。

月亮地的，秋好像并不满意。我挨近石叔说。死婊子养的，她答应了人家，礼受了，八字合了，还要悔口，怎么活人。石叔说。

婚姻大事，她应该自己做主。我说。是她自己做的主。石叔巴着烟，用白眼球瞥我一下。我不知其中的情理，没继续问下去。

秋晚上没有回来。第二天早饭时，不知她从哪里冒出来，眼睑黑了一圈。她端了半碗饭，一粒粒地挑着吃。石婶吃一口饭，瞅一眼石叔，小心谨慎的样子。吃过饭，石婶和村里其他已婚育龄妇女去乡计育办参加冬季孕情检查。秋去种油菜。这次石家分得一亩任务，村里规定在三天内完成。我跟秋去种油菜。

油菜畲尽砂石。锄头落下去震得手掌发麻。秋心里闷了气，一个劲地挖，不同我说话。老半天不展腰身，很快就超出我一大截。

我的手开始握不稳锄头，锄头总打翻。一看，磨起血泡。歇歇吧。秋说。我见她不歇，鼓足劲，闪腰挥锄。莫逞能。秋放下锄头，坐在锄把上。我照样坐下。

从秋那天晚上给了我一双绣花鞋底后，我感觉到我同秋之间多了一点什么，是什么呢，讲不清楚。

秋用两个小石子打来打去，游戏。我想起昨天的事，便问，月亮地你不同意么？我不同意么？秋一脸的惊讶，反问道。接着又说，过门的日子都定了。秋将手里的一个小石子重重地丢进一个刺蓬里。一对正在觅食的鸟雀啾啾叫着飞走了。我后悔刚才的话问得唐突。忙赔不是。

真是书呆子。秋冲我轻轻地笑了一下。

大约笑得急促，秋口水呛了喉咙，眼泪差点流出来。

我想说说别的。就问，这次种油菜的任务能完成吗？

村长下了命令，不完成也得完成。

群众有意见吗？

有意见归有意见。

村长讲话这么灵验？我问。

当然。要不，村长就不是村长了。秋说。接着问我，你听说过我娘和村长的事吧？

我摇摇头。

秋说，我娘没嫁我爹时，早就和村长相好。那时，村长还不是村长。我娘被家人包办嫁给我爹。我娘不喜欢我爹。后来，她还偷偷地和村长好。我爹知道后，黑灯瞎火去捉奸。结果，踩了块烂桥板，掉在岩石上，摔断了腰，瘫了。那年，我还不到三岁。这些都是我娘告诉我的。

秋说她家的隐私，我当然插不上话。秋见我默口，接着说，我爹也可怜，不是他的，他为什么偏强要呢？苦了我娘。

秋没将我当外人。但我不知道，秋告诉我这些，是让我了解她的家庭呢还是有别的意图。

我的疑问让秋觉察出来，她拍了拍手，握起锄头，叹气，别说了，说了也没有用。秋的话，叫我糊涂。

冷冷的北风，一阵比一阵吹得紧了。

油菜种植任务如数完成。

乡计划办的两名工作人员，由乡里主管计划生育的副乡长带队到木兰田督促冬季孕情检查扫尾工作。

勺把田有一个哑巴，患有间歇性精神病，四十岁上也没娶上老婆。前年春上，他背着一个大背篓从萝溪回来。一路上，大喊大叫，好高兴的样子。大家赶拢去一看，原来背篓里背着一个人，女的。有几个好事的妇女将背篓里的会说话的活物看个究竟，那女人是活活一摊肉，浑身像没长骨头。哑巴将肉人背进屋，伺候起来，整天乐癫癫的。冬天，肉人生下一个小肉人，不到三天，死了。乡计育办知道后，根据这一特殊情况，决定对肉人采取避孕措施，给肉人上子宫内节育环。但不经哑巴一折腾，肉人的节育环很快脱落了。计育办为了控制哑巴肉人的生育，只得不定期上户进行孕情检查。

到哑巴家时，哑巴或许得了音讯，早蹲在门口，见了我们，嗷嗷直叫。

计生办的一个工作人员拍肩上的药箱。不想，哑巴受了刺激，腾地跳起来，抓起旁边的一把板斧，朝我们砍过来。村长老赵箭步

草把龙
CAO
BA
LONG

冲过去，扭住了哑巴的手。哑巴哇哇咆哮。手里的斧头仍高高地举着，不肯放松。村长老赵啪地给了哑巴一个巴掌。咣的一声，哑巴手里的斧头松落了。哑巴呆呆地盯了村长老赵一眼，镇静下来，仍旧蹲在门槛上，就是不让人进。村长老赵同哑巴打了几个手势。哑巴用手往腰后一挡，又用手在胸前抓挠几下，咿哩哇啦一阵。村长老赵回头跟我们说，哑巴说只准妇女去看他婆娘。妇女主任是男的，乡里来的人也没有女同志。听村长老赵说过，以前碰到妇检，男妇女主任也会履行职责，装模作样地扒开育龄妇女的裤子，摸肚皮。我听说后，坚决制止他们这种不文明的行为。这下，我们犯难了。

去把秋叫来，她是个明白人，看得出名堂。村长老赵说。没人反对村长的意见。

我将秋叫来后，哑巴放了关口。村长老赵和秋一起进了屋。哑巴仍像一堵铁墙堵在门口。

不一会，秋和村长老赵出来了。没怀没怀。村长老赵出门便说，使劲地哼了一下鼻子。

离开哑巴家，副乡长不放心地问，摸准了？村长老赵说，秋摸的，肚子瘪瘪的。

走在后面的秋，脸红了。我想，一个姑娘家，做这些挺不好意思的。

你们就不怕我讲假话么？后来，秋问我。

你是个明白人，你不会讲假话的。我好像对她的所做所为挺有把握。

秋笑了笑，神情让人捉摸不透。

冬闲时。木兰田的劳力烧山灰。田坎边，坡地上，山谷里便滋生出一炷一炷的白烟，在半空中飘散开来。遍山野的山歌声不绝如缕。有喜，有悲；有劳动，有爱情。

我的亲哥莫拢来哟，
你脚莫踩我的鞋；

踩坏我鞋爹娘骂，

你要攀花夜里来——

对面山坡上传来一个女人的歌声。

三更月亮来挂树梢，

妹在床上嘛望月亮；

郎想推门哟怕门响，

郎想爬墙嘛墙又高。

这是一个男人在打山歌，唱得呆气，却又腔正音滑。

踏歌而去，村长老赵坐在一堆冒浓烟的山灰旁，拨弄着手里一根棍子，摇头晃脑地打着山歌，那神态和平时判若两人。我怎么也想不到他竟有这么一副好嗓子。

他发现了我。哟——嗬！他冲对面抑扬顿挫地吆喝了一声，立即打住。还真有你的。我说。他哼一下鼻子，忧郁的脸上浮出一丝笑意，然后摇摇头，说，乱喊一通。

对面的山歌并没有结束，悠悠地飘过来——

三个枞树两棵荫，

等郎等到半夜深；

一盏桐油熬干了，

一箩白炭化成灰。

凄婉，哀伤。

村长老赵不接腔，操起砍刀，沙，沙，沙，砍下一片柴草，抱起丢在冒烟的山灰堆上。脸色愈加沉郁。

村长老赵蹲下来。摸出烟荷包，卷上一根烟，巴起来。猩红的火星往他胡子拉碴的嘴唇上游。眉毛在一下一下地颤动。几根手指慢慢捏拢了。村长老赵年轻时烧山灰，一拳砸碎过一头野猪的脑壳。

　　哎吔，在生和哥讲得来，
　　死了和哥同棺材；
　　阎王面前双双拜，
　　二世投胎又再来哟——

　　对面山坡上飘来一阵山歌。村长老赵抽烟，低头，不吭声。
　　您不回歌？我问。他没理睬我。将砍刀往腰里一别，重重地哼一下鼻子，说，回。
　　对面山坡上一个熟悉的女人的身影在烟雾里晃动。
　　西山的太阳泛着血红的余光。山坡上一片惨烈地迷茫

　　这些天，木兰田搞组长换届选举。不要小看一个比针尖还小的村民小组长，要慎重。选得准，村里的工作就好做，选上一个专门与村里唱对台戏的，村里的事就瘫了。村长老赵见我对村民小组长的换届选举有些不以为然，提醒我。他说要搞提名选举，推荐候选人。我说不能违背民意。村长老赵说，我们是开群众会选举。鸟雀是天上飞的，猪婆是地上跑的。听我的没错。
　　根据村里统一安排，凉水井组放在最后选举。
　　我和妇女主任、秘书到组上时，村长老赵还没到。天气冻，会场上烧了两堆火，柴烟弥漫。火堆周围坐满了人。有男有女，有老有少。人群里乱哄哄的，人们笑着，讨论着。大多说些与今天选举组长相关的事。
　　换，一定要换，保生当了这么久的组长，吃饱了。
　　捡勾，像分山货一样捡勾，捡勾也轮不到保生当组长了。
　　保生同村里穿一条裤，一个屁眼打屁，搞死老百姓。
　　上头喊搞计划生育，他来下通知，上头收提留款、统筹款，他前面带路。呸，一条撵山狗。

保生吃冤枉，龙宝两口子打架子的事也没处理好。

憨宝，憨宝，人家组上一年得上千块救灾款，万数斤救灾粮，我们组上喝西北风。

是他贪了，你不看他愁相巴巴的，存的钱，余的粮比哪个都多。

他当组长吃软活钱，他会装得很，不要看他一幢旧房子，一身旧衣服，家里存的全是金银财宝呢。

······

一时，许多脸都有着愤怒了。一个人时，放屁也小心，人一多，胆莫名地壮了。

这几天，在各组选举，每个组的情况都差不多。会前，群众都是对原任组长一场批斗、揭发。起先走两个组，我听到那些刺耳的不着边际的谩骂，想制止。村长老赵说，随他们说去，说了，又能怎么样。现在不搞集体，群众会开得少，老百姓心里憋了好多怨气。不骂我们骂谁？通过几天的现场体验，我感到群众骂村干部的那些一活，村长老赵他们不当回事，也就不足为怪了。难怪村长老赵说，还有群众骂着我们，是群众在提醒我们，关心我们，群众不骂，敢怒不敢言，那就得小心了。群众毕竟是群众，百个人百条心，我们是神灵，也不会满百人意。

骂过一阵，又有人在发表演辞，说我当上组长怎么样，我能当上组长又怎么样。人群里不时发出一阵哄笑，一阵激动。不少人脸上浮上兴奋的釉光。不知谁开了头，拍起了巴掌。稀里哗啦响起一些零乱而粗糙的掌声。

这时，不知谁惊叫了一声，村长来了。接着有人小嘘了一声，铁矮子来了。

瘦小的村长老赵，双手拢在袖里，微弓着腰，踱进了会场。有人给他让出了一节凳头，他踩上去，蹲在凳头上。摸出烟荷包，悠悠地卷烟。旁边立即有人捡起火堆里一根冒烟的柴候着给他点烟火。

有人问村长老赵今天的组长怎么个选举法。会场上的气氛又高涨起来。大家提出了许多稀奇古怪的选举办法。

要选就选个硬打硬的。一个后生捋了捋手巴子。

选你。一个声音说。

选富巴子。另一个怪怪的声音说。富巴子是个痴呆人。

这话让黑压压的人群嗡嗡起来。大家仿佛得到满足。怪笑，在会场上爆炸。

还有人说，村里搞提名选举的话就不选了，散会。有些人摆出走人的架势。

我望着眼前混乱的会场，偷偷地觑了村长老赵一眼，村长老赵眯着豹眼。我知道他眼神的诠释：会场上这些笑声混乱，也很茫然，许多人心里空空的，只是这样混混，热闹热闹。

村长老赵巴完了一根旱烟。咳！他扯开喉咙吐了一口痰，哼了一下鼻子，扶扶瓜皮帽。

会场上的噪声一轮一轮地消失了。村长老赵三言两句说了今天开会的目的。他的声音低沉，音量小却落地，让人觉得那声音是从脚底往你心里钻。他将缩在角落里的原任组长李保生叫出来，要保生把这几年做的事同大家讲讲。

保生站起来，畏畏葸葸的样子，讲话直哆嗦。群众刚才的声讨他心有余悸。

人模狗样的骗卵子。村长老赵骂了句。

这句话，给保生激起了精神，讲话也流畅了。他讲到那次给刘家兄弟解决争水纠纷，耽误了给婆娘挑尿桶，被牛高马大的婆娘揿在床上一顿痛打时，会场上爆发出一阵稀里哗啦的嘲笑。

这个组长，不是谁都能当的，也不是分牛肉。村长老赵说。一个面相斯文的后生子粗粗脖子，刚想开口，村长老赵点着他说，××，你愿不愿意当这个组长。那个后生子经过他这一叫，脸红了，脑壳矮下去。村长老赵将豹子眼往人群中扫一通：愿意当凉水井组组长的，举手。

吵叫嚷嚷的会场上立刻安静下来。谁还有意见没发表，好，没有了，都没有了？现在，同意李保生当凉水井组组长的，举手，村长老赵依旧蹲在凳头上，俨然一只座山雕。

一只手举了起来，又一只手举了起来。会场上慢慢地升起一片长短参差的手。有几只手迟疑了一会，后来，还是举了起来。

定下组长后，我们离开会场。背后人群里有一个略显稚嫩的声音骂道，太不民主了，

那天早晨露水很重，冷冷的。

走过山坳，我看见一个约莫十一二岁的小女孩蹲着，在一块青石板上挺认真地画着什么。她手指被冻得红红的，左手抓着一本破旧的课本，右手握着一块淡红色的粉石。原来，她是在青石板上列着一个算式。我好奇地在旁边停下来。她赶紧羞怯地用红红的小手掌遮住了青石板上的算式。我说，你算错了。她疑惑地望了我一眼，移开小手掌，仔细地将青石板上的算式审视了一遍，纠正了算式上没有进位的错误。然后，灵性地冲我笑笑。你会立算式？她问我。我也冲她笑笑，点点头。问，你怎么不去上学？山路上三三两两行着上学的孩子。小女孩低下头，摇摇头，幺弟读书，我不读。你不想上学？家里没钱。小女孩同我说话的当儿，她把那本旧课本的卷角抹平整了。我问她是谁家的孩子，说一定要让她爹娘送她上学读书。她红了脸，望着地上默不吱声。

这时，从山坡上跑下几只羊来，咩咩地围着她叫。叱——她从地上捡起一根树梢，吆喝了一声。她回过头，对我说，爹说了，卖了羊送我读书。

鹅，鹅，鹅；
曲项向天歌；
……

她清脆的声音在晨光中一路响过去。

晚上，我被一阵奇怪的响声吵醒。声音是从石婶他们房里传出

来的。我披衣起床，往外走。石婶他们房里黑黑的。听得见石叔叔呼噜喘息、石婶哽哽咽咽的抽泣。凭着声音，还能分辨出他们各自所在的位置。什么东西重重地敲击了一下，哇——石婶发出了一声短促的尖叫，尖叫迅捷地刹住，旋即变成了细细的抽泣。石成富在打石婶。我所见石成富这是第二次打石婶。第一次是村长老赵到石家来同我商量事，石成富正翘着酒，石成富留村长老赵翘两碗，村长老赵就翘，翘着翘着，石成富醉了，朝过来倒酒的石婶就是一巴掌。石婶猝不及防。栽倒在地上。村长老赵在一旁借酒劲呐喊，打得好。石婶脸上的五个手指印三四天才见消。不知为什么石成富又朝石婶施淫威。哗啦！什么东西摔在地上破碎了。我再也忍不下去，举手敲门。手在半空被人抓住。是秋。秋示意我别作声，抓住我的手往回拖。离开石婶他们住的房子。秋说，你别——她牙齿在打架，声音颤得厉害。我的手被秋抓得生疼。

第二天早上，村长老赵来告诉我，老书记的女人进高登山普照寺吃长斋了。我看村长老赵，竟也是同石婶一样，黑了一圈。

为争创小康县，县里年初制订了一个山羊工程计划，全县到年底发展山羊六十万只。分给青坡乡的任务是两万只。木兰田摊派到的任务是一千四百只。村长老赵说，这任务是完不成了。据统计，木兰田今年养羊才两百来只。

乡里召开了一个紧急会议：如何迎接县山羊工程抽查验收。乡党委书记说，发展山羊，老百姓增收，政府增税。县里争创小康县，乡里争创小康乡，村里要争创小康村，发展山羊是关键，这是一项政治任务，各村务必完成。

散会后，乡党委书记将几个重点村留下来开小灶。我把木兰田养羊情况作了简要汇报，我说，现在是市场经济，只要能赚钱的门路，农民自己会去钻。乡党委书记听过我的汇报，很不高兴。说，你们的认识必须要到位，不能捉群众尾巴，任务是绝对要完成的，如何完成，台账要造好，山羊自己找。最后，他强调：在座各位的帽子与山羊挂钩，一票否决。

回村的路上，村长老赵不停地哼鼻子，发牢骚，我这个村长不当了。我苦笑着说，总归要有人来当的。村长老赵几分抱愧地说，让你同我们活受罪。

一只岩鹰从我们头上飞了过去，它飞得很低，能看见它的两个收拢在腹下的暗红的爪子。它的叫声像冰一样破裂着。

村长老赵朝岩鹰的方向狠狠吐了两口。

夜里，静静地下了一场罕见的大雪。山里山外白茫茫一片，沟沟壑壑被雪填盖，显得丰满起来。雪海中的青叶河犹同一条青练，流水声经过雪花的清滤，愈加清晰。

清早起来，听到秋在唱我只是心太软。咏咏叹叹的。

乡政府派员蹚雪来木兰田送鸡毛信，县山羊工程抽验工作冒雪如期进行。抽验小组昨夜已抵乡政府。乡政府昨夜在酒席上刺探到可靠的情况，抽查的样板点就是木兰田。

我听后，即使在大冷天，也顿感浑身燥热。急急火火去找村长老赵商议，这应付检查的事如何是好。

村长老赵安慰我别着急。我说，抽验小组要抽查的是养羊大户刘有财，台账上刘有财养羊两百只，实际才四十六只。村长老赵说，陶书记，你太实在了。

我干着急也没用，心里忐忑地等着看老赵到底有什么锦囊妙计。

县抽验小组一行五人。县抽验小组在乡党委书记、乡长的陪同下，踏着厚厚的雪来到了木兰田。

稍稍在村部休息后，副县长一行便冒雪直奔养羊大户刘有财家。到刘有财家时，刘有财正在羊舍里给羊添草料。

两间羊舍竟挤满了咩咩叫的山羊，足有两百只。刘有财一夜之间怎么有了这么多羊？我心里存下一个谜。

便于点数，村长老赵让刘有财将山羊赶出来，围在一丘田里。山羊在雪地里活蹦乱跳。这么多山羊聚集在一起的壮观场面，而且是在白皑皑的雪地里，我还是第一次见到，不免怦然心动。村长老赵在旁边卷早烟。一只公山羊想从他身边跑出圈外，他将犄角一攀，顺手一甩，将它丢进了羊群里。我感到奇怪的是，几乎没有看热闹的乡亲。

县抽验小组的工作人员开始点羊。来回点了三遍，山羊有两百一十只。刘有财解释说，乡里统计时只有两百只，统计后产了十只羊崽。

副县长脸上露出了笑，乡党委书记、乡长脸上也露出了笑。

副县长握住刘有财的手。说，感谢你为全县的山羊工程做出的贡献，希望你明年再上新台阶。祝你发财致富。

副县长很高兴接受了村长老赵的邀请，在木兰田吃羊肉火锅。

村长老赵宰羊的方法特殊。他把一只大公山羊牵到那丘木兰田里，用一块红布条蒙上山羊的眼睛，然后迅捷地在山羊脖子上划了一刀，红红的血冒出来。村长老赵将山羊放开了。山羊眼睛被蒙住，什么也看不见，痛苦地咩咩叫着绕田旋圆圈，先是跑得飞快，后来渐渐慢下来。跌跌撞撞跑了几圈后，倒在田中了。村长老赵说，这种方法放血的羊才不膻。

木兰花。看热闹的人群中有人叫喊了一声。我仔细一看，刚才公山羊竟走出了一朵木兰花的形状。猩红的羊血一路洒过去，雪地活生生盛开了一朵红红的硕大的木兰花。

根据在刘有财家的抽验结果，抽验小组认定木兰田养羊一千四百只。

送走副县长一行后，妇女主任，秘书他们才给我揭开了应付抽验山羊工程的谜。村长老赵把木兰田全村的山羊全部集中到刘有财羊舍里。村长老赵特地传下通知，村民不得在上级领导点羊时来围观。他担心到时人多嘴杂，露马脚。

不到一个星期，县报上刊登出一篇很抒情的新闻特写——《雪地点羊》，说的是副县长一行冒雪徒步到偏远的青坡乡木兰田村抽验山羊工程的壮举。同时，报上还登了一则消息，全县今年发展山羊六十五万只。县有关领导透露，明年将力争发展到八十万只。

村口土地庙边，谁堆了半截雪人，脑壳没有安上去，放在一旁。半截雪人身上有用黑火炭写的几个字：村长赵××，脑壳上则写着：村长赵××的脑壳。

我想去将黑字涂抹掉。村长老赵哼了一下鼻子，抓了抓皮帽，阻止了我，说，我当不是写的我。

过了一会，我和村长老赵回走时，半截雪人和脑壳冰冷的，都在，黑字却被人抹了。

满从乡中学回来向家里要钱，说是学校统一订校服。为这事。石叔同石婶争了起来。我见他们争执不下，在吃饭时，掏出一百块钱，递给满。满望了我一眼，又望了她爹一眼，勾下头，吃饭。石叔说，你的心意我们领了，你收回。我将钱放在桌上。满并没看钱，只望了我一眼。石叔坐在躺椅上浑身颤抖，吼了一声，满妹子敢拿！继而又诘问我，我们家凭什么白要你的钱？我熟悉石叔的脾性，并不在意他的火气，说，我住你们家，吵烦了。石叔说，那你见外，不把我们当自家人。桌上那张钞票在石家大小眼里无异于一片树叶。他们重的是情义。我懂。

第二天，满去读书时，眼睛红红的，像夜里哭过。

山村的雪夜极静。静谧得让人心空。闲夜里便读书，读得困了，便拿笔画点什么，写点什么。有天夜里，画着画着，我突然惊呆了，笔下竟画出个姑娘来。那姑娘的模样挺耐看，腼腆地笑着，露出两颗小虎牙。

这不就是秋么？秋笑的时候，也是这样招人爱怜的。这时，我才记起，有好几天没看到秋了。

我去翻找秋送给我的那双绣花鞋垫底，放得好好的，却不翼而飞了。

石婶杀了一只老鸭婆，在灶屋里忙碌起来。石婶的炒法很特别，她在地上铺了一叠土纸，将鸭肉在锅里炒一阵，然后舀出来，放在土纸上凉一阵，锅里炒一阵，又在纸上凉一阵。这样反复着，差不

草把龙
CAO BA LONG

145

多忙了一整天。我问石叔，石婶这是个什么炒法。石叔告诉我，落雪天，杀了老鸭婆，这样炒着吃，治夜尿的病。木兰田不少人会炒，可谁也比不得石婶炒的奏效。我明白了石婶他们的用意。石婶把炒好的那钵鸭肉送给我时，我喉头哽塞了，望着石婶额头的几缕白发，我在心底叫了一声：娘！

秋过门的日子定在腊月初六。秋在娘家做女的日不到一个月了。秋在跟石婶唱哭嫁歌：

> 我娘带我比黄连苦，咯个日子要不得，娘也！
> 崽也，看定咯日子请定咯客，咯个日子改不得，崽吔——

秋回头望了我一眼，淡淡的咧嘴笑了笑，笑很快在唇上枯萎了。我觉出心里有什么被破碎了，痛楚得厉害。

村长老赵对我说，过了年，这个屁村长不当了。我了解他的苦处，说，后备干部没培养好，你还得干下去。他哼了一下鼻子，干了几十年，到头来得到个什么？我无言以对。

妇女主任带来一个消息，哑巴婆娘肉人昨天夜里生下一个小肉人，小肉人还是个三瓣嘴。村长老赵一听，连连拍膝盖骨，坏事坏事！我打个激灵，忙问村长老赵，你们不是进房里看了，秋还摸了的么？村长老赵说，早怀上了，我见哑巴他们造孽，想让他们生个伢崽接上后，跟计育办隐瞒了实情。我说，不相信科学，生出祸害来了。

乡政府派员来送通知，根据工作需要，上级将我的工作进行调动。具体去向，组织上再找我谈。同时还口头传下一个内部消息，邻县生了多起山羊饲养户集体上访市、省事件。原因是发展起来的山羊卖不出去，山羊饲养户受到了经济损害。山羊饲养户上访事件在我县也露苗头。县里开了紧急会议，要求各乡镇做好这方面的疏导工作。哪个乡镇因山羊问题出现上访事件找哪个乡镇的主要领导负责。

那天下午，木兰田来了几个公安传唤村长老赵。当我得知这回事后，村长老赵早随公安走了。妇女主任告诉我，村长老赵被带到县公安局去了。

我吃惊不小：村长老赵犯了什么事了？妇女主任说，涉嫌拐卖妇女。秘书补充说，去年春天，村长带着鸡公坳几条光棍去贵州买了几个婆娘回来。贵州那边告到公安部门。公安去年冬天来木兰田调查过，说是那几个婆娘中有一个家里是有男人的。

我为村长老赵心急。乡里催我回去催得更急。我只好将村里的工作交待给秘书、妇女主任他们。

离开木兰田那天早上，雄鸡才叫了两遍。我没有惊动石叔一家。悄悄地起床，掩门，走路。石叔一家还在酣睡，木兰田还在酣睡。四下里静静的。星光下的雪地很白，茫茫一片。听得见巢里小鸟的喁喁私语。

来到村口时，淡蓝的晨光中，有一个人等在雪地里。走拢去，竟是村长老赵，从他的神态中看出，他已等我好一阵了。

您回来了？我看到他异常的惊喜。刚刚回，听屋里女人说，乡里催你回去，我估计你走得早。村长老赵谦卑地笑笑，习惯地哼了一下鼻子。他赶得急，连身上的挎包都来不及放下。

我眼眶泪涌。紧紧地握住村长老赵粗糙的手。我记得是第一次握他的手。

静静大雪怀抱中的青叶河，蜿蜒着，悄无声息。

走出山坳时，我往回望了一眼，村长老赵在东边露出的曙色里站成了一个凝重的剪影。

1998年于水口

独竹寨人物

麻　藤

　　禾场上湿漉漉的，铺满了零乱的花瓣，红的是桃花，白的是梨花。夜里又下过一场雨，禾场边的桃树梨树开花了。阶基上的青板石爬上了薄薄的鸡爪一样的青苔。

　　麻藤推开矮门，下了阶基，走过禾场，进了菜园。园里的黄瓜藤被夜风夜雨推翻了架，她弯腰去牵藤。藤叶上露水滴答。

　　搞了一阵，麻藤觉得胸口痒，便随手去抓了一把。等她抬起头。竹篱笆外有一个活动的斗篷，斗篷下有双贼一样的眼睛闪忽闪忽。

　　安和尚。麻藤叫了一声。

　　那双眼睛倏然藏进了斗篷里。

　　安和尚——麻藤又叫了一声。

　　斗篷下咳嗽了一声，随即便传来一声瓮声瓮气的回应。

　　你又在咯里搞了一夜？麻藤发现自己的衣衫没扣牢，白冬瓜一样的奶子快从衣口掉出来。她边扣衣服边朝竹篱笆外问。

　　看牛——安和尚取下斗篷，一脸的憨笑。

　　麻藤这才发现安和尚身边有一头牯牛，正沙沙沙地吃着嫩嫩的露水草。

麻藤又看了一眼安和尚。安和尚被她看得有些浑身不自在，想牵了牛走。牯牛舍不得那蓬嫩草，埋着头却怎么也不肯走。

安和尚憋红了脸，呵斥牯牛。

人比牛还犟——麻藤笑话安和尚。

看它犟，我让它背一天犁！安和尚自我解嘲。面朝麻藤。

看着安和尚那逗人的样子，麻藤转过脸。

咕——咕——山岭上传来一阵布谷鸟的叫声。

麻藤家喂了一头猪婆。每当猪婆生了猪崽崽，麻藤就把猪胞衣（胎盘）埋到畲里做淤（肥料）。她在上面种番瓜（南瓜）。番瓜藤爬了半个屋场宽。瓜藤比锄头把粗，瓜叶比蒲扇大。开花的时候，整个独竹寨的蜜蜂都朝麻藤的廊场奔。群蜂聚至，嗡嗡嘤嘤，好不热闹。

到了秋上，番瓜黄了皮，一个个长得比脸盆还大。麻藤家的细毛翻开瓜叶去搬瓜。这时，她惊叫起来。娘，快来看，猪崽崽。

麻藤过去一看。那个大番瓜有鼻子有眼的，果真活脱脱一个猪崽崽。

麻藤家的番瓜长得像个猪崽崽。引得全寨人的好奇。

瞎眼蓝婆就说，人胞衣猪胞衣牛胞衣要挂在树上风吹满长。她偏要埋到畲里做淤。

麻藤家的猪婆一年生两窝猪崽崽。猪婆打栏（发情）时，整天不吃潲，哼哼呼呼咬栏板。

细毛见了老高兴。猪婆生了猪崽，猪崽长大了，卖了钱，娘就给她买新衣服。她在寨里到处炫耀她家猪婆打栏的事。

心怀鬼胎的男人就逗细毛。

你家猪婆打栏，你娘打栏吗？

我娘不打栏，你娘打栏。细毛人小心鬼，嘴不饶人。

你娘替你找爹了。你听见他们夜里箍架子吗？男人们不甘心，引诱着细毛透露她家夜里的一些事情。

你娘才给你找爹了。我娘夜里箍着我困觉。夜里风大鬼多。细毛绘声绘色。

不信。男人们说。

鬼要你信。细毛摆出牯牛斗架的样子，小拳头捏得像个铁锤。趿着鞋子走开了。咕呱咕呱。脚底像踩着两只叫麻拐。

也有好事的男人到麻藤家凑热闹。你不急，它还心里慌哩。男人们望着口吐白沫咬栏板的猪婆，邪笑。

它还看不上你们哩！麻藤说。晃悠着蒲团样的屁股，一个劲地推石磨磨豆腐。

还养个猪郎公，就快活了。男人们无话找话。有的去抢麻藤手里的磨把手。趁机也讨点便宜。

去去去。好狗莫挡路。明朝我到月亮地给你撵个爹回来。麻藤说。月亮地的黄桶匠家喂了一头猪郎公。

几时被窝凉，报个信哩！我也帮你磨豆腐。男人神情亢奋，嘴角也挂着白沫。

懒得精神。你的棕树蔸蔸鸡不啄狗不嗅哩。麻藤又着健韧腰肢，胸脯上一跳一摆的。

岩缝里的葛麻根，想嚼几口又奈何不得。男人们并不气馁，心里却暗自嘀咕。

每当这个时候，寨子里的女人们纷纷急了。

一到天黑，女人们都不准男人出门半步，早早地就吃了夜饭，早早地闩门上床，紧紧地箍着了自家男人。生怕一不当心，自家男人就窜进麻藤家，钻进了麻藤被窝，或是变成猪郎公，拱进了麻藤家的猪栏。独竹寨的夜里，多了一种黏黏糊糊的昏头昏脑的气味。

麻藤家犁田耙田的重活路，麻藤请人做，给工钱。

寨里的二癫子四处打流，不做正经事。前年春上，他帮麻藤犁了两天田。吃过夜饭，麻藤给他工钱，他不要。死箍着麻藤又亲又咬。还说要娶了麻藤。见他的下作样，麻藤恶心。麻藤不干，你图个快活，我是有男人的，怎么交代。麻藤挣脱了二癫子，将工钱塞给了他，一把推了他出去，赶紧牢牢实实地闩上了门。二癫子那夜绕着麻藤的廊场转了一夜，不时将她房屋的板壁拍得咚咚响。

安和尚也给麻藤家做事，他也不要钱，只管三餐饭饱。安和尚田里功夫不麻利，但做得老实，一个烂禾蔸也要踩进泥里。

结算工钱时，安和尚横竖不肯要。

力气钱哩。麻藤劝安和尚收下工钱。

我只糊口。安和尚说得实在。

你不要，我心不安。麻藤说。

乡里乡亲，帮帮忙，力气也不蚀。安和尚躲着麻藤的眼睛。

安和尚的话让麻藤心里一阵热。看不出邋遢的安和尚还有这样的心地。

夜饭时，麻藤炒了碗安和尚喜欢的腊肉，还给他热了一壶米酒，特地加了姜丝白砂糖。安和尚搓着手说不喝酒的。

麻藤说，多少也喝点。

不想，安和尚一喝就来兴趣，将那壶米酒喝了个底朝天。筷子还握在手中，他趴在饭桌上打起鼾来。

麻藤安顿了细毛，磨了一升豆子给猪婆发奶，再去洗过澡，回到饭桌前。

过了一阵，她迟疑着推醒安和尚。安和尚迷迷糊糊地抬起头，见时间不早，趔趄着就往外走，嘴里说着，吵烦了吵烦了。脚却挪不动。劳累了一天的安和尚真醉了。

安和尚——麻藤心生怜爱地叫了一声。

安和尚想转过身来回应一声，转不过来，摇晃一下，眼看就要栽倒。麻藤急忙上去搀住一节朽木样的安和尚。

麻藤鬼使神差地扶着安和尚进了另一间房子。就在安和尚倒到床上的那一下，安和尚的酒醒了一半。他变得浑身汗水淋淋。他一把箍住了麻藤。麻藤发寒热病一样战栗着，任安和尚胆大妄为。安和尚撕开了麻藤的衣服，像个娃崽一样，吧唧吧唧地吸上了麻藤的奶脯。恰似六月天，久渴的路人碰到一眼汩汩流淌的山泉（安和尚小时候他娘没奶水，他今夜要到麻藤身上吃个饱，喝个足）。安和尚来来回回在麻藤身上舔、吸、咬。麻藤一身发酥、发麻、发软。

安和尚折腾了好久，也没有更进一步的意思。麻藤性急了。她抽手去掏安和尚的裆，不想掏了个空手。她再掏了一次，还是一个空手。

压在她身上的安和尚停止了动弹，羞愧难当地嘤嘤低声哭泣起来。

你真是一个没有根子的安和尚啊——麻藤躺在那里，失望与委屈交织，流下了苦闷的泪水。

安和尚离开的时候，嗫嚅着说，以后谁也不许欺负你。

窗外的田垄里，冷冷静静地响着三两声虫鸣。

祥生是独竹寨的文曲星。书读得好，嘴巴也蜜甜。在独竹寨，他见人不分彼此，不分尊贵卑贱都按辈分礼貌称呼。麻藤打心底敬佩这个堂兄弟。

那年的红花草籽特别疯长，油菜花也开得特别鲜艳。那些天，一肚子墨水，正在省城读大学的祥生回来给他爹做七十大寿。闲来无事，那天，祥生去看油菜花。麻藤正在油菜田里扯猪草。麻藤弯着腰，腰眼露出白膏油发亮样的一块嫩嫩白。祥生憋不住上去摸那一块白。回过脸来的麻藤霎时愕然了。

嫂嫂——祥生低低地叫了一声，脸烧了个通红。

麻藤两腿一软，躺在了油菜田里，愉快地接受了祥生的袭击。

麻藤幸福地尖叫着，在祥生肩膀上留下了一道道深深的牙痕。麻藤很有这方面的经验，祥生才是刚开犁的牯牛。麻藤引导着祥生。祥生在极短的时间里就完成了新手到熟手的转变过程。祥生驾着犁铧春风在麻藤这块肥沃的土地上耕耘着，播撒着。在他们好长一段交欢取乐的纠缠里，麻藤忘我地不停歇尖叫。祥生便不停地用舌尖去堵塞。

别叫——嫂嫂别叫。祥生喘着粗气。

就叫偏叫。我就要让独竹寨的人晓得我和祥生好。麻藤脸庞灿若桃花。她饱含激情的眼睛烫烤着祥生。

他们疯狂的举动让一群忙碌的蜜蜂忘了归程，蜜蜂们绕着他们转圈子，将采集好的花露洒在他们翻云覆雨的身前身后。

这件事发生在麻藤男人失踪后的第二年。

搞新农村建设，独竹寨要修马路。将原有的砂石马路改造成水泥马路。除去上面拨的钱外，人平还要捐款五百元。

那天，麻藤看到村里公布的人口清单，她就来了火气。她脚踩莲花跑到村长三叔家里。

三叔，我屋里明明是三个人，怎么就变成两个？麻藤劈面就问村长。

你家男人杰生出去打工十多年了没一点音信，就不计算人口了。村长笑脸相迎。

哪个又没看见他死了，怎么就不计算人口了？麻藤反问。

村里看你们家困难，少算一个人口少出一份钱。要得的。村长解释。

不行。硬要算三个。该我出好多我出好多。杰生他迟早会回来的。麻藤说着拿出了五百块钱摆在村长面前。说这是她男人杰生那一份，她和细毛的等卖了猪崽竹子凑齐了交。

麻藤硬逼着村长给她开了收据，收据上交款人写上她男人杰生的名字。

在她回家的路上，富驼子追上了她。到了一个山弯里，富驼子见四下无人，塞给麻藤一沓钱，说是给她拿去交捐款。

打你的秋风不清白。麻藤不接钱。

算是我扶助你们，表示我的一点心意。富驼子涎着脸说。

心意我领了。你有钱，多捐点啊！麻藤坦然地说。我用力气钱，心安理得。见麻藤坚持不要，富驼子也不再强人所难。

第二天，富驼子拿了张收据找到麻藤，告诉麻藤，说是她和细毛的款他给交了。

麻藤接过收据一看，斜睨着问富驼子，你就不怕你婆娘晓得了，搞你个破皮大花脸？

富驼子嘿嘿一阵干笑，我告诉她是买了你的竹子。

麻藤见了富驼子那副样子，觉得好笑，我家的竹子在岭上摆风哩！话又讲回来，你替我垫了钱，竹子还是卖给你。

不用不用。你们家的蚊子都没一只是公的哩。富驼子讨好地笑着。

麻藤用好看的媚笑瞅了富驼子一眼，说，你留着口水养舌子啰。看见你尾巴一翘，就晓得你要干什么。

晓得就好。晓得就好。富驼子心里甜滋滋的。

当夜，富驼子黑灯瞎火摸到了麻藤屋门口，走上阶基，准备敲麻藤的房门时，檐口上呼地砸下一节竹竿，不偏不倚打在富驼子额头上。哎哟！富驼子疼痛难忍地抱着脑袋跑了。

第二天，富驼子额头贴上了一块半个手板大的白纱布。

好长一段时间，富驼子总是躲着麻藤走。

安和尚

安和尚是个黑货。

安和尚娘嫁到独竹寨就进了集体养猪场。那时候日子苦。从早到晚吃的是清汤萝卜煮菜叶。栏里瘦得篦梳一样的猪是公家的预购猪。一年到头他娘俩沾不到一点肉腥。他娘瘦得走了形，鼓胀的胸脯只剩下一层囊皮，月事也停了。他爹在岩鹰岭伐木场。每次回家，一身蛮力气的爹不顾劳累地折腾，他娘就是怀不上。他爹气绝地骂干瘪瘪的娘，天杀的枞树不发荪！娘泪水洗枕。雨水落在岩石上，长得苞谷出？那阵子，寨里好多女人都停上了月事和生育。

那天，伐木场打牙祭。他爹用罗汉手巾兜上钵子，裹了自己那份饭菜，护宝一样连夜心急火燎地赶回独竹寨。小两口在暖暖的灶门口和着泪水一同吃下了那份难得的佳肴。完了，还用开水将个碗荡一遍，把洗过碗的开水，一点不剩地喝干。记不清是几个月后，那天，他娘喂猪潲时用了力，觉得下身胀痛，躺到床上，就莫名其妙地生了。他爹在岩鹰岭听到这个信时，还以为伙计们拿他开心。回到家看到活生生的比猫崽大不了多少的娃崽，便哇哇直拍大腿，有种了到底还是有种了。逢人便夸海口，搭帮那钵饭菜。

生下安和尚后，娘没奶水，只能喂他寡寡的青菜汤，臭腥的凤尾萝卜。娘偷偷地从养猪场猪口里弄个手指大的红薯，烧着给他吃就算打牙祭了。严重的营养不良，安和尚总不见长，打纸坨一样，矮锉锉的，人又黑又瘦又小，有一天在猪食灶门前差点被当成烧火棍丢进了灶膛里。

安和尚两岁上还不会走路。那天，娘端着他敞开胯拉屎。一条饿狗蹿上来一口夺走了安和尚的小鸡鸡。安和尚命是保下来了，只是胯里只剩下了两个小蛋蛋。长大一些后，安和尚见别的娃崽站着拉尿，他也站着拉，可尿射不出去，总是贴着裤裆流。他捏着湿裤裆回去问娘。娘也急，心疼地抱着娃崽，心想，小鸡鸡怎么就不像畲里的韭菜割了还长哩。

寨里的女人们背地里碎嘴，说安和尚是黑货，岩缝里蹦出来的。谙事的安和尚一听就恼火，踮起脚尖叫，我是我娘生的哩。我是我娘生的哩。独竹寨将女人不做月事生出的娃崽叫黑货。

安和尚八岁那年，爹得了力痨，整天吐血，不到半个月就去世了。爹坟头上的黄土没干，娘跟着那个给爹治病的草药郎中走了。那天，安和尚到枫木坳捡柴。回到家，他只看见他那件补巴摞补巴的咔叽布衣服孤零零在竹篙上飘。

无依无靠的安和尚守着个独廊场，没得人调养，饱一餐饿一餐，吃百家饭。多年没拣盖的木皮屋坍塌后，他就住进了废弃的祠堂里。

他人矮小，脑袋像个剥了皮的芋头。寨里人就喊起了安和尚的外号。真名却被喊丢了。

祠堂的天井里满是碎瓦和断土砖。闷脑菜蒿茼长得蓬蓬勃勃，很是精神。狗皮蛇、乌艄公在草丛里、断墙间嗖嗖出没。斑驳的墙角边跑着的老鼠比猫还大。

一天，安和尚听到草丛里发出呼呼的声响。他拢去一看，是一条扁担一样的黑花蛇竖起身子喷痰。安和尚伸手一掠，将那条蛇抓在手中，然后把蛇整条身子摊在脖子上。

脖子上缠着蛇的安和尚神气地在寨子里招摇。蛇也乖顺，任凭安和尚摆弄。

富驼子见安和尚抓了一条蛇，跟着他跑，绕着他转一圈后，结果

草把龙
CAO BA LONG

155

差点被吓死过去——安和尚玩弄的是一条足足四五斤的剧毒五步蛇。

喜欢玩蛇的安和尚皮肤黑黢粗糙，身上经常脱落蛇鳞一样的皮屑。

青坡里赶场时，独竹寨的后生子也爱去凑热闹，买些东西，看看乖态妹子。

来到场上，富驼子他们几个就钻进了熙熙攘攘的人群中，安和尚跟了他们一阵，觉得累，索性找了个阴凉处坐下。不一会，富驼子提了一个花布包来交给安和尚，让他好生看管。等了好一阵，富驼子他们没等着，等来了一伙男男女女。其中一个背竹背篓的女人指着安和尚怀里的花布包说，就是他偷了我的东西！安和尚蒙了，死死地将花布包护在胸口，争辩道，我没偷你的东西。有男人就要上来揪打安和尚。旁边看把戏的人群中见安和尚那副可怜相，出来解交，说是让女人说说包里有些什么东西。女人说了。翻开了一看，包里的东西样样能对上号。再不由安和尚分辩，那伙男男女女就气愤了。男人揪过安和尚开始扭打，女人朝他吐口水。安和尚呜呜哇哇蜷在地上差不多绝了气。

挨了一餐饱打的安和尚瘸着脚回到独竹寨，找到富驼子说，我好冤枉，好冤枉。

富驼子眼珠子一转，嘻嘻一笑，憨宝，偷了人家的东西捉到了肯定要被打，没剁你的三只手，人家便宜你了。

和尚受了富驼子的捉弄，气不打一处来。从此，他再也不去青坡里赶场了。也有好长一段时间不搭理富驼子。

安和尚赶上了两年集体工。至今还派上用场的禾木冲水库就是那几年修的。

禾木冲是观音土质。水库坝基要打夯。妇女负责挑土，男人负责打夯。安和尚人小力气小，和妇女做一组。歇气休息时，妇女们嘴不停，手不歇，就地脱下裤子嘤嘤撒尿。坝上的男人们不示弱，掏出裆里的东西就射；有的还故意将尿射出一个弧形。安和尚躲过脸去看山坡上开得茶缸大的、红的紫的羊角木花。要是憋不住了想拉尿也要找个能藏身的柴草丛。

妇女们总是将工地上的气氛搞得火热。见安和尚那副羞答答的样子，几个妇女嬉笑着上去将安和尚放倒，撕扯着脱他的裤子，安和尚寡不敌众，闭上眼睛哗哗流泪。脱下安和尚裤子的妇女们傻了眼，安和尚裆里没有夯把，只有鼓鼓囊囊的一坨。

寨里的全福到山里放套，魂魄落了洞。请起土泥塘的师公来吊魂。

青衣青帽的师公手中牛角一响，坐在竹凳上的安和尚哈欠掀天，晃头晃脑就困了。师公作了一阵法事。然后，口中念念有词，喷桐油火了。噼噼啪啪。桐油喷在堂屋中的炭火上，发出呛鼻的绿焰。

这时，安和尚弯着的双腿摆动起来，双手敲击膝盖。

你从哪里来？师公问。

我从四川峨眉山来。双眼紧闭的安和尚边摆腿边拍膝盖边同师公对话。奇怪的是他的声音变成了尖利的娘娘腔。

你到哪里去？师公问。

我到阎罗庙去。安和尚答。

贵干？师公问。

捉鬼。安和尚答。

什么鬼？师公问。

吊颈鬼、伤亡鬼、难产鬼、水浸鬼、炮打鬼……大鬼小鬼阴鬼阳鬼一起捉。安和尚答。仍旧是尖利的女声。

我借你三尺钢刀，派三千人马——师公将手中的司刀一挥，往通红的炭火中喷一口桐油。绿色的火苗蹿起冲上楼板。

安和尚睁开了眼，起身走到那堆炭火边，用铁夹夹起烧得通红的铁犁尖，滋滋吐了口口水。再将通红的铁犁尖用牙齿紧紧咬住，滚烫的犁尖发出滋滋的声音。安和尚咬着铁犁尖向围观的人转了三个圈。然后，他丢下了犁尖，脱了鞋。朝那堆簸箕大的炭火一路踩过去……

围观的人们看呆了，真不知安和尚是凡人还是神仙。炭火映照下的安和尚矮小的身影开始变得神秘莫测。

法事快结束时，师公从衣襟里捉出个剥丝虫（蜘蛛）来，他将那个小虫抽出丝来，绕着掉了魂魄的全福身前身后转三圈。尔后大声喝喊一声，回来了！

回来了！安和尚大声回应一声。陡地又坐回竹凳子上困了。

寨里有见识的老人说，安和尚是他太公附了体。安和尚的太公当年是独竹寨一带有名的巫师，法术高超。安和尚是在梦中得了他太公的口传衣钵。

那年，安和尚的一个堂叔修新屋，他去帮忙，吃饭的时候，安和尚捧着碗困了。

哪个也推不醒。过了一阵，安和尚醒了。他自言自语道，不好了，不好了！

别人就问他，什么不好了？

安和尚说。阴兵阴将捉人。

大家就笑看，青天白日的，哪来的阴兵阴将。

安和尚瞪着眼睛，自顾说，三天内要死人。

大家回想一下，寨子并没有哪个得重病什么的！都当他讲的是憨话。

到第三天上，他堂叔新屋落成，上檩子时，绳索断了，一根檩子从屋顶上掉下来，当场砸死了一个帮忙的后生。

大家才明白，那天安和尚是在饭桌边走阴了。走阴的人躯体在阳间，魂魄游历在阴间，给阎王爷当差。据说，一个地方上总有一两个走阴的人。阳间快死的人由他们去捉拿。

安和尚走了三年阴，当了三年阴差。每回去捉人，捉成了捉不成，他醒来都要讲。寨子里什么时候死人，谁死，他都讲得很准。某日他们到某家捉人。病重的老人在火塘上被他的崽女陪护着。安和尚他们怎么也不好下手，只好躲在火堂边的饭桌下阴暗处。不想一把烧火的铁夹丢来，他躲闪不及，打在他的嘴巴上。魂魄回到阳间的安和尚那几天的嘴巴都是歪的。那回没捉成，那个老人在阳间还拖过了半年。

走阴的人口风要紧。阴间做的事怎么能让阳间的人那么清楚明白呢？安和尚犯忌了。阴司很快就将他革了职。

寨子里谁家有个红白喜事总少不了安和尚帮忙。谁家修屋造厦，莳田打谷，安和尚也爱去帮上一手。

闲空的时候，安和尚就撺了那头牯牛到坡上吃草。躺在青草上，用斗篷遮着没几根毛的脑袋，翘起二郎脚，倒也快活。

安和尚，牛吃薯藤了——

远处有人喊。

呵斥——该剐的——安和尚惊跃而起，朝牛奔去。手里的竹梢枝在空中舞得啪啪直响。

富驼子

学堂里有一片乒乓球桌。下了课，伢崽们都跑着去占位子。富驼子总要霸第一。哪个占了他的位子，哪个脑袋上就会乒乒乓乓吃他的毛栗子。他爹是大队的民兵营长，开斗争会时，带领基干民兵背着长长的枪站岗放哨，维持秩序，好威风的。

伢崽们怕民兵营长，也就畏惧富驼子。

青叶河在独竹寨边绕了个弯。河弯里水清，河岸上草翠。从城里来的下放知识青年，常在天热的时候去那里洗澡。男男女女都脱得雪白精光的。尤其是那个脸上有痣的妹仔白屁股翘起好高。富驼子见了哇哇直咂嘴。一天，富驼子偷偷去抱走了他们脱在岸上的衣服。害得知青们那天在河里挨到半夜才回家。后来，知青们搞清了情况，告到了民兵营长那里。民兵营长毫不含糊，停了富驼子一天伙食。民兵营长将手里的枪拍得噼啪响，威胁富驼子娘，哪个给他（富驼子）吃饭哪个吃炮子！

挨了一天饿的富驼对知青们实施了报复。趁知青们外出做工时，他溜到知青点（其实就是大队部），在知青们的饭锅里放上一捧牛屎。富驼子的所为其实被那个脸上长痣的妹仔看到了，但她没敢再向民兵营长报告。她看到富驼子那古里古怪的小眼睛，心里就害怕。

寨里人断定，富驼子以后是个角色。

成年后的富驼子不安分。常往山外跑。每次回来就说，外面的钱一坨坨的，好爱人；街上的乖态妹仔一串一串的，好爱人。

那年，他花高价钱从青坡里买了一蛇皮袋药材种回来。同他爹娘说，这是比金子还贵的药材，叫白术，保证能赚一蛇皮袋子钱。爹娘信了他的话，腾出最好的田，种下了药材。田里开出了一片绣球一样的红花白花。风一吹，满寨子一股浓浓的臭紫苏的香味。寨里人都来看稀奇。爹娘怕人偷药材，在田边打了个茅棚，日夜守护。

秋上，收药材的刘老板来了，刘老板的话给了富驼子当头一棒，这不是白术，是值不了几个钱的芍药。钱没赚到，血本全无，还误了一年阳春。富驼子上当了。富驼子气得目瞪口呆。

好心的刘老板给富驼子出主意。要富驼子种天麻。他说，靠山吃山，独竹寨山里有的是黄栗柴，又是黑黄沙土，海拔气温种天麻也最合适。并答应提供菌种、技术，包销产品。

富驼子决心再撞一撞。他说服了爹娘，忙了一个冬天一个春上，到天堂界种上了五百窖天麻。

那几年，独竹寨的人都说富驼子家进的钱用箩担。富驼子家旧貌换新颜。修了青瓦新屋，买了彩电。富驼子脖子还箍上了金链子。四乡八寨的乖态妹子由着他挑。

那几年，富裕起来的富驼子经常去乡里县城参加致富表彰会。脸上常被胸前的大红花映得红扑扑的。

有人给富驼子在朱砂洞提了门亲。那妹仔叫霞婆。两年里为富驼子打了三次胎。婆家催富驼子快点把喜事办了。富驼子不急，说好事慢慢来。

媒人又带话过来，说年龄都到了，要富驼子给个准信。

富驼子烦了，说，他们屋里的妹仔嫁不脱了么？那么没家教的妹仔，我还不要了。没成亲就和男人困，成了亲，我还不成布包脑了？

霞婆家听了富驼子的话，气愤不已，带话过来，说富驼子真的赖婚，就去告状。

富驼子说，告呀，去告天状！我谈爱还犯法了？

富驼子早就另外瞄上了云雾寨的一个妹仔，搭上了伙。正愁没由头摆脱朱砂洞的霞婆。

前前后后谈了十来个，富驼子与妹仔谈爱谈上了瘾。爹娘拿他油盐不进没法，便要刘老板给他做工作。

刘老板说，你也不小了，玩也玩了耍也耍了，还是成个家，人生戏无常呢！

刘老板是恩人。他的话，富驼子听。

富驼子终于热热闹闹娶了门亲，摆了足足六十桌蒸笼席。好多妹仔胀红了眼。

婆娘又勤快又贤惠，富驼子成家后的日子里过得安意舒服。

一天，婆娘正在家奶伢崽，就听见富驼子鬼撵一样叽里呱啦一路狂跑回家。婆娘纳闷，想问富驼子出什么事了。猛然看见富驼子背后还跑着一头牛。

那是一头发疯的牛。它瞪着红红的眼睛，甩着钢鞭一般的尾巴，用尖短犄角挑富驼子。富驼子心急害怕，躲闪不及。胳膊上留下了两道伤痕。

婆娘放下了手里的伢崽，找了跟粗糙的水桶杠朝牛奔去。疯牛终于被婆娘逼退。婆娘这才发现，疯牛是一头打栏（发情）的雌牛。

婆娘望着惊魂未定的富驼子，问，你这是怎么了？

富驼子气喘吁吁，有苦难言。原来在他回家的山路上，他看到麻藤走在背后，就打起了鬼主意。他几年前到土泥塘瞎眼巫师那里学得一道巫术，叫做"糊糊花"。只要看到中意的女人，在地上画个圈，念三句咒语。女人踩中了那个圈，就中了"花"。不仅会跟着跑还会主动撩衣解带示爱。富驼子打了麻藤几年的主意，就是不得手。他在路上画了一个圈，念了咒语，专等麻藤中"花"。不想，就在他转身后，从山坎上跑下一头打栏的雌牛。雌牛踩中了圈中了"花"，拼命地跟着他跑。富驼子床枋上压爆卵子自认倒霉。他只学了放"花"，还没学成收"花"，那瞎眼巫师就去世了。瞎眼巫师也告诫富驼子，用一次"糊糊花"要折一年阳寿。从此，富驼子再也不敢耍"花"了。

寨口有座风雨桥，年久失修，破烂不堪。寨里村长不叔他们就牵头修葺。碰到了资金问题。因为捐的款连拣瓦的工钱都付不起。

富驼子找到村长三叔，拿出一坨钱，说，钱事好办，少了的话告诉我一声。

村长三叔见富驼子慷慨，高兴地说，要得，修路架桥是行善积德，贤侄你解决了大问题。

富驼子和刘老板扯伙做木材楠竹生意。他们在独竹寨买了上百万的青山。为逃避检查，他们在夜里送货出山。那天晚上，当超载的货车行至弯多坡陡的磐山界时，方向失控，一头栽进万丈深涧。刘老板和货车师傅当场被摔死。富子被甩出车门，捡了条命，仅受了点皮伤。刘老板的婆娘来独竹寨料理刘老板的后事。她跟富驼子提出结算生意上的账务。富驼子一把鼻涕一把眼泪，跪在她面前哭诉，这几年林业政策紧，我和刘老板亏血本了。他走了，只害得我背了几十万的冤枉债噢。

刘老板婆娘看到富驼子疯疯癫癫的样子，叹息一声，天没眼睛哩！装殓上刘老板的尸体回去了。

空闲的时候，富驼子就喜欢喊上三朋四友打平伙。喝过酒，就打纸牌。那天晚上打牌打到深夜，富驼子说累了，不打了，就一起结账看各自的输赢。结果，三个打牌的都赢了钱。那谁输钱了？富驼子纳闷地问。是你的牌桌输钱了。其中一个说。都赢了钱，那就是你的牌桌输钱了。另一个也说。富驼子忐忑不安地困了。

到第二天。富驼子惊恐地发现他昨夜赢的那沓钱全是阴间人用的冥币。富驼子这才依稀记得，昨夜打牌是三个人，却似乎有四个人的手在抓牌。这么一回忆。富驼子后背心一阵透心凉。

村长三叔到乡里开会回来，传达了上面的精神。独竹寨的毛马路要改造成水泥路。上面拨一部分款。村民捐一部分款。

村里开会那天，村长三叔话一落音，富驼子就带头捐了两万块。

乐得村长三叔连声称赞，要得，要得，你带了个好头。

晚上，富驼子找到村长三叔，提出要买莲花山那块楠竹山。

村长三叔有些为难。顿了顿说，这样的大事我怕做不了主，青山买卖都要通过公开招标。

富驼子说，还不是你一句话的事。再说，独竹寨哪块山不是我买了。公开招标也只是走过场。招标发水的钱我捐给村里办福利事业还爽快些。我可是最支持您的工作的。

村长三叔听了富驼子的话，想想也有道理，说，要得，你莫急，我跟书记他们商量吧。

富驼子知道事情已落实到八九成，就说，下届我还给你拉选票——三叔，我等您的音讯噢。

村长三叔握着搪瓷缸喝了口茶，瞟了富驼子一眼，说，你是只图阳间用得松，不怕死来阴间用碓冲。

三天后，富驼子花两万块钱买下了莲花山那块楠竹山。寨子里有经济头脑的人估算了一下，富驼子又至少能赚上七八万。

富驼子从莲花山看山回来。快断黑了，蛾子在落色中扑拉着翅翼。

山风阴凉。他浑身冷浸浸的。他试图将肩上的挎包挪个地方，带子却如同一条僵蛇紧紧缠着他。他鼓足劲，咳嗽一声，额角渗出包谷粒大的冷汗。

四下里憧憧山影，刺鼻的青草味，氤氲的地气，都在挤迫着他，几乎让他窒息。

他想点根烟来缓缓劲。找着了烟，打火机不知丢到哪里了。

恍惚之间，他有些毛骨悚然。

这时，后面有人跟上来。脚步声似有若无，飘浮不定。

卟卟——沙沙……

富驼子，到看山？是个齆鼻子。声音瓮声瓮气的，像从地窖传出来。

嗯——富驼子回答道。齆鼻子里的声音熟悉，夜色太暗，他看到的是一团幻影。

卟卟——沙沙……

魈鼻子的声音倏地飘到了前面。

富驼子无端地恐惧、心虚。

你发财了。魈鼻子的声音又落在了身后。声音变得尖利诡异，直扼富驼子的脖子。

苦力钱。富驼子打个寒战。

咕——咕……

猫头鹰在远处的深山里叫了一声。似乎要撕破稠稠的黑暗。

富驼子尿憋。停下来，掏裆。怎么使劲也尿不出。憋了一身冷汗。

他继续在崎岖的山路上走，磕磕绊绊。

卟卟，沙沙。魈鼻子不紧不慢地跟着。

陪你走了半夜，要分路了，你也不看看我是谁？魈鼻子说。

富驼子转过头来看了一眼，借着微弱的星光，他惊骇地看到一个可怕的场景——跟在他后面的人竟然没有身子，只有半边血糊糊的脸！

刘老板——富驼子歇斯底里地尖叫一声。顿时失去了知觉。

蓝 婆

麻藤家细毛的脚板被岩石硌了一下，生了暗疱，痛得哇哇哭。

麻藤说，莫哭，莫哭，去老屋里。

麻藤说的去老屋里，就是去找蓝婆。

细毛找到蓝婆时，蓝婆眯着眼在仓楼边晒太阳。蓝婆眼力不好，但耳朵灵，老远就能凭脚步声分出人来。

细毛看到蓝婆黑黑的老屋，心怯，走路也轻轻的。

细毛——蓝婆叫了声。

细毛低低地应了，走到蓝婆身边说明了来意。

蓝婆佝偻着起身，去里屋取了把黑黑的剪刀出来。叫过细毛，让细毛站在门槛边。抓起细毛那只脚，在生暗疱的位置抹上一把口水，然后要细毛跨过堂屋门口。门口边地上就留下了一小坨湿印子。蓝婆往手里的黑剪刀哈了一口气，再用剪刀朝地上的湿处一扎，挑出一颗米粒大的沙子。

好了，挑出来了。蓝婆拍了拍细毛的脑袋。

细毛试着走了两步，脚板真的松活了。

蓝婆会挑暗疱。会用铜钱刮痧、用银戒指刨风。

那回细毛受了风寒，吃什么药都不见退烧。麻藤将细毛送到蓝婆老屋里。蓝婆煮好一个鸡蛋，剥出蛋黄，将拇指粗的银戒指塞进蛋里，然后裹了手巾，沾上滚烫的薄荷枳壳草药水，将细毛摁在膝盖上，使劲在细毛额头、手心刨来刨去。完了，打开一看，银戒指变成乌黑的了。不到半个时辰，细毛的烧退了，风寒病好了。额头上只留下了凉丝丝的薄荷味。

细毛跟麻藤说，蓝婆婆孤孤单单一个人，像个仙婆。

麻藤呵斥细毛，小妹仔，晓得个屁。

那年在香草坪对山歌，蓝婆看上了两个后生。一个月亮地的，一个是磐山界的。月亮地的后生在青叶河里"赶羊"放排，磐山界的后生在磐山界"吊羊"为匪。

两个彪形后生都很惹火。"妹要么格讲一声，要摘星子搭天台。""赶羊"的后生多几分机灵，不时用青叶河清波潋滟样眼光勾蓝婆的春心；"吊羊"的后生多几分粗野，用饿狼样的眼珠子剜蓝婆身上的肉。死猪脑壳。蓝婆骂磐山界的后生。

日头落岭时，蓝婆将手中的草箍圈丢给了月亮地的后生，跟着他拱进了人头深的芭茅草。磐山界的后生急得猴挠脸，往天上猛放铳。

秋上，山坡上的枫叶红脸时，月亮地的后生用一把铜唢呐将蓝婆接过了门。不想，就在第二年青叶河涨桃花水时，成了蓝婆男人的月亮地后生，在一个月色朦胧的夜里，搭着个锃亮的铁篙子下了青叶河。一去一年多时间杳无音信。

没男人的日子，蓝婆过得清苦。她也不知男人下河"赶羊"究竟发生什么事了。白天有事做还好打发，夜里守着空窗，她就在心里做着种种猜测。

那天，溪边的迎春花开得黄艳艳，刚长出的嫩草绿得青油油。日头晒在头顶，让蓝婆有些晕晕乎乎。做梦一样，男人就从那边的山路上过来了。

蓝婆迎住了他。她赶紧烧燃灶火，炒了两样下酒菜，热了一壶男人最喜欢的包谷酒。男人吃饱了，喝足了，就粗鲁地剥落蓝婆的衣衫。蓝婆被一阵酒意温暖着，全身酥酥软软的。

等一阵雷雨过后，已是星子满天。这时，蓝婆才发现不对劲。她身边的男人是磐山界的"死猪脑壳"。

死猪脑壳，害了我——赤身裸体的蓝婆狠狠地捶打"死猪脑壳"。他身上有股浓浓的让蓝婆着迷的麝香味。

磐山界的男人是踏着露水走的。蓝婆缠着他不许走。他说干他们这行的忌讳在女人家过夜。

过了一个多月。蓝婆起来烧早火，感到口里没味，寡淡的。想去舀口井水漱口，不想就吐了，吐了一地的清口水。她去坛子里挖出一大钵酸萝卜，一口气就吃了个光。吃得眼睛也不眨一下。缓过神来后，她心里有了底，是磐山界的"死猪脑壳"给她留种了。

就在这时，去青叶河"赶羊"的男人让一个老表带信回来，要蓝婆别等他了。他在洪江大地方做上门郎了。

真是个花花肠子负心汉噢！接到男人的口信后，蓝婆对着鸡蛋大的桐油灯发了半夜呆。

随即蓝婆做出了一个决定。

她立即动手搓麻绳，纳鞋底，修鞋面。鸡叫头遍时，一双崭新的布鞋就穿在脚上了。蓝婆稍稍打点了一下，只背了一个蓝印花布包，在鸡叫二遍就动身了。

三十里山路不好走。蓝婆的一双新布鞋走成了草鱼口。上了磐山界过了卡子，婆才知道磐山界发生了大事。"死猪脑壳"前些天带了十几个兄弟去宝寨"吊羊"遭埋伏，他中了一铳，抬回来就落了气。

死猪脑壳，你走得轻松，害死我啰！蓝婆狠狠地在心里骂，捶

草把龙 CAO BA LONG

166

打肚子。

蓝婆毅然回了独竹寨。她到山冲里挖了一背篓草药回来，放在灶锅里熬。熬出一盆乌青青的汤汁，和着麝子酒喝。蓝婆在床上哭天呼地痛了一夜。第二天早上，磐山界"死猪脑壳"男人的精血就被她屙了出来。

一年后，月亮地"赶羊"放排的上门郎又带信给蓝婆，他在洪江招郎待不下去了，想回来与蓝婆重修旧好。蓝婆听到消息，二话没说，把祖上留的一块竹山卖得五十块光洋，到磐山界招呼上二十个伙计，扎了三挂竹排走了两天水路到了洪江。

蓝婆领着伙计到上门郎的户上。上门郎的岳丈姓胡。是个小生意人，在洪江石板街上开了一家杂货铺。他生了三个妹仔，嫁了两个，留下一个满女招郎。蓝婆先前的男人在这里招郎后，不思进取，迷上了抽大烟。满女尖泼，十指不沾阳春水，好吃懒做。三天两朝寻上门郎吵冤枉。岳丈也多次扬言要赶上门郎出门。

胡老板见蓝婆领了一伙操刀背铣的伙计来吵码头，早吓得尿了裤子。好酒好菜招呼蓝婆他们。哪敢怠慢。

席间，蓝婆朝胡老板说，我这兄弟是不好，你招了他做郎，就要当自家的伢崽看，多担待些。

胡老板点头称是。他知道眼前的婆娘不好惹，跟着她的那二十来个伙计更不好惹。

蓝婆又开始骂上门郎，想短阳寿抽大烟，还不如去高登山寻一把断肠草。要想过日子就把大烟戒了，做点正经事。

上门郎羞愧难当，低头落泪。

蓝婆继续跟胡老板父女说，我这兄弟以后要是不学好，你们尽管管教，要看他不起，磐山界的伙计火气大，四方有耳，八面有脚。

胡老板唯唯诺诺道，都是一家人，一家人。

蓝婆他们回去的时候，上门郎追了来，说是要跟蓝婆他们回独竹寨。不想在这里过了。蓝婆狠狠地说，我来给你挣眼，是念在我们的几夜旧情。告诉你，洪江码头大，算你有福气。我们缘分已尽。

你哪里像条汉子！蓝婆一番话镇得上门郎像个木桩子钉在那里。

蓝婆守着老屋，一个人过了好多年。直到土改结束。那是六月天，一个挑货郎担的川佬来到独竹寨。过老屋门口时，向蓝婆讨口水喝。不想川佬喝过水，就一头栽倒在蓝婆面前。蓝婆扶起他一看，发现他嘴巴乌鼻青的是发痧了。蓝婆赶紧打了盆清水，找了枚铜钱，替他刮痧。

川佬得的是乌痧症，要不是碰上蓝婆早就丧命黄泉了。川佬在蓝婆家住了三天才恢复了身子。

蓝婆清理出他的货郎担，打发他走。川佬却不想走了。他问蓝婆，我同你过日子好吗。蓝婆见川佬也是个实在人，想想自己孤单一身不是个事，叹了口气，算是答应了。

蓝婆和川佬过起了日子。蓝婆那年吃草药搞坏了身子，生不起娃崽，常对川佬说，对不住你。川佬答道，说哪里话，你我是前世修来的姻缘。

日子就像青叶河水慢慢地流过。

修禾木冲水库时，大队书记的老弟岩巴放神仙土被砸死了。岩巴死的样子很惨。嘴巴张着，眼睛瞪着，模样狰狞，煞气大，入棺时谁都不敢去抬。寨子里很快流传出一句话，岩巴还要找替身。整个寨子都惊惶起来。

蓝婆出了一个主意，说是在岩巴的棺木里倒上一升穆子，他在阴间翻来覆去地数那数不清的穆子，他就不会到阳间来找伴了。

蓝婆的话传到了大队书记耳朵里。大队书记说蓝婆掀阴风点野火蛊惑人心，怎么能让一个为社会主义建设事业牺牲的烈士的灵魂不得安宁呢？立即派了几个基干民兵将蓝婆用棕索子捆到大队部开斗争大会。因为蓝婆以前和磐山界的土匪有过来往，就在蓝婆脖子上吊了一块门板，上面糊了一张旧报纸，上书三个大黑字——土匪婆。大队书记决定从独竹寨开始，要将蓝婆到全公社每个大队进行轮流批斗。

将岩巴送上了山。斗争会就开始了。大队部挤满了人，热得像个蒸笼。先是大队干部讲话。历数蓝婆的反动言行，后是群众代表发言，然后是学堂里的娃崽发言。富驼子那伙娃崽觉得好玩，冲上台去朝蓝婆踹脚，吐口水。斗争会一直持续到日头落岭。斗争会进入到高潮，民兵营长准备提起蓝婆脖子后的棕索呼口号，他发现蓝婆嘴巴鼻子没了气。拐了场。民兵营长向主持席上的书记做了汇报。斗争会草草收了场。

民兵营长派民兵通知川佬，将没了气的蓝婆背回家。将兰婆放在门板上，川佬流着泪，打了盆清水给蓝婆擦拭。边叹息，苦命的人哪！

不想，蓝婆一下鼻子通了气。她翻过身来，死鬼，我还没死，你哭什么丧？

川佬愣住了。蓝婆一头栽倒在川佬肩上，还是你疼我噢。原来蓝婆从磐山那个"死猪脑壳"那里学了一招"倒出牛"——嘴鼻不出气，用下窍出奇。大队也没再拉蓝婆外出大队去批斗。蓝婆躲过了一劫。

岭上的山茶花开了又谢，谢了又开。川佬同蓝婆过了不到二十年日子。川佬得了一场病后，去世了。

川佬去世后，蓝婆守着空落的老屋，日子过得更孤寂。老屋里出入的人也多是来找她挑暗疱、刮痧、刨风的。

那天，村长三叔和村秘书过老屋门前时，蓝婆叫住了他。三伢子，你们帮我个忙。

帮什么忙？村长三叔走拢去问蓝婆。

蓝婆用手里的竹拐棍指了指架在老屋门前廊檐上的几根腊竹篙，说，你帮我把那根长节疤的竹篙取下来。

村长三叔他们找了架木楼梯，将那根长竹疤腊竹篙取了下来。放在廊场上。看样子，这腊竹篙已存放了好几十年了。

村长三叔和秘书正疑惑着蓝婆要他们取下腊竹篙做什么时，蓝婆说话了，你们把它破开。

秘书找来一把斧头，劈开了腊竹篙。

哗啦——破开的腊竹篙里跳出一地光洋。

村长三叔和秘书看傻了眼。

蓝婆平静地说，这银花边还能换钱，总共是三十块。仁生的伢崽读大学愁学费，麻烦你们转给他去变现。仁生批斗过我，我骂过他，他还胀我的气。我怕他当着我的面不好意思收。他也造孽，婆娘癫了，自己又有病。

村长三叔捡拢了那一地光洋，跟蓝婆说，这光洋你留着养老吧！

蓝婆淡淡一笑，放了五十多年我都没动过。我无儿无女，无忧无虑，养什么老！

这三十块光洋是磐山界那"死猪脑壳"当年留给她的，她一直藏在廊檐上的腊竹篙里。破四旧的时候，红卫兵们也没发现得着。

村长三叔知道蓝婆性情古怪，只得依从了她。

那天晚上。蓝婆老屋的火起得蹊跷，毫无征兆。

当寨子里的人发现时，蓝婆家的老屋已烧垮了架。当人们赶去救火时，蓝婆的老屋场变成了一个大火炭盆。

人们四处寻找，找不到蓝婆。后来，村长三叔他们在灰烬里找出了一堆烧化了的骨头。

蓝婆是真的被烧死了，升天了。

这时，忽然有人记起，蓝婆说过，一个屋场的地脉灵气只有六十年。蓝婆家的老屋已经有了差不多上百年。蓝婆是想和她的老屋早点转世转运么？寨里人都这样猜想。

第二年春上，蓝婆家老屋场废墟长出了葱茏的花花草草。寨里人从那里路过时，时常会看到蓝婆那熟悉的身影。

可惜的是，独竹寨再也没有会挑暗疱、刮痧、刨风的人了。

三　叔

三叔是村长。村长是三叔。

去年，乡里组织村干部去北京旅游。回来后，三叔见人就说，哇喷，乡里的麻雀都搭火车去城里了。

确实，独竹寨好多年不见麻雀了。独竹寨的人都以为麻雀绝种了。

草把龙
CAO BA LONG

三叔在省府、京城的公园宾馆看到了成堆的麻雀。麻雀过上了城里人的生活。

以前独竹寨有好多麻雀的。田垄里，草堆边，屋背上，廊檐下，到处是叽叽喳喳的麻雀。麻雀很狡猾，要捉它可不容易。三叔选了楼上一间四面无壁的空房，把倒扣过来的摊筛搭在竹套的机关上，摊筛下面撒上些糠头。麻雀贪吃，飞进摊筛下面，一旦触动了机关，摊筛就罩住了麻雀。

三叔大哥的娃崽黄皮寡瘦。草药郎中开了药方，要麻雀胆做药引子，三叔便常去下套捉麻雀给侄子治病。

可麻雀胆做引子的药并不怎么见效。

一天晚上，叔听到大哥家的响声神神秘秘的。他推开后门一看，大哥请了巫师在给侄子扶乩。何解得了！三叔一看就急。冲锣、打醮、扶乩、吊魂都是封建迷信，被上面晓得了。身为大队治保主任的三叔自然不能包庇。他压低声音冲大哥吼了一句，你跟我一起到大队自首！大哥脸色煞白，腿一软，跪在三叔面前，求求你，求求你，就这一回……一旁的巫师也被凛然的三叔吓得瑟缩着。颤抖着坐在一把香烛后的侄子无神无采的眼睛可怜巴巴地望着三叔。顿了顿，三叔心中酸楚地摇摇头，叹口气，走了。

回到床上，三叔怎么也困不着。后来，他披上衣服起来，来到堂屋领袖像前，毕恭毕敬地鞠了三个躬。然后虔诚地说，我们贫下中农心中最红最红的红太阳，××县青坡公社独竹寨大队第三生产队贫农杨延三向您汇报请罪，今夜我没有坚持革命立场与封建迷信斗争到底……

下了通知，要每个大队推荐一名根子红苗子正的后生去县五七大学学习。独竹寨大队推荐了三叔。不想到了县五七大学开学报到时，三叔被人顶替了。三叔跑到公社一问，才知道，他被人举报了，举报的问题是思想不纯洁，包庇兄弟信奉封建迷信。

三叔无话可说。

那年，三叔去月亮地相亲。女方看上了呷得谷扛得碓的三叔。

见三叔穿的裤子屁股上补了两个手板大的巴，嫌独竹寨地方穷。这让三叔很恼火。再去的时候，三叔穿了一条光鲜的咔叽布裤。这下，女方家就答应得很爽快了。

婆娘过门后的一天。三叔出工回来，婆娘见面就说，不好了，我们家来贼了。三叔问，掉什么东西了？婆娘说，你的咔叽布裤被人偷了。她还说那条咔叽布裤晾在富驼子家的竹篙上。三叔淡然一笑，找还以为什么事，本来就是富驼子爹的裤。我是借他的。

碾子屋在雷打树。寨子里的人都去那里碾米。

那几年大搞土发明。三叔小时学过木匠。他想将水碾子换上皮带轮。经过半个月的筹备，他做出了木飞轮，木轴承，又去买来了皮带。试机那天，他将轮子安好，套上皮带，然后拉开了木闸门。轮子开始旋动起来，皮带也跟着转动。轮子越旋越快。不一会，突然轰地一响，木轴承受不了拉力，断了。轮子飞了出去……

等三叔返过神来，陪着他试机的婆娘抱着腿倒在碾槽里。

三叔的发明没成功，婆娘却瘸了一条腿。

三叔那年到县里参加水利大会战。在电站工地获得了个奖品——一只白色的搪瓷缸。回来的时候，他将那只搪瓷缸吊在黄挎包上。走起路来，搪瓷缸一摇一晃的，就像士兵的勋章。

一群娃崽跟着他跑，富驼子忍不住去摸了摸搪瓷缸上那个红红的大"奖"字。

红漆写的。富驼子嗅了嗅手上的漆味，见多识广地说。

三叔不无得意地笑了笑，说，县里奖的哩！

梨树脚两兄弟为屋场的事发生争执，兄弟俩还打了一架，搞得鼻青脸肿。他们请村长三叔去调解。老大说了一下情况。三叔听完，说了一句，要得。老弟讲了争执的起因。三叔听完，还是一句，要得。

兄弟俩的婆娘见三叔不痛不痒的，不顾三叔在场，东扯藤西扯瓜，对骂起来。

三叔不去理睬她们。只是将兄弟俩叫到一旁，你们是葭莩亲吧？

兄弟俩异口同声，不哩，是同胞兄弟。

三叔说，要得。

兄弟俩又说，这个问题解决不好，要变生死仇家。

三叔说，牙齿咬舌子，要得。

兄弟俩心急了，提出要三叔给评个理。

三叔说，你们打也有理，骂也有理，要得。

说完，转身走了。

兄弟俩顿时哑口无言。

后来，梨树脚兄弟从三叔的话中似乎悟出了点什么。梨树脚安静下来了。

村长三叔在家里总爱端着那只搪瓷缸喝茶。寨里人来找他办事，他眯着个眼，不管青红皂白，都是一句口头禅，要得。等人家后腿一出门，三婶就讲三叔的啰唆，几十岁的人了，还操这个闲心。你个村长屁大个官也舍不得让给后生家。死牛不放草，你口里含的是沤烂了的老谷草，没点嚼味。

三婶骂得在理。三叔六十多岁的人了，前后当了几十年村长，每年两三千块钱的工资也没保障。上面来的人要应付，招待费垫了一年又年。寨里大小事情都要他到场。老拐子家的牛挣脱了鼻绳他去帮忙牵。仁巴佬家两门子为走娘家做人情的事骂架子也要他去调解。但村长三叔做起这些事情就来劲。人家叫他，是信任他，说明他还有用。那年顶替他去读五七大学的贱生退休回到独竹寨，整天抱着个怀胎婆一样的大肚子，还没有哪个理他哩！他当这个村长比贱生那个退休干部还打眼。独竹寨谁都少得了，就少不得他。

对于婆娘的话，三叔不去计较。三婶为他落下个残疾，他一直心中有愧。

三叔打苦边来，日子过得节俭。那年他的二崽考上了大学，他去青坡里赶场，二崽提出买点牛肉回去吃作为奖励，三叔答应了。卖肉的人问三叔剁多少。三叔狠了狠心，大声道，剁就剁三两。后来这话传回到独竹寨，就成了一句笑话，三叔剁牛肉——剁就剁三两。三叔真的是一粒黄豆也要分做两口吃的啬崽人。

草把龙
CAO BA LONG

173

三婶常骂他的一句俗话更形象，屙屎用棕兜。

三叔不以为然，说，知甘知苦，要好日子当苦日子过，穷日子当富日子过。

乡里对村里进行年终考评。完了，考评组的领导说独竹寨样样工作不错，农户收入也有了大幅度提高，硬件是够评先进，就是软件上有点差距。譬如说会议室的布置，活动室场地的安排等等。

村长叔听了之后说，要是要得，年年做牌子，牌子都没地力堆，花的冤枉钱。皇粮国税都取消了，还要搞这个花架子，没道理。

领导不高兴，说，杨村长你是有经济头脑，缺政治敏锐性。

村长三叔说，土里刨食的人就图个实在。

领导尴尬地笑了。

吃饭的时候，村长三叔本来酒量不大，见领导不高兴，拼了命地连喝了三碗米酒，把个乡领导敬得醉话连篇，一会儿说村长三叔是个好村长，不图名利替老百姓着想，一会儿骂村长三叔是个土霸王不给领导半点面子。三叔呢，口里说着要得要得，含糊其辞，手里端着酒碗轮番朝乡里来的领导敬酒。后来就醉了，害得三婶在床头招呼了他一夜。用三婶的话，说那夜他们屋里的蚊子都醉倒了几捧。

三叔的崽女都很有出息。三叔的满女桂婆打电话回来，劝三叔不要当村干部了，他的老脑筋适应不了新时代，撂了担子少操心，过自在日子。不如心情好就去捉个鱼捞个虾的。

三叔听了不以为然，我怎么死脑筋了，我也晓得与时俱进，和谐发展。但总要讲个实在。

春上，满女桂婆将三叔接到城里。

下班时，桂婆带了个男人回来。那男人斯文地同三叔招呼过，去厨房里忙去了。

三叔将桂婆拖到一旁，悄声地说，你也不去帮帮你阿公。

桂婆一听，扑哧笑了，他哪里是我阿公，是我男朋友，是未来的老公。

怎么看也像我老弟，三叔说。

人家是研究生，一肚子学问。才比我大十八岁哩。桂婆撅起嘴巴说。

你娘怀你大哥时也才十八岁哩！三叔说。

爹呀，这城里的好男人要么太小了要么太老了，你要我找谁去，桂婆委屈地撅了撅嘴，不高兴了。

要得，随你。三叔有点无可奈何。

三叔一夜没困好。

第二天早上，三叔早早起了床，呆坐在客厅里。

等了一阵。桂婆起床了。三叔见她满脸疲倦，关心地问，你不舒服么？

桂婆打了个哈欠，说，没有啊。

三叔又问，你哪里痛吧？

桂婆说，没有啊。

三叔说，听你半夜三更哎哟哎哟叫——你小时候经常头痛的。是不是犯老毛病了？

桂婆听三叔这么一说，脸忽地红了。

这时桂婆男朋友从房里出来了。

吃过早餐，三叔就提出要回独竹寨。他住不惯城里。

桂婆和男朋友诚心留他。三叔说。鸟有鸟窠，凤有凤巢哩。

桂婆说得泪眼婆娑的。三叔勉强再歇了一夜。

回到独竹寨，三婶就骂三叔是田坎上的社公树，不相敬。

计划生育年检前夕，乡政府主管计划生育的副乡长找到村长三叔，要他在人口出生的问题上做些技术处理。

不就是报个人口出生么？要得。村长三叔捧着计生台账说，有计生专干把关的。

要统一口径，副乡长说。今年检查还要村里的主要领导作汇报的。

三叔看了看报表，然后疑惑地问，公安部门报死亡率要达标，计生部门报表出生率要达标，我们究竟达生标还是达死标？

经村长这么一说，副乡长也蒙了头。

凑巧的是，省里计划生育年检抽中了独竹寨。由于村长三叔主观上存在错误认识，独竹寨计生工作爆了籂。乡里书记乡长到上面花了大价钱也没摆平。青坡乡计生工作名列全县末位，被黄牌警告。书记乡长主管计生的副乡长计生专干悉数被就地免职。独竹寨的村支部书记村计生专干也被免职。三叔被停止了村主任职务。他的罢免待通过村民代表大会。

三叔被停职，三婶又不高兴了。她满腹委屈牢骚，你又没犯错误，怎么讲撤就撤了？

三叔淡然一笑，说，你不是早就不想让我当村长了吗？

三婶一听来了火气，说，自己不愿当是一回事。撤下来不光彩。你的老脸皮不要了。

三叔笑了笑说，还不一样。

三婶哭丧着脸，搬出一叠村里招待乡干部在她家开餐的花花绿绿的纸条，连哭带泣，十多年了，图了个什么，一万多块钱哩，我找哪个要，我提潲水桶喂猪挣的钱哩，你们都给白吃了！一群喂不熟的狗哩。

三叔说，做点贡献吧！说完，背个鱼篓，朝寨外的青叶河走去。

炊烟袅袅升起。独竹寨和往常一样安静。

西岭的夕阳驮在三叔那根晃晃悠悠的钓竿上。

奶崽

寨子里有老人去世了。孝家给老人做道场。晚上，幽暗的灵堂里，孝子们跪草拜忏。做道场的法师拖着低沉的腔调为老人散花渡魂。

嘭——

沉寂的灵堂骤然响起了一声铜锣响。

原来，奶崽的脑袋当了锣锤，撞在了一边的大铜锣上。

奶崽，奶崽——

有人去拍打蜷缩在地上酣睡的奶崽。奶崽赶热闹，跟着熬通宵，实在困倦。

奶崽揉着惺忪的眼睛，坐起身子。问，吃半夜饭了么？他嘴角挂着一串长长的梦口水。

奶崽，莫碍事哩！孝家有人低声地呵斥奶崽。

奶崽眨巴着疲惫的眼睛，摇晃着走出了灵堂。

学堂里新调来一个女老师。比奶崽印象中的娘还要年轻。下课的时候，痣疤佬神秘地将奶崽叫到操场边的玉兰树下，在奶崽耳边嘀咕了好一阵。

奶崽听了，使劲地摇头，说，不信，就不信。鼻筒吹得响响的。

痣疤佬看了奶崽一眼，轻蔑地说，信不信由你，你没那个胆子。

奶崽说，哼，你才没那个胆子。

痣疤佬说，有胆子你就说。

奶崽昂了昂脑袋，说就说，怕哪个？

痣疤佬诡秘地拍了拍奶崽的肩膀，说了就算你狠。

女老师来上课了。

奶崽坐在座位上，脑子里满是想着痣疤佬讲的那个事。他几次想站起来，但脚弯筋很软。奶崽的学习成绩总是扯尾巴，在课堂上奶崽还没向老师提过问。他斜过眼睛望了望后面的痣疤佬。痣疤佬朝他鼓腮瞪眼。

女老师察觉到奶崽有心思，走拢来，关切地问，你有什么问题吗？

奶崽猛然站了起来，鼓起勇气，声音洪亮地说，老师，你胯里长了老鼠毛。

女老师怎么也想不到奶崽会是讲的这样一个问题。她的脸先是变得桃花一样红，然后是梨花一样白。教室里开始是鸦雀无声，后来痣疤佬带头起哄了，同学们稀里哗啦笑成了一锅粥。女老师一时不知所措。最后，校长来了（其实整个学校也就一男一女两个老师）。校长将惶恐着的奶崽揪着，扭到操场上，罚了一天站。

野拐子，野拐子——打那以后好长一段时间，同学们都戳着奶崽的脊背骂。

痣疤佬心虚，几次想亲近奶崽。受了委屈的奶崽不搭理他，奶崽望着他脸上的那颗大黑痣，心里暗暗地毒骂，一堆黑狗屎。

其实，痣疤佬才是真正的野拐子。他经常去女厕所偷看女同学、女老师拉尿。他还教奶崽下流的顺口溜：妹仔拉尿一条线，妇道拉尿一把扇。痣疤佬和奶崽一样，父母亲都出去打工了，成了没人管的野孩子。痣疤佬和奶奶住在一起。一次，痣疤佬欺负一个小妹仔，小妹仔哭着告状到痣疤佬奶奶那里。奶奶就骂痣疤佬，要学好样，莫流里流气的。痣疤佬烦了，吃饭的时候，他便在奶奶碗里倒了半勺凉水。看你还骂，老不死的。奶奶手脚不便，拿他没法，只得哀声吞气，再不敢说痣疤佬半个不字。

那天，堂叔听了奶崽在学堂里的事。就说奶崽，你对人要有礼貌，在学堂里老师就是爹娘，老师上了神龛的。

奶崽不以为然，还很反感，说，你晓得个屁！

堂叔有些生气，他捡了根竹梢枝，一瘸一瘸的就要过来打奶崽。

奶崽边骂边跑，鸡公大的力，麻拐大的气。我的脚板皮你都撵不到。

堂叔边追边骂，我管你不住，让你爹娘回来管你。

奶崽一听，乐了，哪个要你管？言下之意就是堂叔不答应料理他，他爹娘也就不会丢下他不管而长期在外面打工了。他也就不会像个冒娘崽。

奶崽开始怨恨堂叔。他替堂叔放牛的时候，他故意将黑牯牛赶到人家田里，让牛去吃快熟的稻子。人家找上门来要堂叔赔谷子。堂叔拖出了奶崽做挡箭牌。奶崽霸蛮地说，牛是你家的，当然是你赔。堂叔一听奶崽的话，气得吐血，大骂，你个黄眼狗，尽惹祸！堂婶说不出话，脸憋得乌青。叽里咕叽了好些天。

当然，善良的堂叔他们也不会过分对待奶崽。堂叔家有一个小妹仔。奶崽高兴的时候，逗得小妹仔很好玩的。

天色好的时候，月光朗朗的，奶崽和小妹仔到禾场上玩。

月光呱呱，踩烂树胯；

树胯下面一个娃娃，娃娃要呷粑粑；

粑粑冒熟，捉到粑粑揪两揪；

揪得哭，喊姑姑……

奶崽和小妹仔边拍手边唱歌谣。唱到揪两揪的时候，奶崽就真的在小妹仔的胳膊上、屁股上使劲地揪。揪得小妹仔哇哇直哭。

奶崽就吓唬小妹仔，你还哭，让夜猫子背了你。

小妹仔不哭了。他们又一起唱：

萤火虫，夜夜光。

借你的米，赔你的糠；

借你的牛，犁大丘；

借你的马，上贵州……

奶崽孤独寂寞的时候，他就非常想念爹娘。他从学堂里偷了半截粉笔，在自己困觉的房子里黑黢黢的板壁上画了爹娘的头像。困不着的时候，受了委屈的时候，他就望着板壁上的爹娘发呆流泪。但他又不愿意让别人知道他的痛苦。

这段时间奶崽很不开心。那天他手里抓着一把辣蓼草，到寨子里串门的时候，看到了一个小娃崽趴在一只狗婆胯里吃奶。小娃崽的婆婆说，小娃崽的爹娘丢下小娃崽出去打工了，小娃崽才不到一岁，离不开奶，常常哭闹。恰巧他们家的狗婆刚生了一窝崽仔。狗婆听到小娃崽哭闹，就通人性地趴在小娃崽身边。小娃崽闻到奶香，挣脱婆婆的手朝狗婆身边爬。

奶崽觉得十分好奇。后来，老婆婆说，奶崽，你也吃过狗奶。独竹寨的狗婆通人性。奶崽听了老婆婆的话，满嘴的狗毛味。

那夜吃晚饭时，奶崽没扒几口饭，就朝堂叔说，我要困了。然后魔魔怔怔闭着眼睛往屋外走。堂叔觉得奇怪，追着他走。奶崽在月光下越走越快，后来就变成了跑步。堂叔腿脚不便，走得直喘吁吁。等堂叔追到寨口，奶崽已经爬上了那蔸古香樟树。堂叔在树下使劲地叫奶崽。奶崽骑在高高的树丫上呼呼大睡，根本不搭理堂叔。到天亮时，奶崽就在树上喔喔地学公鸡打鸣。一连三夜都是如此。

到第四天晚上，奶崽不爬树了。他说梦话一样地对堂叔说，你剁了一蔸社公树。他还说寨口的古香樟树是他的翅翼，现在只剩了一只，他就飞不起来了。

堂叔确实是剁过一蔸社公树。以前，寨口的古香樟树有两蔸。那年，毛主席逝世了，要修纪念堂，县里在青坡里组织木料送北京。选来选去，选中了独竹寨寨口的那蔸三抱大的古香樟。剁树的时候，寨里人都有些缩手缩脚。堂叔胆子大。抓了斧头就剁。说来也奇怪，斧口溅出来的碎木像染了血一样赤红。剁着剁着，本来晴朗的天，马上集了云，轰隆轰隆响起了雷声，接着就落起了泼天泼地的雨。不到半个时辰，又晴了，天上还挂起了一条彩虹。

再动工的时候，地上滑，堂叔就崴伤了脚，再也治不好，成了瘸子。据说那蔸古香樟树后来还真的运送到了北京。

奶崽同堂叔说过那话，就开始在寨子里晃晃悠悠游荡。

奶崽见了痣疤佬，眼睛一瞪，响亮地叫一声：爹——

平日里霸道顽皮的痣疤佬被他的称呼惊住了。

奶崽见了小妹仔，眼睛也是一瞪，毫不含糊地叫一声：娘——

小妹仔被他吓得哇哇直哭。

爹吔——

娘吔——

从此，奶崽见人就叫，男的都叫爹，女的都叫娘。叫得真切、动心。

堂叔家菜园边有一蔸苦梨树。稀稀疏疏结了青皮梨子。

奶崽捡了石子使劲朝梨树上甩。

扑通——扑通——

石子落在堂叔家屋背上。

奶崽，你发癫噢——

堂叔心痛屋背上的青瓦。

爹——

娘——

奶崽甩一个石子叫一声爹娘。堂叔屋背上瓦缝里落满了小石子。独竹寨也落满了奶崽切切的呼唤。

2006年于长铺子

草把龙

村长是唯一在阳光里活动的人。他天天固执地在寨子里吭哧吭哧地盘走，固执的如同他家那头老公牛。他瘦骨嶙峋。由于一条腿受过伤，走起路来，他瘦小的屁股，一颠一颠的。

都不出门——，死光了啊——

他不顾口干舌燥，一遍遍在叫唤。从他干枯的喉咙发出的声音，像一块块粗糙的石头掉落在寨子里，惊起阵阵滚烫的尘土。

旱魔肆虐。河流已经干涸。十年前被一场史无前例的大洪水冲来的石头像恐龙蛋一样堆满了河床。鱼蟹的尸骨到处都是。在石头之间，一些赶来饮水的野兽因焦渴而死。天气热得连野狗都难以忍受，它们纷纷躲进大山的褶皱里，苦苦等待着太阳落山，懒得去捡食不费事的美餐。那些牲畜的尸体很快腐烂晒干，最后变成一团团白骨，像光秃秃的山岭上干燥的树桩，只等着被太阳的火焰点燃。

随着干旱越来越严重，禾苗叶子烤焦了，变得灰黄，田垄里失去了最后的一点绿色。没有了水，烈日下的寨子变得死气沉沉。成堆的蚯蚓爬上路基，很快被晒干，化为灰尘。人们打呵欠都小心翼翼，生怕短促焦渴的气浪与干燥的浮土擦出火星子。怀抱里的孩子吊在母亲干瘪的乳房上，将最后的乳汁当做雨水。等死的人全都从早到晚躺在房间的阴影里，缅怀从前的好日子。

舞龙咯，舞草把龙咯——

终于有一天，村长向寨子里发出了一个让全寨人兴奋的消息。村长请动了掌坛法师。掌坛法师答应设坛，舞草龙求雨。掌坛法师的祖上有个"杨法官"，曾经带着杨家寨的草龙到武冈州设坛求雨，让干渴三月有余的武冈州普降甘霖。县志上这样记载他的事迹：杨家寨有杨姓巫师，因为巫术精通，法术高强，驱鬼驱邪驱魔驱病，莫不灵验，被尊称为"杨法官"。这位杨法官，平时口齿笨拙，言语不清，手脚迟缓，行动木讷，懦弱无能，似乎和傻子差不多。但只要登坛做法事，就会如有神助，见鬼杀鬼，有魔驱魔，要风有风，要雨得雨，神采飞扬。有一年，武冈州大旱，明皇子武冈藩王岷王听说杨法官的大名，特请他到武冈去求雨。杨法官到武冈后，设坛书符烧纸念咒请神，点化草龙，顷刻间，大雨如注。武冈藩王大喜，赐杨法官"奇灵真人"称号，并赠以金银钱帛。杨法官坚不受谢，焚化草龙，拂袖飘然回了山寨。

听到舞草把龙的消息，在屋里蛰伏了多日的水杨柳第一个手舞足蹈跑出来。

下雨了。河里涨水了！水杨柳梦呓一般，时而不住声地野狼一样嗥叫，时而孩子似的号啕大哭，疯疯癫癫到处唔唔哝哝不停。她在用手、用鼻子、用耳朵东找西找，累得喘不过气来。雨水、河流跑到哪里去了呢？两行污浊的热泪贴在沾满尘土的双颊。

热辣辣的风吹乱了她的头发。自从那年的大水冲走了屋里的男人，两眼就模糊起来。连续的干旱使得她的触觉也要失灵了。猛然间，她仿佛听到男人在河边欢声笑语，然后好像朝雷公岭方向去了。可两条腿却带着她朝相反的方向追。要这两条腿有什么用呢？男人很快就会绕过高高的雷公岭，舞着草把龙游进那条清澈明净的大河，离她越来越远。

烈日火烧火燎的烤炙下，水杨柳脑袋昏沉沉的，只觉得头发不是头发，而是一堆火炭；舌头不是舌头，而是一捆棕毛；牙齿不是牙齿，而是一片片瓦砾。她嘴里热乎乎的，好像嚼着一团火，弄得她在睡梦中连哭也哭不出来。

下雨了。河里涨水了！追逐河流的水杨柳梦吃一般，时而不住声地野狼一样嗥叫，时而孩子似的号啕大哭。两只迷离恍惚的眼睛变得跟脚下干裂的尘土一样，找不到一滴眼泪了。

舞草龙咯！下雨咯！在寨门口，水杨柳碰见三妹婆。用发僵的手一把抓住她的双臂。

望着眼前面容憔悴，行为木讷的水杨柳。三妹婆脖子上冒凉气，一直冒到后脊梁，浑身上下透骨凉。这可是杨家寨最漂亮最耐看最孝顺的新媳妇。她既妒忌又暖心的好姊妹。寨子里的百灵鸟啊！如今却被痛苦的重担压成这副样子。可怜的人哪！想到这里，三妹婆不由得热泪涌出眼窝，沾满衣襟。

是咯。我们得好好准备准备。三妹婆冲她笑笑，说，我们就数你舞龙舞得好呢！

在从前的好长一段时间，寨里人把没了男人的水杨柳看作是魔鬼的化身。她远离人群。她曾经在河边打了个茅棚，为的是一旦河里涨水，她就能轻而易举地被河水冲走，她好随着河水去与男人相会。自杀在这里是被唾弃的，没有归宿的魂魄会变成厉鬼，四处漂游，永远不得超生。那年的一天早上，电闪雷鸣，一场大雨气势汹汹地来了，河水暴涨起来。眼看浊浪滔天的河水咆哮着冲垮了棚子，打着旋儿把她连同儿子卷起……一股雷霆一样的浪潮过后，他们却被掀在一个远离流水的河滩上。她怀里抱着的儿子毫发无损。儿子安详的笑脸比刚刚退去的暴风雨更让她惊心动魄。活着艰难，寻死也不容易。河水跟她开了一个玩笑。

天空没一丝云彩。这时候，寨里人躲在房子的阴影里嘲笑着水杨柳——看来，她是寨子里第一个被太阳烤疯的人。

婆婆坟头上低矮的野草晒焦了。水杨柳去远山的深沟割了一捆大叶草，找来几根小竹子，给婆婆坟头搭了个凉棚。然后坐在那里陪婆婆说话。她总不相信婆婆没了。老觉得婆婆在眼前，又不在眼前。好像婆婆还活着，在睡觉，过一会儿就会醒过来。那年头，水杨柳

草把龙
CAO
BA
LONG

身子骨结实，心眼儿好，又爱帮忙，很招乡亲们的喜欢。心善的婆婆脚穿芒鞋吃斋拜佛不杀生，走路生怕踩死蚂蚁。但对新媳妇水杨柳还是尚存戒心。刚嫁去那一年时间里，家里经常发生一些奇怪的事。水杨柳要么在米筒里掏到金戒指，要么在灶屋里捡到银镯子。水杨柳不贪心，如数把失物交给婆婆。那天早上，田坝里谷穗吐黄，灶膛里火焰正旺。婆婆将水杨柳领到堂屋神龛前，毕恭毕敬地装香焚纸作揖，然后郑重其事地把门仓钥匙递给水杨柳，说，你不仅心眼好，还给杨家传了后。今天起，这个家你当。从此，水杨柳像模像样理事当家了。大到人情往来、春播秋收，小到柴米油盐、针线鞋袜，婆婆都要她做主。婆婆俨然把她当做自己的亲生闺女。后来，婆婆瘫痪了。为方便服侍瘫痪的婆婆，她把婆婆搬到自己床上，帮婆婆喂饭穿衣，搓澡抹背。她和婆婆在一张床上睡了八年。妙药难医冤孽病，横财不富命穷人。我这是前世造的孽！拖累你了闺女。婆婆常常愧疚地在她面前哽咽。做一屋人是修八百年的缘分，娘。她心如刀绞。婆婆说，她的崽她的男人是不听劝，砍了百年成精的社公树，得罪了山神土地，才遭了报应，尸身都没留下。山神本来是要先收元宝的，山神眼花认错了人，他男人替元宝挡了灾。所以，留了元宝在世上受活罪。长夜里，婆媳俩倾吐心事。婆婆常劝她不要亏欠了自己，另外找个好人家。她不干。娘，我要给您带孙子呐！男人走了，婆婆还在，她就有主心骨。晚上，有坏人敲窗喊门，婆婆就放出那条凶猛的黄狗。那些起歹意的野汉子也不敢胡作非为。

山神啊，我栽了九千九百九十九棵树！您让他摆脱痛苦，让他安息吧……娘啊，您要保佑您的儿子！

水杨柳在坟头一会儿笑，一会儿哭。她在为男人祈祷。

水杨柳的哭笑声带着一股莫名其妙的气浪穿过寨子。有男人从屋檐下探出病恹恹的脖子，有气无力的嘀咕，这女人怕真是疯了。

持续干旱的鬼天气已让寨子里的人在睡梦里变得缺乏主见、麻木不仁，甚至绝望。

但那时的水杨柳对生活充满梦想和希望。

水杨柳娘屋在青叶河上的龙船塘。雷公岭三月三赶坡会。水杨柳也去赶坡会。坡会上，她和一个后生好上了。他山歌唱得好，木叶吹得好。后来，她到杨家寨走亲戚，又听说他草把龙舞得好。星光朗朗。坐夜行歌。草木含情。忽明忽暗的火光让他袒露着的臂膀上的腱子肉油光发亮，夜里的歌声于是变得恍恍惚惚。

桐油点灯亮晶晶，
阿哥阿妹来交情；
交到半夜鸡公叫，
妹扯眉毛当灯芯。

后生有唱不完的歌，使不完的劲。哄得情窦初开的水杨柳好开心。后生喜欢喝公山羊的生血。他身上总散发出一股公山羊的臊味，水杨柳身上也沾了那种怪味。水杨柳劝他别喝山羊血，因为她闻到那股膻味就呕心。后生砸吧着嘴说，山羊血养命哩。不久，水杨柳才知道，原来他一个月要折几个草标。他同时和好几个姑娘相好交往。他喝生山羊血是为了补肾壮阳。

那天下午，他带着她去看他家坡后的那片枫木林。已是初秋。林子里满是黄的红的落叶。水杨柳故意把树叶踢得嗖嗖响。在一个平坦的地方，水杨柳停下来，指着挺拔的枫树咯咯笑起来：鬼吒，好大的枫树……

水杨柳笑起来眼睛是丹凤朝阳，抿起来是一弯银月。皮肤雪白，嘴唇那么鲜红，薄薄的。头发也很长，长到脚后跟，黑得像是墨染过。

看着眼前仙女一样的水杨柳，老猎手一样的汉子，变成了一只温驯的小羊羔。

水杨柳见他这个样子，靠近来，伸出手攀住他的肩膀，又是一阵笑，几乎笑弯了腰。他有点不好意思后退一步，勾着脑壳，勇气全憋在心底。水杨柳顺势抱住了他的脖子，说：鬼吒鬼……水杨柳的嘴又狠又准地咬住了他的脸颊。一股奇异的气息包裹了他。他双腿战抖，一个字也吐不出。

水杨柳落入了他的怀里。他从脚底冲出一股力量，奋力展开的手臂像拽草把龙一样紧紧抱起水杨柳软软的腰身，觉得心要跳出来。他眼前一股红中带黄的气团，转悠着飘上枫木林上的天空。衣襟敞开的水杨柳身上迸发出一股湿湿的饱满的香味，让他头晕目眩。水杨柳变得通透，身上呈现出蒙蒙霞光。到处都是左跳右晃的幸福火焰。他像一团火在水杨柳身上滑动。水杨柳说，鬼吧，往下边。他觉得什么都不听用，如入梦境。水杨柳赶紧又说，鬼吧，还往上边……火球在他眼前跳跃，他大汗淋漓，身子筛糠一样颤动。这时候，山林里传来叮叮当当的牛铃。躺在厚厚落叶上的水杨柳，鼻孔一翕一翕的，像一朵盛开的花：鬼吧，牛都要进栏了……

第二年春上，水杨柳嫁进了杨家寨。田坝里禾谷扬花的时候，水杨柳生下了儿子。俗话说，一根绹索牵一头牛。花心的男人真服了管，完全改变了风流性情。他们的日子过得蜂蜜一样黏稠甜蜜。

水杨柳男人头脑灵活。他做过药材生意，后来见卖木材来钱快，和元宝合伙买青山砍树。他们使尽法子，几乎买下了杨家寨所有的山头。男人领着她去看满山满岭的树木。每到一个山头，男人像一个胜利的将军，神采飞扬地将那些高耸云天的兵士——树木，指点给她检阅。这些都是我们的！男人颇有几分自豪地说。其实，眼前茂密的森林里正在进行一场场持久的残酷的搏斗——山山岭岭的树林里传来吭吭隆隆的伐木声。每当一棵树倒下的时候，树木的枝桠拼命地抵抗，鸟雀呜呜啼鸣着落荒而逃。坚固的山体被挖土机、炸药残暴地撕裂开了。轰轰隆隆的巨兽一样的汽车开进山里。木材一车一车运出去。不到两年时间，山上最后一棵大树被他们砍倒了。就在十年前的那天晚上，持续不断的滂沱大雨突然来临。最后，天崩地裂，滚滚洪流冲走了堆满木材的料场。水杨柳男人在咆哮的雨声中不知去向……

幸福来得快，去得快，像易涨易退的山溪水。

顺着绝壁巉岩一泻而下、席卷一切的洪水消失了。吭吭隆隆的伐木声依然缭绕回响在水杨柳脑耳际。即使捂上耳朵仍然能感觉到这个声音的存在。吭吭隆隆的伐木声像一颗种子，在她的脑袋里发芽扎根，且愈来愈枝繁叶茂。

那是个好年头。山里林木茂盛，河里绿水丰盈。春天来得早。山上的阳雀子叫得欢，催得秧苗一个劲的拔节。一波波春阳衬白了三妹婆的嫩腰和脸庞。空气里弥漫着浓烈的绿草和花儿的混合香味，熏得人醉糊糊的。正直壮年的村长被花花草草迷了眼，不时磕碰在篱笆上、石头上，急得他像一头发情的公牛，嗷嗷直叫。

月光下的田野沸沸扬扬，寻找配偶的青蛙们发出黏稠的欲望强烈的呐喊。睡到半夜，三妹婆迷迷糊糊中就听见娘在窗外喊起床出工。三妹婆起床，开门，然后睡眼蒙眬朝田坝里走。路上露水滴答，土质松软。萤火虫在草丛中忽明忽暗。娘，您怎么又带我走回来啦？三妹婆见又转回屋里了，就小声责怪起娘来。后来又觉得不对。三妹婆想再喊，却被一双男人的手掌捂住了嘴巴。后来，三妹婆的衣服被撕扯得精光，双腿被劈开……三妹婆一动不动，又惊又惧地战栗着，无法相信这一事实。村长翻下身后，三妹婆弯腰弓背呜呜咽咽抽泣起来。花开的夜晚，她懵懵懂懂撞进了村长家。该死的村长让她一夜之间从姑娘变成了女人。不久，三妹婆让丧偶的村长变成了她的男人。在三妹婆进屋后，比公牛还歹毒的村长只恨夜短，白天种夜里耕。三妹婆也处在渴血嗜荤夜夜少不得男人的年龄，老夫少妻过得如胶似漆。

两年后，画眉眼、水蛇腰的水杨柳嫁进了寨里。村长眼睛直了，心事乱了，人也呆了。有事没事总朝水杨柳屋里跑。三妹婆说，猪郎公，人家坳上的是个新媳妇。村长说，下通知，天气预报说要涨大水。三妹婆不再是做黄花女时的憨样，变得敏感精明。她压着嗓子骂他：太阳晃晃的，涨天水啊。神情恍惚的村长像中了魔咒，把三妹婆的话当做耳边风。一天晚上，村长在三妹婆身上忙乎完，打着长鼾睡去。

半夜醒来，觉得胯里一阵剧痛。一看，原来有根细麻绳一头拴在他猪大肠一样的下身，一头拴在他的脚趾上。你要做我的命噢！他恼怒地骂三妹婆。三妹婆摇摇手里寒光硬硬的剪刀，狠狠地说，我看你管不管得住你兄弟！

那年春季的耍牛会上，在合拢宴上喝下两碗米酒的水杨柳眉毛扑啦啦扇，嘴唇红润得像樱桃。水杨柳挑逗村长：你有本事把那头牛放倒。场子里杵着一头雄壮的黑公牛，它足足可以和寨门口那堵大黑墙相比。正是发情的时候，它因找不到发泄对象而躁动不安，嘴角磨出一大抔黄白色的唾沫，又粗又长的红色牛鞭在胯下横翘着，一摇一晃的，散发出刺鼻的骚味。

瞟一眼水杨柳桃红色的脸，喝得八成醉的村长好像狩山的猎狗在茫茫山林里闻到一股似有若无的膻味，兴奋得牙巴骨格格作响。他大声叫唤，让人端来三碗米酒，同水杨柳比画着说，只要妹子高兴。他三五两口喝下了三碗米酒。在围观的众人一浪高过一浪的吆喝声中，村长将手里的海碗一摔，左摇右晃，呼哧呼哧上场了。

村长盯着公牛。公牛也盯着村长。村长试图靠拢去。公牛晃了晃头，用如锉的犄角提出严厉的警告。村长和公牛对峙僵持住。场地中，弥漫着公牛的粗短的鼻息声、村长哈出的浓烈的酒味。冷不丁，公牛箭起尾巴，头往下一挺，前蹄往后一撑，朝村长冲过来。本来还醉醺醺的村长突然酒醒，灵巧地就地旋转个身，躲开了。公牛收不住脚步，一个踉跄，蹄下的泥土溅出去丈余。它不甘心，转过身来朝村长猛扑。如此几个回合。熬过一阵，公牛眼睛红的如同灯笼。歇息片刻，就在公牛再次扑过来的时候，村长陡然伸出青藤一样的双手，扭住公牛的犄角往下顺势一拖，公牛重重地摔倒了……公牛狼狈不堪地爬起来，夹着尾巴认输了，垂头丧气地跑进了场坪后幽深的溪谷。

不久后的一天，三妹婆在寨口碰到水杨柳，就说，妹子，你是想要我屋里人的命哩。水杨柳说，村长是个真男人，他懂性情，懂性情的真男人最好收拾，骚牯子就像真男人。三妹婆知道她话中有话，

草把龙
CAO
BA
LONG

189

说，草狗不摇尾，龙狗不盘臀。水杨柳说，三嫂子，我屋的门板加了三块青冈木，窗格子灵猫都爬不进，蛮牛就别想打主意。

但现在，男人不在了，水杨柳成了天水田，只愁天干不下雨。别看她癫癫狂狂，她的心就像蹲在树洞里的狐狸，野着哩，她家夜里的门，和男人的裤裆一样，上不上锁没个准。

清晨，天空蒙蒙亮，水杨柳家的狗阿黄突然吠了两声。

该杀的，又来祸害了。她骂的是山里的那个红毛野猪。它赶在黎明前，从山里下到田地，糟蹋了她家那丘还留点青色的苞谷苗。因为天太干，水杨柳把肥实的田土种上了耐旱的苞谷。那个红毛野猪一直在寨子周围的山林活动。这些年，它越来越猖狂，经常下山糟蹋庄稼。去年它还窜进寨子里将一个正在玩耍的小孩子咬死了。几个老猎手闻讯去赶。撵了几座山几个岭。最后将红毛野猪围起来。设好卡，布好哨，猎手们一起放铳，红毛野猪应声倒地。猎手们走拢一看，倒在地上的是一个足足千斤重的黑树兜。

红毛野猪的獠牙比耙齿还粗。它是山魈化变的。山上的树光了，它没地方藏身，就下山祸害人。猎手们说。

杨家寨曾靠卖木材成为全县最富裕的村子。但山上的树越砍越少，山上只剩下芭茅草、枯树兜。靠山吃山的杨家寨财路断了。种田，卖不值价钱的稻谷，无法养活杨家寨一家家张着嘴吃饭的人。青壮年纷纷挤入城市讨生活。

水杨柳把地里那些凌乱的野猪脚印用锄头抚平，把踩倒的苞谷苗扶正。做完这些，衣服上的汗凝结成了硬硬的斑块。

水杨柳坐在旁边一丛芭蕉树的阴影里。不远处的那片枫木林，早让元宝他们砍光。肃杀窘窘的杂草、灌木、刺蓬，已然掩盖了当时蓬勃生动的景象。一切都成了记忆。

田垄里干燥的土腥味阵阵扑过来。热风吹着黄黄的树叶，沙沙作响，仿佛树叶也和离家出走的人一样在仓皇逃遁。

望着想着，水杨柳心口就堵得慌。她拖了锄头，叫上阿黄，踮踽往家里走。

祈雨法会祭祀要宰活牛。村长家的老公牛要派上大用场了。村长虽然心有不舍，但老公牛是寨子里唯一的一头牛。或许老公牛有了某种预感，第二天早上村长去栏里看牛时，老公牛失踪了。村长脑子顿时一片空白，瘫倒在牛栏边。缓过神来后，村长开始四处寻找老公牛。他问遍了寨子里所有的人，都说没有看见它的踪迹。他又叫上十几个男男女女去寨子周围的山里寻找，反馈回来的消息是，脚印都没看见一个。老公牛已是举步维艰，能在这么短的时间跑去哪里了？村长心里结下一个疑团。村长六神无主在寨里跑来转去，差不多一整天水没喝一口，米未进一粒，脸色明显地黑下来。后来，他呆呆地固执地坐在太阳下。三妹婆给他拿来一顶遮阴的斗篷，被他呼地甩过屋脊。

就在村长接近绝望的时候。哞——，老公牛叫了一声，摇摇晃晃出现在那棵桂花树下。它弯曲单薄的脊背上驮着身后那些灰不溜秋的山峰。它喘着粗气，慢慢地，一步一步地朝村长走来。它走近了村长。它把头温驯地靠上村长。它用舌子舔村长。村长轻轻攀过它的头，紧紧抱在胸前。一串干涩的泪水滴在老公牛头上。哞——，老公牛轻轻地又叫唤了一声。村长哽咽着、心碎了。他嗓子眼里像塞了一块烧红的烙铁，青烟直冒。

元宝找到村长，说，好久不回寨子里了，寨子里的路都生分了。杨家寨的山山水水养活过一代又一代人，是我的胞衣地。如今，山荒田干，老百姓死气沉沉，看见杨家寨成了这个样子，让人心疼。寨里人渴望新生活，我们就要把山里的林子造起来，让山上绿起来，让河里的水满起来，要让山里人过上城里人的生活。

元宝比村长矮半个脑袋，身子差不多有两个村长那么粗，一个圆圆的大脑袋摆在肩膀上，根本就看不见脖子。他叽叽呱呱说话的时候，圆圆的脑袋像个篮球在肩膀上滚过来滚过去。

杨家寨东边有个山坳，元宝的木材加工厂就在那里。山上的树

草把龙
CAO
BA
LONG

砍光后，加工厂房闲置起来。因地处偏僻，少有人迹，加工厂的料场里爬满了藤蔓、野草。这段时间，元宝把厂房粉刷一新，挂上了红灯笼。还扎了个戏台子，摆上锣鼓音响。

元宝从山外带来的一群身段摇曳的女人。元宝组织的农村新生活运动开始了。戏台子上女人的丰乳肥臀春风一样把寨子里一双双暗淡无神的眼睛擦亮了。那些久卧床沿临近腐烂的躯体巴格巴格抻展开，血管里几近熄灭的火光重新沸腾起来，萎缩的脚板扑通扑通鸭子一样摆动。一群仿佛死尸一样的影子在寨子里游动起来。

戏台子上的女人袒胸露乳，像蛇一样扭动着几乎赤裸的身子。台下挤满了看热闹的人。男人们砸吧着干裂的泛着白沫星子的嘴巴，跟着疯狂的音乐声摇头摆尾，朝台上的女人发出歇斯底里的怪叫。

村长跟元宝说，这样搞，不合适。

元宝说，她们都是剧团的，免费下乡巡回演出，丰富农村群众文化生活。

村长说，那就演个三五天吧。

元宝说，乡亲们的兴致高呢。

说起来，元宝在杨家寨也是个人物。他爷爷参加国军部队，跟蒋介石去了台湾。搞集体时，他爹常被派做外调劳力。他六岁那年的一天半夜里，朦朦胧胧中，他听见他娘和人说话。他以为是他爹回来了，后来，他发觉不对。那男人很亲热地和他娘箍在一堆。他娘说轻点，那男的说，崽仔困得死呢。他便装做睡得很死的样子，还故意把鼻子吹得很响。第二天清早放牛时，他把夜里看见的事说给小伙伴们听。昨夜看见大队长胯里一根好大的筋！他边说边用手比画，说比他家灶门口那根火筒棒还大。

不到半天工夫，小伙伴们把这个新闻传遍了寨子的每个角落。他娘把他揪拢来，一阵痛打。越打他反而越用力喊，我昨夜就看见了大队长的大筋筋放在你肚皮上！他娘又羞又气，只差没寻个地缝钻进去。

他小时候嘴特别馋，抓住蛇用嘴吸血，吃臭屁虫，把活泥鳅从鼻子里放进去从嘴里吐出来。人却长得麻秆一样又瘦又高。有个叫山雀子的玩伴家境好，性子柔，常逗人欺负，山雀子找他帮忙报仇。他对山雀子说，把你手上的月饼拿过来，让我给你咬出一只老虎，我就给你去收拾那几个狗仔子。山雀子半信半疑，把香喷喷的月饼递了过去。他左一口右一口，上一口下一口，七上八下之后，把一个碗口大的月饼变成了一个铜钱大的小老虎。虎头虎腿都有，虎尾巴翘得老高。他把小老虎在山雀子的面前绕来绕去，问像不像，山雀子说像。像就好。他说着就又把那一只小老虎全放进了漏斗一样的嘴巴里。然后就让山雀子带着找仇人算帐。在一块红薯畲里，那几个狗仔子喊爹叫娘地挨了一顿，还被山雀子往身上浇了尿水，狠狠踩了几脚。山雀子虽然少吃了月饼，可血洗了耻辱，心里感到非常舒服，以后常偷出家里好吃的跟在他左右。

元宝他们小时候看见村长就莫名其妙地心虚。特别是那次之后，给他的感觉不像是大队长偷了他娘，像是他做贼偷了大队长家的宝贝。尽管如此，他嘴巴还很硬，还到处摆弄他娘和大队长的事。直到有一天。那天，太阳挂在山边，大队园艺场拳头大一个的梨子被照得金黄金黄的好诱人。他钻进坎边茂密的茅冬草里藏起来。看准了没人后，爬进了旁边的梨树，摘了两个梨子抱在怀里就往外溜。可没溜几步就被脚下一根绳索绊倒套住。有人像提小鸡一样把他提了起来。他一看是大队长，吓得脖子缩进了肚子，裤子也尿湿了。元宝哆嗦着，趁大队长不注意，丢下两个梨子拔腿就跑。没走出两步，又被大队长捉回来。还跑？偷公家的梨子，开群众大会斗死你！大队长话音不大，却像一根刺棒抽打在他身上。他脸发白，身子发抖。这时，大队长说话了，你记住，做贼偷瓜起。今天我放了你，下不为例。从那以后，他再也不敢说他娘和大队长的事了。

长大后，元宝学会了做生意。慢慢地，他门路越走越宽，生意越做越精。他在城郊修了豪华别墅，开上了高级小车。

以前，杨家寨交通闭塞，山上的竹木运输主要靠走水路。村民每年趁青叶河水丰季节，把木材、竹子砍下山，到河边扎排，顺水

草把龙
CAO BA LONG

放到山外变卖。日子过得不是很富足，倒也细水长流，年年有收成，安逸自在。十多年前，不安于现状的元宝请动了上面的大领导。大领导带领一队人马，翻了二十多里崎岖盘山路，考察杨家寨的森林资源。望着山上那密密匝匝的林木。大领导当场拍板，一定要开发杨家寨，拉通杨家寨的公路，让杨家寨的资源优势变为经济优势，让杨家寨的乡亲过上幸福的日子。有领导的重视，公路很快修通了。元宝他们作为杨家寨的修路功臣，获得特别优惠待遇，与一家实力雄厚的开发公司合伙买下了全村的青山。随后几年，山上的木材洪水一样从杨家寨奔流而出。

晚上，屋里闷热，没有一点儿凉风。田垄里传来几声像哭丧的蛙鸣。阿黄安静地趴在床边，寸步不离主人。阿黄也怕黑夜，喜欢挨人。水杨柳脱衣斜靠在床上，似躺非躺，似睡非睡。她忽而把身体伸展开，忽而又蜷缩起来，浑身骨节咔咔作响。在漫长的等待中，她的大腿不再有力，乳房不再坚挺，性情不再温和，但心灵的狂野依然如故。

河里的水满满的，屋里男人骑着一挂木排游龙一般飘飘荡荡逆流而上。屋里男人没等木排靠岸就踩着水花奔跑了过来，他抱着她幸福的笑呀跳呀，然后，躺下了。她看着身旁熟睡的他感到了满足。她开始如饥似渴地亲吻他臂膀上油光发亮的腱子肉。听到响动，他醒了。月光好亮喔！她说着便侧过身，手搭在他的胸部，轻轻地摩挲着。他搂过女人的头，把它放在胸口，手不自觉地在她的身上游动着，他让女人的胸贴近，暖暖的，软软的。他把女人轻轻地放平，在明净的月光下，女人的身体发出白亮亮的光。他小孩子似的吸女人的乳房。然后，他脱光衣服伏在白白的女人身上。女人喘着粗气，女人出了一身的汗，他也出了一身的汗。后来，她进入了一种强烈的欲望和兴奋之中，立即感觉到了体内激烈的收缩，同时感受到他全身炽烈的亢奋。这种高潮持续增长，简直让她受不住了。随后，她感到有如激流涌泄，同时感到极其的快慰和舒适。热乎乎的蠕动和流淌在她的身体深处的液体帮助她驱散了孤独和悲凉。后来，水杨柳醒了。

噗——噗。

水杨柳似乎听到门外有人喘息。她翻过身。

咚咚——。确实是有人敲门。

阿黄抬起头来，眼睛在黑暗中发出绿光，却没发出任何声音。中过毒的阿黄的胆子越来越小了。

屋外月色昏暗。蛙声凄凄。

妹子，我来了。是山背后凉伞寨蛮佬的声音。蛮佬打水杨柳主意好几年了。用他自己的话说，草鞋都走烂几双了。他每次喝了酒打了老婆，就走十多里山路来找水杨柳诉情。水杨柳早奉劝过他，说，女人要的是过日子的男人。我不养野汉子，你少费心思。蛮佬胸脯拍得山响，我一想起你，夜里就像睡在芒刺上难挨，就是想和你过日子。我要让河水倒流，回去跟那恶婆娘离了。每次这样说过，他回去找婆娘离婚，婆娘总在他脸上留下几条血印子。

你让岩鹰啄晕脑壳，走错门了。水杨柳说。

咚咚——。开门哩。我骑坡过陔跑了十多里山路。蛮佬哀求道。

你在山上撞了倒毛鬼。我床上有人呢。水杨柳轻轻拍了拍阿黄的头。阿黄低低地叫了一声。

一个男人只娶一个老婆，一个女人只嫁一个男人，好残酷啊。猪狗、野兽、毒蛇都比人强百倍。蛮佬发泄着心中的不满。

你去做猪狗野兽。水杨柳说。

酒气熏熏的蛮佬开始用力扳木门。木门吱嘎吱嘎响。

一泡骚水胀得脑壳发癫。水杨柳这样想着，披上衣服，拉亮电灯，朝门外的蛮佬说，你少费心思，我告诉过你的。

你说过，初五、十四、二十三啊。蛮佬说。

老皇历写得清清楚楚，初五十四二十三，有钱有米莫去拿。初五十四二十三是空望日。水杨柳说。

你又变卦了。蛮佬像受了作弄，嘴里叽里咕噜，继续扳门。

你再霸蛮，我放狗了。话是这样说，水杨柳还是有些胆怯了。孤立无援的她，真害怕蛮佬破门而入。阿黄温驯地粘在她身旁，焦躁不安地低吠。

你屋的狗还当不得我屋的一只鸡公。蛮佬朝屋里说，继续扳门，木门经受不起摧搡，嘎嘎——嘎嘎直响。

你再霸蛮，我敲锣喊人了！水杨柳急了，说。

你喊啊……门外黑压压一片死静。蛮佬有几分得意地说，喊啊，大声喊啊……

这时，透过窗缝，水杨柳突然看见一束亮光刺穿了黑暗和寂静，与此同时，她听到了村长那熟悉的吆喝声——

谁？

门外的蛮佬显然惊了一跳，停止了扳门，迅速地从门口起开。小心往后退，但越是小心他越感到脚底下无处可踩。就在犹豫之间不知怎么搞的，蛮佬两只脚同时踩进屋前的臭水沟里，结果一双鞋都灌满了臭泥浆。

哪家的畜生！？

护寨巡夜的村长站在远远的黑暗中，像一堵无形的坚硬石墙，低沉有力的话像火铳里射出的一梭铁砂子，坚实有力。

又是那操空心的瘸子坏好事。蛮佬这样想着，大气不敢出，一路唏哗、唏哗的转身往回走。走到坳口，他扭过头，朝村长的方向猛地丢下一块石头——嬲你娘！他怄气的在心中骂一句。去年三月三，几个寨子在雷公岭赶坡会，他趁机来水杨柳家串门，在他对水杨柳动手动脚的时候，手爪子被突然冒出的村长砍了一竹篙。他受伤的手用绷带吊了半个月。现在想起来，他还是后怕不已。

……

路边的河水不知道深和浅，

靠近妹你才知道爱和恨，

……

一阵隐隐约约的歌声，和着稀疏的蛙声，伴着暗幽幽的月色，流动在夜的深处，将干燥孤寂的山寨带入了无边的寂寞、诡秘。

早晨，一点风也没有，太阳一出来就火辣辣的。似乎远处的青岩、带刺的老鼠藤、干巴巴的树枝伸伸手就能摸到。歇息在寨子后山那丛青叶藤上的鹭鸶吱吱哀鸣，在寨子里引起嗡嗡的回响。一只岩鹰在山顶盘旋滑翔，偶尔扇动一下翅膀。他真害怕它扇动的翅膀会点燃山顶枯黄的茅草。

村长早晨起来后第一件事，就是去牛栏屋看那头比他还瘦的公牛。整个寨子就剩下这一头牛了。它曾经是寨里最雄壮的公牛。它在这片土地繁衍过无穷的子孙。村长已记不清它究竟有多大年龄。但现在，它钢锉子一样的犄角早已脱落。残旧的毛皮遮不住高耸的肋骨。鼻子上挂着水珠。它在流年似水的光阴中做着垂死挣扎。今天也许是它最后一次见到太阳了。如果这头牛没有了，那棵神树没有了，山上那头红毛野猪没有了，他精心呵护的寨子就会消失了。这样想着，他就觉得害怕。

他看过牛就去寨子里转，仍旧不顾口干舌燥，一遍又一遍在寨子里叫唤，他要把寨子里的人都叫起来，他尤其害怕寨子里的人就这样灰心丧气地在干旱中死去。他曾经做过种种努力，组织寨里人上山找水源。找了一个月，水没找着，找水的人却倒下好几个。整个寨子里只剩下青岩古井里那一口聊以救命的黄泥浆水了。

做完这些，村长就蹲在公坪边的一块铜鼓岩上，狠狠地吸着烟，吐着雾，升腾的烟雾在空气中弥漫飞扬。他试图在干旱的日子努力去想些人生快乐的事，填补内心的虚空与寂寞。

想起水杨柳的那个美，他就不明不白地幸福。按照他的说法，水杨柳的确是山洞里修炼成精的一只狐仙，太让人有想头了。

水杨柳眼睛长得好，不但是大和水灵，主要是两只黑眼珠子老滴溜乱转，转上几次就望着人眨巴两下。勾魂得很，不像别的女人眼睛那么木讷。就算她老了以后，长出满脸皱纹，脸皮黄得跟蜡一样，可只要她那两只眼珠子会转，她就比别的女人高一品。水杨柳会长。别的女人娶过来没几天就生孩子，生完孩子脸上就长麻雀屎，不是挺个圆肚子，就是背个草蒲团一样的屁股，要么走路就撇个腿。水杨柳就没有，坐完月子皮肤更白，腰身更活泛，连脖子里的那个小痣都不见了。水杨柳会作态。说起话来轻声轻语，笑时用手捂着嘴巴笑。衣兜里装着白手绢，走路又轻步子又小，身上闻着香喷喷的。不像其他媳妇婆娘，不是衣服上缺扣子，就是裤带头子吊在腰胯上，不是咧着嘴靠墙站着，就是张着腿在地上蹲着。比起她们，水杨柳就是月宫中的嫦娥，是王母娘娘身边的仙女了。还有，她得了你的便宜马上就给人说了，让你有点想头都得咽进肚里去。好不容易盼她黑天半夜里找你帮点忙，可她手里老牵着个看家狗。她眼睛眨巴眨巴地瞅着你笑，你却看不出她笑的是啥意思。有时他也自我安慰，女人脱了衣服其实都差不多，划不着那么费力劳神的。可越是这样想越割舍不下，越不想越想，把个村长折磨得像中了蛊惑得了相思病似的。咕隆，咕隆。想着，村长喉咙就像这干旱的天气一样火热。

村长曾经试着改造过自己的老婆，以此来打消对水杨柳的念头，但没有成功。那一段时间里，村长时常在床上训练老婆，说，该亲热时就要亲热一点，不要一上床就青着个猪肝脸，不要打呼噜，不要说梦话磨牙。该捂时要捂一下，或者盖一下推一下，不要一上来就七仰八叉的，吊不起人胃口。三妹婆才不听他那一套。骂他，没心没肺，又被哪个骚狐狸精迷上了，要请师公给你打醮收魂魄。三妹婆照样一上床就脱个精光，照样在被窝里放响屁。照样兴奋的时候就咬他的肩膀，害得他甩着肩膀在寨子里转悠的时候，有人看见牙印子，便好奇地问，村长，又到哪里做新郎官？

听到这样的话，村长觉得羞愧不已。年轻时的他像发疯的公牛粗野过风流过，但随着年龄的增加，一个个鲜活生命的迎来送往，沧桑世事的历练，让他脱胎换骨完全变了个人。这么些年来，他已然把寨里人视为自己的同胞兄弟姊妹。纯朴善良、不屈服于苦难生活的水杨柳，时常像深夜中一盏小小的油灯，带给他温暖和亮光，尽管他也曾对水杨柳动过歪心，但多年来，良知与邪念在他内心深处激烈绞杀，最终，前者战胜了后者。作为一条真汉子，他觉得自己不该对水杨柳存非分之想，他更不能做落井下石、禽兽不如的龌龊事。女人的贞操不全是女人自己守护，还要男人呵护。人在干，天在看。作为一寨之主，他有一万个理由说服自己在寨子里为人处世光明磊落、公道正派。他有一万个理由保护好自己的父老乡亲兄弟姊妹。

现在，山上光了，寨子里的年轻人一个个离家远走，寨子里一天比一天寂寞衰败。无论白天黑夜，噩梦不离他左右。他在杨家寨做最后的坚守。

草龙分雄龙、雌龙，每条龙分龙头、龙身、龙尾，长三丈六。用干稻草扎成。龙头、龙身、龙尾共九节，之间用红布条连接。雄龙由九个男人挥舞，雌龙由九个女人把持。舞龙时，男女都头戴草帽，身穿稻草衣、稻草裙，脚穿草鞋。扎好的草龙，草帽、草衣、草鞋，归拢来放在花桥上的廊亭里。

花桥是一座百年古桥，守护着杨家寨的水口山。桥头有一棵浓荫匝地的桂花树。秋天的时候，桂花树金黄金黄的小花朵便飘出醇醇的香味，那时候整个杨家寨都是醉醺醺的味道。以前，三十里外的龙船塘的人闻到那种醉香，就会羡慕地说，杨家寨今年又是一个丰收年，谷子堆满仓。杨家寨的人要被白米饭胀破肚子。

那不只是一棵桂花树，那是一个人，一个从雷公山骑着山风来到杨家寨的黑精灵。他作恶多端，被法术高明的法师使了魔咒定在这里，变成一棵桂花树。一旦法师的魔咒失效，他就会复活。掌坛法师常常这样告诫寨里人。

关于黑精灵的故事，寨子里的人很熟悉了。黑精灵喜欢穿着从山魈那里借来的虎皮大衣吓唬小孩，并把吓昏的小孩吃掉，为他的魔咒增加神力。它还会变很多法术。譬如它能把石子变成小雨滴，

199

把蚂蚁蛋变成糯米饭。每到月黑风高的夜晚，这棵桂花树确实很像一个披散着浓密头发的大脑袋黑精灵。不要说人，就连鸟都不敢靠近，更不要说在上面做鸟窝了。到每月的初一、十五，或逢年过节，常有虔诚的村民来给它烧纸敬香披红挂彩。祈求它守护住寨子的风水财气。

只要我们还有一棵树，雨水就会来，河流就会流回来。掌坛法师预言。

村长说，大家不要灰心丧气。听，雨脚到了雷公岭。

这话让大家觉得虚无缥缈。头顶的炎炎烈日让大家对雨水能否到来失去了信心。

杨家寨的人相信树木有灵性。逢年过节时，他们会把糯米粑粑涂抹在果树的枝丫口，洒上醇香的米酒，好让果树结出甜美的果实。树木开花的时候，妇女们要将花朵插在头上，围着树木跳花舞，为的是能够生育健壮的后代。人们在春天不砍树木，即使到了砍树的季节，在开山砍树前也要设坛敬山神、敬树神，求得神灵的允诺，并在神灵面前保证不乱砍滥伐，取之有度，为的是男人们身强力壮，寨子里风调雨顺、平平安安。

山里的树被水杨柳男人和元宝他们砍光了。没了树的寨子就像不穿衣的人、没羽毛的鸟，灵气失了，阳气没了。早在十年前，掌坛法师就说，不要以为水杨柳男人和元宝还是人，山神早把水杨柳男人和元宝化变成了两个枯树桩，他们业已是行尸走肉。寨里人开始暗暗在心里诅咒、唾骂给他们带来灾难的人。

水杨柳婆婆劝不住儿子放下砍树伐林的利斧。她替儿子忏悔。佛堂念经，上山栽树。她说，善恶到头终有报。栽一棵树就能减轻儿子的一份罪孽。儿子出事后，她强将眼泪往肚咽，不听水杨柳劝阻，仍然坚持扛着锄头上山栽树。一天傍晚，下山的时候，因劳累过度，她眼睛一黑，脚一崴，跌倒在路坑下。到半夜，水杨柳和寨子里的好心人打着火把找到了她。可那时她已是不省人事。抬下山，连夜送到医院抢救。命保住了，却再也站不起来。她中风瘫痪了。

前几年，元宝天天来缠水杨柳，说是只要和他好，他就同屋里老婆离婚，娶她进屋，让她过上好日子。多年来，水杨柳坚信屋里男人只是乘着河流去了一个很远的地方。他会回来的。他累了就会回来的。水杨柳在想念男人，被那吭吭隆隆的伐木声搅得心神不安的时候，习惯用这样的话宽慰自己。她把自己的心门关得紧紧的，不给元宝任何机会。元宝软硬兼施。先是给她家的黄狗下毒药，然后用铁钎撬下她家的柞木门板，霸蛮进了房，跪下膝盖，低下头，向战战兢兢退缩在屋角的水杨柳说，你真好，就像百灵鸟一样纯真可爱。我要把你放在腋下，顶在额头，放在我心灵深处。我的百灵鸟，我永远不会伤害你。和你在一起，我觉得好像靠近一片树荫、一丛盛开的鲜花。和你在一起，我尝到了甜蜜的滋味，我听到了悦耳的歌声。元宝比火炭还要滚烫的抒情让惶恐的水杨柳脑袋里一片空白。她和他好了半年。半年后，她见元宝却没有要同老婆离婚的意思，就毅然断绝了和他的来往。事后，花言巧语的元宝拿了半袋子钱给水杨柳，水杨柳把钱往地上一丢，恶狠狠地说，你的钱有冤魂！

四月里来四月四呀，妹喊神郎去栽树——
四两锄头哦有压钢，不信你来试一试！

晚上，月暗星稀。水杨柳在桂花树下唱山歌，唱的是古歌《神郎栽树》。她头戴花帕，披着长发，上身几乎赤裸，白皙的乳房散漫地低垂，脚上缠着破烂的花带，手里举着一只草扎的雁鹅。干旱的天气让她的眼睛失去了光泽。唱着唱着，她的歌声变成了呐喊：雁鹅雁鹅，去仙乡……

在杨家寨，人去世后，要用稻草扎雁鹅，放在棺罩上陪送亡灵。水杨柳手里的雁鹅是给去世的男人扎的。男人去了，棺材没用上一副，雁鹅没配上一匹，她深深地自责和愧疚。一想到这些，她就真的疯了。她每年总有那么十天半个月真疯的时候。

草把龙
CAO
BA
LONG

201

每到那些天，三妹婆早已把嫉妒丢在脑后，给她收拾好一间房，真把她当做亲姊妹一样伺候起来，给她吃药，给她梳头，陪她睡觉。她走到哪，三妹婆跟到哪。夜里，一块数天上有多少星星；白天，一块数脸上有多少黑痣。

三妹婆记她的恩。那年，调皮的儿子贵贵去老屋场掏鸟窝，被烙铁头蛇咬了。三妹婆两口子都不在家。水杨柳二话不说，把自己的奶水挤了一大碗，给贵贵冲洗腿上的伤口。然后请来草药师给贵贵敷上解毒的草药。草药师后来告诉三妹婆，蛇咬了三个牙印子，救治不及时，贵贵早没个人了。贵贵是水杨柳给捡了条命！三妹婆连滚带爬跑到水杨柳家，一头栽在水杨柳面前，眼泪婆娑，连叩响头，感动得说不出一句话。水杨柳扶起三妹婆，说，使不得，使不得，三嫂子，乡里乡亲就是你帮我，我帮你，相互帮衬。好长一段时间，三妹婆觉得自己就是一条毒蛇。并为自己以前对水杨柳种种不友善的行径而羞愧。

三妹婆请掌坛法师给水杨柳查看过花树。掌坛法师查看后，脸色铁青。说水杨柳是思念成疾，被男人的阴魂附了体。

×××，回来了吗，回来噢……

回来啦、啦、啦啦啦啦——

水杨柳沿河喝喊，给男人招魂。寂静的远山深邃无边，有稀奇古怪的声音回应过来，似有若无，让人毛骨悚然。

三妹婆在河边烧起一堆火。火堆闪射着光芒，散发出热气。火堆周围有男有女，有老有少。按照掌坛法师的吩咐，妇女们远远地离开火光，坐在昏暗的地方。男人们远远离开暗处，坐在明亮的地方。人们两眼直瞪瞪地盯住烈燃腾腾的火堆。那火堆就是水杨柳的魂魄，他们要紧紧守护水杨柳，避免再受她男人阴魂的侵害。

唱过一阵，喊过一阵，水杨柳把手里的草雁鹅挥舞得哗哗作响，边挥边骂：大队长不种双季稻，坐牢！瞒产量，破坏农业生产，枪毙！××偷人，沉潭！元宝砍光山上的树，该杀！说到杀的时候，她把右手掌摊成刀的模样，狠狠地往地上劈，劈得呼呼生风。然后，转过身，

草把龙
CAO BA LONG

又一路唱回去：

> 雁鹅雁鹅去仙乡，枫木树下摆牙床……
> 妹说还是坑坑深，哥说还是把把长——

半夜，正当戏台子上的演出热火朝天时，水杨柳咿哩哇啦突然出现在戏台子上。她挥舞竹篙，往台上一阵乱打，边打边骂，打死白骨精，打死白骨精……

戏台上灰尘翻滚，女人们吓得哇哇惊叫着四下逃命。

元宝出来阻止疯癫的水杨柳。水杨柳不由分说，扬起竹篙朝元宝一阵猛追，也是边打边骂，我是你娘呢，不讲良心的忘眼狗，你吃过娘的奶，娘都不认了！

太阳把田垄里晒得滚烫，地势高的田里，禾苗叶子被晒得冒烟了。

空闲的时候，掌坛法师就款古——

世上涨大水，人死光了。东山老人、南山小妹兄妹各站一个山头，滚磨成亲。

祖宗被强人追杀，翻过了九百九十九座山，渡过了九百九十九条河，跑过了九百九十九个寨子，最后逃到了树木高得遮住太阳、林子密得猴子都攀不进的雷公山。

飞山太公对朝廷忠心耿耿，对下属菩萨心肠，最后成为百姓拥护的十峒首领……

三国诸葛孔明率军六出祁山，过独木桥，过了一个又一个，过了一个又一个，过了一个又一个……一队人马过了三天三夜也没过完。

什么时候才过完，才打仗呢？听古的小孩子急了，尿也不敢去拉，生怕误了打仗。

早呢，才过了三百三十三个。掌坛法师眯眼抽烟。

小时候，元宝、山雀子他们那帮野孩子常在掌坛法师的故事里

草把龙
CAO BA LONG

203

神游，忘了回家。

掌坛法师会唱。唱《土地歌》《龙灯歌》《十月怀胎》，唱《百子散花》，即兴编词，七天七夜不歇腔。

其实，掌坛法师小时候胆小，不爱讲话，他娘很疼爱他这个秤砣崽，让他吃奶吃到七岁。他八岁那年的一天晚上，睡得好好的，突然大叫一声，醒了。他冲进他爷爷生前住过的房里，翻箱倒柜把他爷爷的法衣、牛角、螺号……找了出来。

文明撞了鬼，发癫了。他娘对他爹说。文明是掌坛法师的大名。

我是杨法印！不是杨文明！他猛然说道。

文明接他爷爷的坛了。他爹知情了，说。

他娘在一旁莫名其妙。呆呆地望着魔魔怔怔的儿子。

他爷爷、爷爷的爷爷都是法师。祖上的"杨法官"法术高超，名见经传。一脉相传的后人也是功夫了得。那年六月，洪江犁头嘴的财主刘丫口托人拿了件衣服让他太爷爷测算。他太爷爷把信物放在麻布净水衣袖口对着香火晃一晃，告诉来人，衣服的主人过不了年。刘丫口正当壮年，没痛没病的。六个月时间很快平平安安过去了。到了大年三十晚上，一家人吃团圆饭时，刘丫口一坨红烧猪脚卡在喉咙上。刘丫口当场断气身亡。后来才有人透露，刘丫口三年前害人性命，贪了一笔不义之财，他是遭了报应。

杨法印是梦中接坛头，突然得道法。接坛头后，他开始熟读爷爷辈祖传的经书功课，庆傩祈福、和神度花，娱神乐鬼，行走阴阳两界。

寨里有户人家请人莳田，太阳偏西了，一餐中饭没弄熟。莳田的人围着灶屋饿得肚皮贴了背脊梁。杨法印说：肯定你们平时得罪了人，烧不来火，我把一条腿巴子做柴烧，饭就熟了。只见他将起一条裤子把白生生的肉腿放在红通通的灶眼里，蓬蓬燃烧，一餐饭搞熟他才把腿巴子抽出来，腿巴子上一点烧伤都没有。过后，这户人家踏米才发现，屋里的一副石碓的扶杆烧成了一堆火炭。

梦中授法号的杨法印十六岁出师掌坛。掌坛后，他开始主持打醮、做肉道场一类的大法事。那年在月亮地做三七二十一天肉道场，他带了七个帮手不分白天晚上，唱了跳，跳了唱，唱了傩公傩母唱峒婆。快活得很。法师和围观看热闹的女人打情骂俏，搂搂抱抱。神灵有女人相拥，高兴。女人得到神灵的光临，荣幸。月亮地是美人窝。美人们争先恐后与杨法师亲近，沾染仙气。

那场法事结束。杨法印回到杨家寨一觉困了三天三夜。醒来后，掏卵子撒尿，结果抓了个空。反反复复在裆里找来找去，还是没找到。原来，不知什么缘故，他的卵子无缘无故缩进了肚子。他只能像女人一样撒尿了。在那一刻，他才明白了他爹为什么不肯接坛。

缩阳后的杨法印法术更高。他后来娶过三房老婆，第一个和他过了三年，流着泪走了。第二个和他过了两年，也流泪走了。第三个和他只过了半年，走的时候一把眼泪一把鼻涕骂毒话——绝子灭孙的干火闪，害人哦……

流逝的时光平复了他内心的冲动。他一心在工作中逃避。他决定终生远离女人的肉体来遮掩自己的无能带来的羞耻。

掌坛法师不吃四条腿的牲畜，只吃两条腿的羽禽。他吃鸡鸭有个习惯，动筷子前，嘴中念念有词朝天地作揖，然后把腿棒丢到屋背上。他家屋背上时常有岩鹰鹞子盘旋。半夜人静的时候，寨里有人听见他屋背上像个鸡鸭养殖场，鸡鸭跳过来，飞过去，咯咯嘎嘎，把他家的瓦片掀的哗啦哗啦响。白天再去看，却什么也没有发生一样。

他时常告诫寨里人，收稻子红薯时，田边坎角要有余留；摘桃子梨子时，树尖上的要留下。这是给鸟雀百兽留食。鸟雀百兽是我们的亲朋好友。没有山林就没有鸟雀百兽。没有鸟雀百兽就没有世界。

那天晚上跟他在一起的青脸女人好像认得又好像认不得，不那么清晰。那片山林像是自己家背后的那片又像是仙女凹那片。深深的山林中有块很大的有凹槽的青石板，那凹槽活生生一副女人的阴部。青石板上一层层的干树叶。干树叶像一条条小河鱼歇息簇拥在光滑的凹槽边。青脸女人披头散发，赤身裸体躺在厚厚的树叶上，嘴唇乌黑，眼睛发出炫目的绿光。

山光，水光，

地光，人光。

山光光，水光光，

地光光，人光光。

青脸女人喉咙嘶哑，一声三叹地吟唱。披着的长发夹着冷冷的阴风，像雾气一样飘扬起来。

掌坛法师被青脸女人强拉着脱了衣服。他陷在一片茫茫无际的冒着火焰的沙地上。他醒了，裤裆里干干的，什么也没有。他知道他碰见山魈了。只要有不祥的事情发生，山魈就会来送梦，并在梦中与他交合。天快亮了。他感到焦躁不安，周身疲惫，没有一点力。他摸进灶屋将仅剩的那瓢凉水喝了下去。然后，画了一道符咒，这才重新回到床上，迷迷糊糊地睡去。

巨蟒一样的公路进入杨家寨后，它的触角便往杨家寨周围茂密的山岭蔓延开去。很快，山山岭岭的树木排山倒海一样进入了公路运输线。眨眼间，山上的树木不费吹灰之力就变成了一扎扎花花晃眼、哗哗作响的钞票。村民们热血沸腾了，感谢元宝他们给村里修来了致富路。那几年里，杨家寨山坡上、沟壑里，人声鼎沸、机器轰鸣。哗啦哗啦树木倒地的声音此起彼伏。杨家寨山坡上、马路边塞满木材。杨家寨的人到外面办事，脖子都长一节。随便哪种场合里，只要听到杨家寨口音，人们都会投来羡慕的眼光。杨家寨盛产木材，木材就是金子啊。慢慢地，山上锯木机的隆隆声消停下来，装运木材的汽车喇叭声渐渐远去，村民们的心里开始空落虚无。等他们回过神来，林木茂密的丛山峻岭已变得光秃秃一片⋯⋯

砍光山上的树木后，元宝他们把眼光瞄上了老坟山那片封禁了几百年的枫木林。村长说，祖宗手里封禁下来的林子，砍不得。元宝说，村长叔，我们买了青山的，不砍，谁赔我们的损失？村长警

草把龙 CAO BA LONG

206

告元宝，要知足呢！晚上，元宝带了红包去找村长。没等元宝开口，村长手一挥，牛脾气来了，说，你们来这一手更不行！你们要想砍封禁林，先砍了我！村长没被砍，第二天过门口的小木桥时，想不到平时走起来稳稳实实的桥断了。村长重重摔下岩坎。送到县城医院检查，左大腿断了，三根肋骨断了。等村长住了一个月院回来，那片封禁林被元宝他们砍了，运走了，只留下一个光秃秃的山岭。期间，有老板看上了花桥边那棵桂花树，同元宝他们谈好了价钱，交了定金。水杨柳婆婆、元宝娘几个老人家听到消息后拼死将桂花树团团围住，才制止元宝他们的疯狂行为。村长了解情况后，气愤不过，一瘸一拐地，连夜到乡里县里告状。森林公安来了工作组调查取证。很快，元宝被警车带走了。但很快，元宝又毫发无损地回来了。

元宝回来后，拿了礼物来看村长。元宝说话底气很足，村长叔，您住院我还没去看你呢。托您的福，我回来了，来给您补个礼。

村长的脸比锅底还黑，一时什么话也说不上。

元宝又说，叔，不要记挂心上，没什么大事，就几棵树噢。我们搞山林开发，寨子里路通了，电通了，老百姓富裕了，穷苦日子一去不复返了。我们不图乡亲们的感恩，乡亲们也不至于恩将仇报吧！

村长的脸黑了又青了，然后白了。

后来，村长听人说，元宝他们是大树底下好乘凉。元宝那次请来的大领导是元宝他们最大的后台。大领导现在已升任更大的大领导了。

元宝他们肆意乱砍滥伐山林，杨家寨这个淳朴的山野女子活生生被这帮强盗蹂躏糟蹋得体无完肤。引狼入室，自掘坟墓。没守住祖宗留下的家业。愧对祖宗！这些年来，村长一直在自责。

每天早上，村长仍旧踩着纷纷飞扬的尘土，固执地在寨子里叫唤：都起来啊——雨脚到了雷公岭了。

听啊，雨就要来了。

在村长叫唤的时候，与神灵鬼怪相通的掌坛法师就这样告诫寨里人：山光了，水干了，法师的魔咒只能使三百年，一旦魔咒失效，黑精灵就会复活，残害生灵。

有一天，黑精灵这样告诉掌坛法师：我复活了，寨子里的男人变王八，女人只会生蛤蟆。

青鸾是三妹婆的侄媳妇。新婚一年小孩没怀上，年纪轻轻的月经断了，人变得迷迷糊糊，说话前言不搭后语。她屋里男人，三妹婆的亲侄子，也是低头垂脑，病恹恹的。生儿育女，事关家业的兴衰。青鸾的姑妈三妹婆郑重其事地去问了路讯。法师说，像青鸾他们这样精神恍惚，身体虚弱阳气低，是中邪了。人是有魂魄的，人去世后，魂魄就附在某棵树上。树木砍光了，溪流干了，河流断了，亡灵的魂魄就下山找人缠身附体。被亡灵魂魄附体的人，要作法解邪，请峒婆查看其阴间花树。

太阳落岭，六畜进圈。青鸾家的堂屋里。神龛上香烟袅袅，油灯昏黄。锣鼓咚咚呛呛响。法事开始。宫德圣像前的掌坛法师捏六根线香在头上转三圈。然后把燃着的香火放进嘴里少时，喷出一口净水，念《通鬼咒》：天有九重天，地有九道门，门门通阴府，处处鬼憧憧……

掌坛法师让他的徒弟男扮女装。男扮女装的峒婆头扎布帕，端坐堂前。掌坛法师在坛头脚踏罡步，祷告菩萨神灵。

掌坛法师领众人唱花歌，峒婆依歌意跳舞。锣鼓手紧锣密鼓不停歇。三妹婆托峒婆查看侄儿侄媳的花树，占卜吉凶祸福。

唱毕，掌坛法师把青鸾两口子叫到坛前作揖，边唱边打卦问神。堂屋里围观的众人也跟着和歌。一直到深夜。浑然脱体的峒婆又歌又舞，大汗淋漓。掌坛师往案头一拍雷令，猛呼：××，牛莳田，马吃谷，你爷老子跌倒茅厕屋。

男扮女装的徒弟受惊苏醒，一脸的茫然。

接下来是傩公送子。掌坛法师在堂屋里摊上一床草席，焚香作揖恭请神灵降临。

然后，掌坛法师唱：傩公坐花桥呀

众人和：坐——花桥，耶罗耶——

掌坛法师唱：进洞房呀

众人和：进——洞房，耶罗耶——

掌坛法师唱：进了洞房上花床

众人和：上——花床，耶罗耶——

掌坛法师唱：花床有花呀

众人和：花不——开，耶罗耶——

掌坛法师唱：傩公开呀

众人和：傩公——开，耶罗耶——

唱毕，掌坛法师脱了法衣披上草衣，下身几乎赤裸。随着锣鼓的高高低低的敲打声，傩神附体了。傩神附体后的掌坛法师在席子上演示——鲤鱼打挺、倒栽葱，不时做出搂搂抱抱，猪爬屁股，狗盘臀的动作。之后猛然又从坛头边抽出一根乌黑的龙头杖，往围观的一群妇女身上戳。

掌坛法师唱：傩公嘞下降，戳你的膣——

水杨柳带头接腔：男孩嘛生一对，女孩生一双。

最后，掌坛法师唱：

得休停来得休停，一堂法事耶已完成；

一堂法事兮领到偈呀，不可噢桃园兮显神啊灵——

众女人齐声和唱：不可噢桃园兮显神啊灵——

法事完毕。众人帮法师把草席送到河边烧化。掌坛法师取一包草席灰用黄裱纸包好，盖上朱红雷印，交与青鸾，嘱咐她放在枕头下面，放七七四十九天。交代青鸾两口子在入冬后惊蛰前到后山栽十棵四季常青的树。

雨水被鸟驮走了。水杨柳同寨子里的人说，只要把鸟招回来，雨水就回来了。

天空仍旧没一丝云彩。这时候，寨里人仍旧在房子的阴影里嘲笑着水杨柳——看来，她是寨子里第一个被太阳烤疯的人。

天气仍旧燥热，周围一片暗蓝色。天际间乌云滚滚，天河里有汩汩的流水。一只比雁鹅还大的巨鸟扇动着翅膀茫然地飘飞，雨水就驮在它的翅膀上面。光秃秃的山岭上，呜……小鸟在嘤嘤哀鸣。呜……远处传来野鸽子的凄凉的应声。在鬼火似的流萤的绿光中，小鸟乱飞乱撞，这些流萤好似一群遮天蔽日的蝗虫。野狼阵阵嗥叫，猫头鹰发出刺耳的声音，野兔四处奔跑，野猪躲进幽暗的洞穴。

突然，从空中掉下一个火星，地面上呼呼腾起冲天火焰。水杨柳躲闪不及，衣服被烧着了，她闻到了自己皮肤烧灼的焦味。

天烧开了！河里涨水了！长期被吭吭隆隆伐木声纠缠折磨的水杨柳从噩梦中惊醒，手舞足蹈在寨子里奔跑呼叫。

寨里有句俗话，屋里一个人，山上一棵树。很久以前，杨家寨发生过一场大旱灾。田里颗粒无收。寨里财主四爷开仓赈灾，条件是：撮谷一斗，种树十棵。有远见的四爷放完了一仓谷。不到两年时间，寨子四周的荒山野岭全都长满了葱茏的树木。即使遇上干旱的年成，寨里溪沟总有清澈的山泉流淌。

这几年来，水杨柳做梦都在盼望河里涨水，好让男人乘着木排顺水路回到她身边。她不愿意像寨里其他人那样，整天游手好闲，荒废时光。她年复一年在山上栽树。但事与愿违。每年春天栽上的树，就被夏天的一场暴雨冲刷得一干二净。山岭上那些为运送木材开凿出来的横七竖八的道路，已深深地锉伤了大山的肌体，遍山遍沟的枯树桩变成了让大山病入膏肓的毒瘤。每到雨季来临，雨水掀起松软的腐质层，大山就暴露出沙石、沟壑那魔鬼般恐怖的面容。

水杨柳多年的努力显然是白费力气。望着山上被雨水冲犁出来的一个又一个豁口，水杨柳开始灰心丧气。光秃秃的山岭再也唤不回潺潺的河流了。

干燥的天气早已让寨子里的男人疲惫不已。没有尽头的干旱正在把他们带往没有归程的旅途。在如此绝望的时刻，男人们再也无法压抑欲望、忍受痛苦。在元宝带来的表演队诱惑下，男人们内心狰狞的小野兽倾巢而出。

正当寨子里的干渴的男人稀里哗啦、痛快而苦闷地在挥霍欲火的时候，闷牯子犯了马上风倒在女人身上。

闷牯子赤身裸体躺在哪里，脸色灰白，气若游丝。女人掀起印迹斑斑的床单裹住肥硕的身子。房间里的空气中混合了汗水和沤酸的气味，污浊不堪。

闷牯子患过小儿麻痹症，两腿像风干的嫩竹篙，三十岁的人了，没能娶上老婆。他有一张猴子一样的脸，长满黑毛，精力很旺盛。他常和在城里工作的老兄闹矛盾。他埋怨老兄天天在城里抱搽香抹粉的妹子，害得他每天夜里扳着床枋数楼板。他死活要把老父亲送到老兄家里去。老兄没法，只得每年带他到城里开荤。因找不到老婆，他常常借酒浇愁，整天喝得面如猪肝。年复一年，闷牯子变得越来越颓唐，简直不像个人样了。他身体还是个人，可在精神上什么也不是了。他耐不住寂寞，常常动不动不管场合霸蛮抱女人，有人还看见他在猪栏里搞母猪。闷牯子时常骂，山上砍光了，杨家寨养不活人了，该天收的女人都去城里发骚卖膣，寨里做种的女人都没留一个，杨家寨要绝种了！

闷牯子恢复清醒后，村长开始盘问。

我把她推倒在床上，爬到了她身上。闷牯子说。

她是主动脱的？村长问。

嗯。闷牯子说。

说，她自己动屁股了没有。村长的脸开始拉了下来。问得如同旱魔的阴影一样猥琐。

动了。闷牯子说。

村长气得双手直拍腿。

我不说了。闷牯子说。

你给我讲清楚。村长开始愤怒了，气得直蹬腿。

一次一百块，她边数数边催我动作快点儿。给两百，她数数就数得慢点儿。每次她从一数到一百。闷牯子说。

还有呢？村长听出了端倪，排除了元宝说的强奸。

她身上的肉比嫩猪仔还白净。我一次给三百。闷牯子舔着嘴巴。

村长嘴里如同太阳下的焦土，干得冒烟。他牙齿咬得格格响。

闷牯子低下头，不说话。

你怎么就栽倒在女人肚皮上了？你丢杨家寨男人的脸了。村长愤慨地说。

闷牯子仍然低头，不说话。

舞草龙祈雨法会如期举行。

村长固执的呼唤终于有了效果。太阳才爬上东山那个丫口，四山的村民便懒懒散散涌上公坪。这是寨里最宽大的一块坪地。

沉闷多时的寨子里终于有了人的喧哗声。

公坪里，圣像高挂。掌坛法师身着道服，神情肃穆，在香烟缭绕、摆了三牲供果的祭坛前面，按东南西北中五方摆好八卦：甲乙东方木，插青旗；丙丁南方火，插赤旗；戊己中央土，插黄旗，并有太极图；庚辛西方金，插白旗；壬癸北方水，插黑旗。

法事开始，锣鼓牛角齐鸣。掌坛法师一边打钹，一边唱《请圣词》：

天上玉皇，东海龙王。

圣公爷爷，圣公婆婆，圣公圣母，圣子圣孙。

东山老人南山小妹，飞山太公，

地神地主，八方神灵，

我们杀起猪、宰起羊、酿起酒、打起糍粑，

特意来敬你们，敬请你们都来尝一尝。

众人跟着和唱：

嗬……嗬呀……凉伞旗号闹洋洋；

诸位神灵坐正堂，风调雨顺阳春好。

掌坛法师念：开天门、闭地府、留人门、封鬼路，祝上五里、下五里、五五二十五里来者清洁，去者平安。

念毕，他手持七星宝刀，依次踩八卦，布兵点将。

村长家那头老公牛被赶到祭坛前。几个男人握着白晃晃的砍刀包围了它。人群中的老公牛提起了精神，喷着响亮的鼻息，哞哞叫唤着。声音显得沉闷、浑厚。两个前蹄不停地抓刨着地面，腾起股股尘土。村长像醉汉一样摇摇晃晃走近老公牛。他将一块红布裹住了老公牛的眼睛。稍稍迟疑了一会，然后，迅速地从腰间挥出一把锋利的斧头，朝老公牛的脑门心狠狠劈去。

哞——老公牛长长地惨叫一声，脑门喷出一股鲜红的血柱。老公牛四腿挣扎着，颤抖着，摇晃着，最后，轰然一声重重地倒在了地上。空气炎热干燥，但人们分明感觉到有一股寒意从公坪里倏然穿过，坪地里顿时弥漫上湿润阴凉的气氛。

噗！差不多同时，村长嘴里也喷出一摊红色。他几乎昏厥过去。

随着铿锵激越的锣鼓声，两条草龙被请到了祭坛前。掌坛法师打钹绕草龙唱诵：

……仰惟众神，德在好生，伏念龙神，职司行雨，谨取吉日，敬设法坛，乞佑生灵，立驱旱魃，宏施大泽，握沛甘霖，田野成沾……

舞龙的男女队员头戴草帽，脚穿草鞋，身穿草衣、草裙，齐刷刷把草龙往空中高高举起。

掌坛法师大呼：雷公！

咚咚咚咚咚咚咚！鼓声骤起。

掌坛法师大呼：闪电！

呛呛呛呛——呛！钹声遽然一阵响。

掌坛法师合掌作揖，然后吼一声：龙王出行，风调雨顺。

舞龙队伍也是震天动地的呼喊：龙王出行，风调雨顺——

锣鼓、牛角齐鸣。

咚咚——呛！

咚——咚——咚！

呜——

雄龙往左，雌龙行右，雄雌二龙威风凛凛从公坪游出。

雄龙往左，雌龙行右，雄雌二龙开始向田垄进发。高高摇晃着的龙头，翻滚扭动的龙身，左甩右摆的龙尾，随时缓时急的锣鼓声在田垄里游弋……

村长使劲甩动手腕，牛皮鼓被敲得脆响。

咚咚——呛！咚咚——咚咚呛！

龙头高擎，龙尾翻卷。雄龙腾云驾雾。

咚咚咚——咚——

龙头盘旋，龙尾飘摆。雌龙翻云覆雨。

咚——咚——咚——咚咚

两条龙舞得风生水起，给杨家寨带来了一股凛然天地正气。

炙热的天空，飘起几朵白云。一只伸展着巨大翅膀的岩鹰在茫茫山岭时而俯冲时而盘旋，不时发出长长的嘶鸣。

锣鼓铿锵，牛角雄浑，游龙矫健。人群不时发出热烈的呼喊。

两条龙在田垄里绕过一圈。锣鼓声停了。村长掌坛法师领一伙长辈在河边的一个宽阔地带烧燃一堆柴火。他们把草龙请入熊熊大火。草龙在噼噼啪啪的旋转的火焰中化成了缕缕青烟。那缕缕青烟在空中打个滚，须臾，渐高渐大，渐渐成彤。没等人们看个究竟，它已扶摇而上，直到九霄云空……

大雨来临的消息最早从那棵桂花树传出。先是桂花树浓密披发一样的枝叶轻轻舞动，再是一团乌云飘到山顶。炙热、沉重的太阳终于落山了，然后轰轰的雷声由远及近。

最后，一个巨响在寨子上空炸开——

轰——隆隆隆……

紧接着又一道灼目的蓝光当头劈下——

啪——啦啦啦……

下雨了！下雨了！水杨柳第一个跑到了啪嗒啪嗒的雨中，声嘶竭力地大声呼叫。很快，她身上被豆大的雨滴淋湿了。

雨的气息振奋人心。

寨子里的人仿佛被注入了强心剂，纷纷疯狂地欢呼着奔跑出来。

噼里啪啦。疯狂的人们撕扯下沾满尘土的衣服在久违的雨水中翻滚跳跃。

咕噜。咕噜。一张张干渴的嘴巴仰天张开。

空中布满了乌云，粗大坚硬的雨点打在尘土陡乱的土地上。接着一个又是一个更近的更响的震耳欲聋的霹雳，雨就倾盆似的倒了下来。这已不是雨，而是乱响的、叫人站不住脚的倾泻下来的水，是狂暴的充满了旋转的水旋风。

雨越下越大了。深深的黑暗笼罩着村庄。阵阵猛烈的霹雳时而照亮了黑暗的村庄。暴雨的声音，狂风的怒号，在村庄上示威。

在雷声和闪电撕裂黑暗的间隙，寨里人看见两条见首不见尾、张牙舞爪的黑色巨龙在天地边缘飞舞翻腾。一会儿现出一条张鳞鼓须的黑龙，一会儿露出一条摇头摆尾的黄龙……

草龙化成了真龙！草龙化成了真龙！！

整个寨子在欢呼！

呜、呜、呜……

掌坛法师坛头前香烟袅袅。浑厚的牛角号声在雷雨中穿越。

雨来了！雨来了！

水杨柳躲进了雨帘覆盖的屋檐下，望着如期而来的雨水，她心里无比激动。雨水过后，万物生长。山上树木青翠，田坝稻谷飘香。她心里布上一幅美景！

哗啦啦。哗啦啦。天地已然交融在一起，分辨不清哪是天上哪是地下，到处是水流的声音。水流声变得越来越急促、凄厉。

轰——隆隆隆——叭啦！

又一个巨响在寨子上空炸开，震耳欲聋。紧接着，一团电火劈向寨子东边的山坳。

哇……嗬……嗬……

寨子的人听到了几声怪里怪气的尖叫，像痛苦的呼救，又像绝望的哀号。

村长想冒雨去查看究竟发生什么事了。三妹婆死死地拽住他，指着如盆的暴雨，说，你不要命啦！

暴雨持续了一天一夜。

雨后，一个难得的清凉早晨。

从杨家寨高处抬眼望去，全寨都是那种干栏式木楼，但一条村巷一条村巷走过后，你会发觉找不到两幢完全一样的木楼。建在平地上的、建在台塬地上的、建在沟坎上的和建在坡墁上的木楼，是完全不一致的。它们各依地形地势而建，层数、高度、形状、进深都因地形地势而各有不同，每幢木楼都要有一条铜鼓石路通向它，这就使村巷特别多，特别幽深曲折，而且因为地势过于狭窄，各家的木楼都尽可能向空间发展，利用空间架挑出廊檐或楼道来。常常是前一家的后檐和后一家的前檐相挨接，相互抬手就可以接触，村巷就在挑出的廊檐或楼道下蜿蜒，走着走着感到是走进一户人家了，但突然一个转折，一道强光透过来，原来上到另一片台地上了，一幢高高的吊脚楼就那么矗矗的直立在你的面前，上了几级青石台阶，又走进一条更幽深的巷子中……穿行在深远的日子和幽深的岁月中。淡淡的太阳透过灰暗的云层照下来，地面的潮气慢慢蒸涌，空气里漂荡着一股俨俨的乡村特有的气味，那是从溪塘里蒸发上来的湿漉漉的腥气，是从坡地散发出来的涩涩的湿气，是发酵了的猪、牛、羊粪的浓郁的酸气，是四野的各种植物送来的清新爽洁的芬芳，是一幢幢的木楼里积滞的树脂的陈旧的香气……一开始，你会觉得这气味有些怪异，浓浓的熏人，当猛力地吸了两口之后，会感觉到一种从未有过的清爽、纯净。寨子是那么安宁，木楼静静伫立，村巷里似乎没有一个人，甚至没有一只家禽在游走，但你会感到日子是在进行着的，是沿着这一条条的村巷在进行着的，像水顺着河床流动着一样。水由这一段河床流向那一段河床，它也依然是水，依然保持水的本质，那么，日子由这一条村巷流向那一条村巷，它也依然是日子，是行进着的日子，这也正像弥漫在空气中的气味，你是无法辨析出哪一缕是雨水的，哪一缕是植物的，哪一缕是土地的……

从高空往下俯瞰，寨子周围的山岭却让人惨不忍睹。经过暴雨的冲刷，山山岭岭从到处是泥石流犁出的长沟壑，如灵堂里阴风悠悠的招魂幡，悬挂在天地之间。

东边山坳里的木材加工厂房被一股强大的泥石流摧毁，洗劫一空。暴露出一个怪石森森的巨大水坑。

村长找到元宝的时候，元宝呆呆傻傻站在光秃秃的山岭上。眼前的元宝就像一个被雷劈过的枯树桩——衣衫被雷电暴雨撕扯成了碎布条。头发一夜之间变得花白。脸瘦了一圈。眼睛深深凹陷，眼神暗淡，绝望无力。身上、脸上有黑色的像鞭子抽打过的伤痕。

元宝疯了！没等村长靠近，他发疯地踉跄着转身就跑。一路奔跑，一路语无伦次地喊叫……

水杨柳也在追逐着雨水寻找着男人的身影。但纵横交错的溪河里汤汤奔流的只有浑浊的泥浆。

2015年5月29日完稿于北戴河创作之家

后　记

　　故乡在雪峰山腹地。

　　那里，山高林密，溪谷幽深。因为地理独特，那里保存着原生的自然景观，存活着古朴的巫风异俗。

　　那里——我难以割舍的野性原乡——我的胞衣地，每天都有精彩故事发生。

　　我试图记录下那一幕幕别样的生活场景。我开始用笨拙的语言叙说故乡的是是非非、恩恩怨怨。

　　时断时续写了这么多年，回头来看，尽管我的作品中流淌着属于大山的青青血液，具有较明显的地域特色。但不尽人意处多。我说不上是擅长刻画人物的那一个，也非描摹环境的好手，更没有很好地展现故乡的精神气质与命运境遇。

　　故乡依然青山蹐蹐，水流决决。

　　青山不老，故乡不老，流水长长。

　　与父老乡亲同呼吸、共命运，用心关注他们的情爱、悲欢和创痛，贴切表达他们的生存状态，书写他们窜动于灵魂深处的亮色，在文字中融入阳光、雨露和山野气息，让笔下的人与事富有真切细腻的现实肌理。

　　这是我努力的方向！

2017年7月于长铺子